# 判決はCMのあとで

## ストロベリー・マーキュリー殺人事件

青柳碧人

角川文庫
18757

# 目次

# 主な登場人物

生野悠太　二十五歳の人材派遣会社社員。テレビ公開裁判の裁判員五号になる
尾崎紘奈　悠太の恋人で、法学部の学生。二十一歳

裁判員一号　江戸っ子気質の六十代。本職、指物師
裁判員二号　知的な雰囲気の四十代男性。本職、大学の研究員（専門はキノコ）
裁判員三号　アロハシャツを着た三十男。本職、テキ屋
裁判員四号　地味で無口な四十代後半女性。本職、主婦
裁判員六号　悠太と同い年くらいの茶髪女性。家事手伝い

梁川裁判官　六十代のベテラン裁判官。裁判長を務める
小篠裁判官　三十代初めの女性裁判官。生真面目な性格
木塚裁判官　四十代の裁判官。口が悪く、この国の司法制度に批判的

野添彦次　被告人。ストロベリー・マーキュリーの所属事務所「ネクストパープル」社員
ヤヨイ（徳永誠）　被害者。ビジュアル系女装バンド「ストロベリー・マーキュリー」のドラム担当
アグネス（野添彦一）　被告人の兄。ストロベリー・マーキュリーのボーカル担当
デイジー（戸田康介）　ストロベリー・マーキュリーのギター担当

**ワッフル（伊那八郎）**　ストロベリー・マーキュリーのベース担当

**クロコダイル坂下**　弁護人。オーストラリア帰り

**蜂室一哲**　検察官。決めゼリフ「本日の蜂室チェック！」

**柴木**　番組の進行をするさくらテレビの局アナウンサー

**紫亭すぱろう**　芸能事務所「ネクストパープル」社長。元落語家

**ナイトメア＋ザ＋トチロック**　ヤヨイの従兄弟。ミュージシャン志望。本名・栃尾圭介

**中林**　裁判番組「サイケデリックコート」のプロデューサー

**松尾**　ディレクター

**栗原**　アシスタントディレクター

**大隅**　芸能事務所「島田プロダクション」のスカウト担当。悠太のことをスカウトに来る

**遠藤**　悠太の勤める人材派遣会社の登録者

**川辺真帆**　裁判員出身の8人組アイドル「CSB法廷8」のリーダー

# CSB法廷8国民審査　投票用紙

★裁ドルにふさわしくないと思うメンバーの所定欄に、×をつけてください。
ふさわしくないと思うメンバーがいない場合は、何もつけなくて結構です。

| 欄 | No. | 名前（年齢） | ニックネーム | 関わった裁判 | 趣味・特技／キャッチフレーズ |
|---|---|---|---|---|---|
| | 1 | 川辺《かわべ》真帆《まほ》（23） | まほっち | 若狭湾・連続婦女暴行事件（福井地裁） | 車の運転・ダンス／恋するその日の執行猶予 |
| | 2 | 永沢《ながさわ》萌香《もえか》（21） | もえちゃん | リゾート会社「コモラ企画」集団詐欺事件（横浜地裁） | 文章を書く・妄想／検閲しないで秘密の日記 |
| | 3 | 寒川《さむかわ》いずみ（28） | いずみん | 老人ホーム「たゆたい」入居者過失致死事件（旭川地裁） | ショッピング・大食い／美白が証拠の女王陛下 |
| | 4 | 渡辺《わたなべ》小雪《こゆき》（23） | ゆきんこ | 新興宗教「ヘルメスの園」退会者恐喝事件（宇都宮地裁） | 焼き鳥屋巡り・天気予報／権利の上のうたた寝少女 |
| | 5 | 笹崎《ささざき》眸《ひとみ》（22） | ひーちゃん | 徳島・毒入りかっぱ巻き事件（徳島地裁） | DVD鑑賞・人の誕生日当て／目には目を、ファンには愛を、歯には歯を |
| | 6 | 朝霧《あさぎり》ともな（25） | ともな | 指宿・乳児サウナ置き去り事件（鹿児島地裁） | 未確認生物・ジャグリング／愛し放題、司法だいっ！ |
| | 7 | 緑川《みどりかわ》唯《ゆい》（21） | ゆいゆい | 六甲山天文台・ギロチンデスマッチ事件（神戸地裁） | ツーリング・空手／六法全書に law kick! |
| | 8 | 伊達《だて》りりこ（24） | だてりり | 鳴子温泉郷・ＯＬ湯けむり殺人事件（仙台地裁） | キャラメル・おにぎり／瀬音ゆかしき笹かま娘 |

〈日本国憲法　第九十七条〉

この憲法が日本国民に保障する基本的人権は、人類の多年にわたる自由獲得の努力の成果であって、これらの権利は、過去幾多の試練に堪え、現在及び将来の国民に対し、侵すことのできない永久の権利として信託されたものである。

# プロローグ

## 「名古屋・女子大生ドンペリパーティー殺人事件」判決

あわただしく非常階段を駆け上がる紘奈《ひろな》のあとを、生野《いくの》悠太《ゆうた》は息を荒らげながらついていく。五階なのだからエレベーターを使えばいいのに、待っているのがもどかしいというのだ。駅からこの学生マンションまで八百メートルの道のりを全速力で走ったうえ、非常階段を五階までノンストップなんて、さすが高校時代は陸上部に所属していただけのことはある、と疲労の中で悠太は思った。

五階にたどり着くと、すでに紘奈は自分の部屋の鍵《かぎ》を取り出し、ドアを開けようとしているところだった。

「そんなに、慌てなくても……」

「今夜の判決は、どうしても見たいの！」

紘奈はどちらかと言えばおっとりしているほうだが、裁判のことになると人が変わったようになる。荒々しい音を立て、ほとんど蹴《け》り開けるようにドアを開くと、紘奈はヒールを脱ぎ捨て、中に入っていく。悠太がそのヒールをそろえると、二、三回点滅して灯《あか》りがついた。

八畳ほどのフローリングワンルーム。奥にはこの部屋には大きすぎる60型ワイドテレビが置いてある。ヨーグルトについていた券を集めて応募したら当たったのだそうだ。紘奈は驚くほどくじ運がいい。

紘奈はすぐさまリモコンを取ると、スイッチをオンにした。

『いよいよコマーシャルのあとは、判決です！』

特大画面の中から弾んだ若い女性の声が聞こえてきた。悠太も知っているアイドルだ。川辺《かわべ》真帆《まほ》。通称まほっち。法務省のお墨付きを得てデビューし、最近露出が多くなっている裁判員出身アイドル（略して裁ドル）グループ「ＣＳＢ《シーエスビー》法廷《ほうてい》８《エイト》」のリーダーだ。二年前に福井地裁から放送された婦女暴行事件の裁判で勇気を振り絞って被告人に実刑判決を言い渡した時に、そのあまりにキュートなルックスからスカウトされて他のメンバーとともに売り出され、一躍トップスターになった、という彼女のシンデレラストーリーは紘奈からしつこいほど聞かされており、テレビをあまり見ない悠太の頭にも、彼女の魅力的な顔は刷り込まれていた。

テレビ画面はすでに、証券会社のコマーシャルに切り替わっている。

「ああっ、よかったぁ、間に合った」

紘奈は安堵《あんど》の表情でぺたりとフローリングに座り込み、慣れないビジネススーツの上着を脱ぎ始めていた。

悠太の四つ年下の大学三年生。岩手から東京に出てきて一人暮らしをしながら大学に通っている。知り合ったのは四月に高田馬場《たかだのばば》で開かれた合コンでのこと。大学入学と同時に滋賀の実家を出て上京してからというもの一人暮らしをしているという悠太自身の境遇が似通っていたので話が合い、その後何度かデートをしたあとで付き合い始めた。もう五か月になる。

彼女は今日、すでに始まりつつある就職活動に向け、新宿で行われていたセミナーに行ってきたのだ。悠太の仕事とほぼ同じ時間に終了だったので新宿で待ち合わせ、そのまま西武新宿線に乗車、紘奈の部屋で一緒に食事をしようということになった。ところが、突然の人身事故で電車がストップし、一時間も車内で待たされてしまった。

今日は話題になっている「名古屋・女子大生ドンペリパーティー殺人事件」の最終公判放映の日で、判決の瞬間はぜひ家で見たいと、悠太は以前から聞かされていた。だから、駅から猛ダッシュする羽目になった。放送が始まってからすでに相当の時間が経っている。肝心の判決が見られないのでは、これまで三か月間、番組を見守ってきた意味がない！　というのが、彼女の訴えだった。

「ねえ、これ、洗濯機、放りこんどいて」

紘奈が悠太に投げてよこしたのは、汗まみれのブラウスだった。すでに上半身は白いジャージに着替えている。

「俺、腹へったんだけど」

「えー？　今それどころじゃないし。なんか、適当に食べてよ」

悠太がブラウスをたたんで洗濯機の中に入れながら言うと、つれない返事が返ってきた。しかたなく洗濯機の脇の冷蔵庫を開ける。青じそドレッシングとマーガリン、それにラップに包まれた半分のきゅうり。華の女子大生の冷蔵庫の中身がこれかよ……と思ったその時、野菜室の中にビニール袋に包まれたたくわんを見つけた。紘奈の岩手の実家から送られてくるもので、結構美味《うま》いのだ。

「ねえ、それよりさ、どれくらいになると思う？」

たくわんを取り出し、出しっぱなしのまな板に載せて切り始めると、紘奈が聞いてきた。

「何が？」

「山根《やまね》の量刑に決まってるでしょ。やっぱり、二十年かな？　十五年とかはサイアクの結果だよね、あいつ、女の敵だし。ジジイになるまで刑務所入ってろって感じ」

上下ジャージに着替え、紘奈はコマーシャルを見ていた。

「できれば求刑どおり、無期懲役いっちゃってほしいけど……でもさすがに、被害者一人で無期の判決出すのは勇気いるだろうしなぁ」

悠太はこういうノリには、いまいちついていけないところがある。

公開裁判法が施行されてから数年。日本国全体で裁判番組が人気になっているのは、もちろん悠太だって知っていた。悪人が法によって裁かれる興奮を味わうことのできるこれらの番組は、マンネリ化したテレビ業界に新たな風を吹き込むものとして、サッカーの国際試合などと並ぶ勢いの視聴率をたたき出している。かつて司法に無関心だったこの国で、今や老若男女が裁判に夢中……らしいのだけど、もともとあまりテレビを見ない悠太は、そんなに裁判に興味がない。

ところが、付き合い始めてわかったことなのだが、恋人の紘奈は法学部の学生ということもあって、裁判番組が大好きだった。重要公判DVDをすべて購入しているのは当たり前で、裁ドルたちのアルバムも写真集も全部持っている。それどころか、毎年更新される裁判官、検察官、弁護士のデータブックも必ず買いそろえ、その中からチョイスした法曹関係者のデータを自ら編集した、マイフェイバリットファイルも持っているのだ。

いつかデートで裁判所に行きたいと紘奈は言っており、悠太も押し切られてうなずいてしまったが、やっぱり裁判番組の作り出す興奮にはどこか、乗り切れないものがあるというのが本音だ。

わああっ！　テレビの中で歓声がした。コマーシャルは終わったようだ。

『さあ、こちら名古屋地裁からお送りしております』

実況アナウンサーが語り出した。画面には、三人の裁判官と、六人の裁判員の厳粛な表情が映し出されている。ぐるっと法廷を取り巻いている傍聴席には、千人以上はいようかという傍聴人が両腕を突き上げて騒いでいた。

『名古屋・女子大生ドンペリパーティー殺人事件。これまで三か月、被告人サイドも検察サイドもさまざまな証拠品、証人を通じて戦ってまいりました。その結果が、まもなく出ようとしています。斉藤《さいとう》さん』

『はい』

『今のお気持ち、いかがですか？』

『やっぱり、緊張しますね』

『率直なところ、どれくらいの量刑だと思われますか？』

『ええ。二十五から三十年……しかし、今回の裁判員。ひょっとしたら、やるかもしれません』

「え？　無期ってこと？」

紘奈がテレビの中の解説者に尋ねるように、期待に満ちた声でつぶやく。同時に、画面が切り替わった。

映し出されたのは、刑務官にがっちりと両脇を固められた被告人の、生気を失った顔だ。少し前までは名古屋の有名ホストクラブのナンバーワンだったようだが、もともと茶色だったはずの髪の毛の根元はかなり黒くなっているし、長い拘置期間でやせてしまった頬には情けない無精ひげが生えている。なんでも、一人の女子大生に多額の借金をさせてまで自分の勤めるホストクラブに通わせたあげく、これ以上借金ができなくなったと見るや逆上し、自宅マンションに連れ込んでドラッグを混入させたドンペリで泥酔させて暴行をくわえ、最終的にジャグジーで溺死《できし》させたらしい。その後の調べで暴行の過程に常軌を逸した残虐性が認められ、この公開放送の裁判にかけられることとなったのだ。ちなみに、どれだけ残虐的な殺害方法だったのかは、悠太はあまり得意な話ではないので情報を得るのを避けてきており、詳しくは知らない。

『さあ武田《たけだ》裁判長、今、判決文を取り出しました』

騒いでいた傍聴席が静まり返った。裁判官の頭上からのアングルになった。

『判決』

武田裁判長は咳払《せきばら》いを一つだけしてから、厳かに言い出した。

『被告人を、死刑に処す』

——

——ええっ⁉

信じられない。千人余りの傍聴席の観客が目を見張っていた。

「うそ？」

紘奈はそれだけつぶやいた。

『主文』

裁判長がそう言った瞬間、わあああっ、と割れんばかりの歓声とも狂気ともつかない声の塊が出た。テレビの中の傍聴席では、誰も主文を聞こうとはしていないようだった。

紘奈はしっかりと主文を聞きたいだろうと、彼女の顔を覗《のぞ》きこんだが、いつもと違って放心状態だった。

「どうしたの？」

「悠太、死刑だよ！」

突然叫ぶ紘奈。歓喜とも悲哀ともつかない表情だった。

「なんだよ？　だって、殺人罪だろ？」

「そうじゃないの！　被害者がたった一人なのに、死刑になったんだって！　しかも、検察の求刑は無期懲役だったのに！　求刑以上の極刑なんて、すごくない？　ほらほら、高橋《たかはし》検察官、驚いてる」

確かに、映し出された検察官は茫然《ぼうぜん》自失といった表情だった。そしてそれを眺める紘奈の顔は、今や歓喜の色だ。

『なんと、斉藤さん、死刑です。出ました、死刑です！　無期懲役の求刑を飛び越えて、死刑！　被告人に、死刑、死刑判決が出ました！』

アナウンサーは絶叫していた。何回「死刑」と言えば気が済むのか。

「やっぱい。やっぱい。超革命的！　超歴史的！　細沼《ほそぬま》基準はもう、前時代のものになりつつあるのかもねー。司法ってのはホント、生き物だよねー」

わけのわからないことを言ったあと、「そうだ、メッセージチェックしなきゃ！」と紘奈はスマートフォンを手繰り寄せて操作をしはじめる。……やっぱり、ついていけない。悠太は彼女の横顔を見ながら、頭の片隅にしまっておいたＡ４型封筒のことを思い出していた。

——実は、悠太の一人暮らしの部屋に、去年の十一月の末、「裁判員候補者名簿記載通知書」が届いていたのだ。もちろん、通知が届いたといったって、それは即、裁判員になることを意味しない。裁判員も参加する裁判が開かれることになった時に改めてこの名簿の中から抽選された五十人ほどが呼び出されて面接を受け、最終的に六人が決定される。聞いたところによると、実際にこの通知書が届いても裁判員になってしまう確率は相当低いらしい。

通知書には、実際に裁判員に選出されるまでは、この通知書が来たことすら他人に秘密にしなければならないと書かれていた。だから悠太は付き合い始めてから今まで、紘奈にはこのことは言っていない。それどころか、滋賀にいる実家の家族にも言っていない。

『世間に顔が知られながらの死刑言い渡しとは、とても勇気のいる行為だったと思うのですが、斉藤さんこれについてはどうお思いですか？』

画面の中には六人の裁判員の重い表情が映し出されていた。この人たちも自分のように記載通知書が届いていて、それを周囲に秘密にしていた時期があったのだろうと悠太は複雑な思いになった。最終的に裁判員に選出されれば顔がこうしてテレビに映されるというのに。秘密もへったくれもあったもんじゃない。

『はい、そうですね。今回の山根被告のケースは、従来の細沼基準では死刑回避でも仕方なかったと思われるのですが、このプレッシャーの中、よく決断なされたと思います』

『今宵《こよい》、この公開裁判制度、ひいては日本の司法そのものが新たな飛躍を遂げたと考えても差し支えはないでしょうか？』

『それは、間違いないでしょうね。いやほんとに、激務をよくこなされました。裁判員のみなさんに敬意を表したいと思います』

『そうですね。さあ、今の、被告人の表情です』

山根被告人の絶望の表情が再びアップで映される。悠太の腕に鳥肌が立った。

この男の「残虐性」について、悠太は詳しくは知らない。だが、一つだけ確実なことがある。山根被告人は今まさに、一般市民の中から無作為に選ばれた裁判員たちによって、全国放送で「お前なんか死ね」と宣告されたのだ。その宣告を、傍聴席は熱狂を持って受け入れている。傍聴席だけではないだろう。今、悠太の横で嬉々《きき》として友人にメールを打っている恋人のように、日本中の多くの視聴者が、生中継裁判のこの光景を〝画期的なもの〟と捉《とら》えているのだ。

『果たして、控訴するでしょうか？』

『するかもしれませんが、わたくし個人の意見としましては、高裁には棄却してほしいです。一人の前途ある女性を騙《だま》して金銭を搾り取った上、あんなやり方で惨殺したこんな男、生きているだけで気持ちが悪いです』

『まったく、おっしゃる通りです。さて、ここでコマーシャル。コマーシャルのあとは

CSB法廷8の新曲〝未必の恋　～振られちゃってもかまわない〟のお披露目です』
コミカルなテーマ曲が鳴って武田裁判長の顔がアップになったかと思うと、画面はそのまま、コーンフレークのコマーシャルに切り替わった。

# 1　刑事裁判・テレビ放映制度

遠藤《えんどう》さんは、四十代も半ばを過ぎたいい中年だ。

学生時代は柔道をしていたので体つきもいい。額から鼻にかけて深いしわがあり、肌は浅黒い。数年前まで建設現場で働いていたがヘルニアを患って重量のある物を持てなくなり、以来アルバイトを転々としながら生計を立てていたが、一年ほど前に悠太の勤める人材派遣会社に登録した。

「デスクワークの仕事は、やっぱり少なくて」

パーテーションで区切られた狭いブースの中で、悠太は彼に向かって切り出した。

「そうだろうね。まあ、もともと、自分に向く仕事とは思えないし」

希望職種面談で何度か顔を合わせるうち、いかにも建築作業員といった雰囲気の口下手な遠藤さんに、悠太も親近感を持つようになっていた。初めて面談をした時には年下である悠太を警戒するような、あるいは見下すような態度もあった彼だが、最近では頼りにされていることがわかるので嬉《うれ》しい。

「工場も立ち仕事ですから、きついですよね」

「ああ、できれば」

「この間のような、公共料金の徴収代行はどうですか？」

「ああ、あれも……」

他人と話をするのが苦手な彼は、どこの派遣先でも評判が悪く、すぐにクビになってしまう。だが、話してみると決して悪い人ではないし、悠太はどうしても彼が働ける派遣先を探してあげたいのだった。

決して世の中に仕事がないわけではない。特に高齢化が進む中で介護の仕事は引く手あまたと言っていいほどの状態である。それこそヘルパーの資格でも取れば、引き抜かれて正社員として雇ってくれる職場だって多いはずだ（仲介料を取れなくなるので派遣会社としては避けたい結果ではあるが）。

遠藤さんにも介護の仕事を勧めたことがあるが、実生活で両親の介護をしたことのある彼は、仕事であんなことをするなんて考えられないと、他のどの仕事よりもきつく断った。

「それじゃあ、また次に会う時までに別の候補をご用意させてもらっていいでしょうか？」

「ああ……」

結局その場しのぎのポスティングの仕事を三件ほど依頼し、その日も引き取ってもらうことになってしまった。

「また来週の木曜あたり、来てもいいかな？」

「あ、木曜は……私は出社していないんですが」

木曜には、会社を休んで出向かなければならないところがあるのだ。

「それじゃあ、金曜日は？　俺も、あんたに話をつけてもらいたいからさ」

「金曜日なら大丈夫です。お待ちしております」

遠藤さんは傍らに置いていたジャンパーを胸のあたりでくしゃっと丸め、ひょこっとお辞儀をしていった。部屋を出るときの寂しげな背中がいたたまれなかった。

不景気と暗い未来。流行歌のようにニュースで流れるこの言葉に、学生時代は現実味が持てなかった。それが、人材派遣会社なんて不景気の冷風をもっとも感じる職業に就いてしまって一転だ。ハローワークでも仕事を見つけられず、連日訪れる登録者たち。二十代、三十代ならばまだいくらか紹介先もある。しかし悠太が担当を任されている四十代より上はなかなか希望に見合う派遣先がないし、せっかく長く続けられることを期待して紹介できても二か月ほどでクビになってまた相談に戻ってくるということもざらだ。

登録者にあまり同情すると身が持たないと上司も同僚も言うのだが、悠太の性格上、どうしても抱えてしまうのだった。今のところは、紘奈にいろんなことを話すことで発散している。

定時の五時に退社して外に出ると、悠太の頭に別の心配事がよみがえってきた。

——「裁判員呼び出し状」と書かれた青い封筒のことだ。

悠太が抽選で刑事裁判の裁判員の候補になった旨が記されてあり、来週の木曜日に東京地裁に来るようにと書いてあった。出向かなければ罰金を科せられる可能性もあるので、とりあえずは上司に許可を取った。

ついに、面倒くさいことになってしまった。実際に裁判員になるのは呼び出された五十人ほどの中からたったの六人であるが、仕事を休んだ上に、霞《かすみ》が関《せき》だなんてまったく縁のない場所に行かなければならないこと自体、気が滅《め》入《い》る。

駅へと向かういつものコースを外れ、デパートの書籍コーナーへ足を運んだ。

東京地裁に行く前に、少しは現行の司法制度のことを勉強しておかなければという気がある。二週間ほど前に紘奈の部屋で見た裁判番組も少なからず影響していたかもしれない。

とはいえあまり難しい言葉が使われている本を読むほどの気合はないので、中学生向けの棚へ足を運び、「まるわかり！　日本の司法」というカラーイラストが多用された参考書仕様の本を手に取り、立ち読みを始めた。

——『おねえちゃん、そもそも裁判員制度って、どうして始まったの？』

表紙をめくってペラペラとページを繰っていると、野球帽を後ろ前にかぶった、マンガっぽい三頭身の少年キャラクター「リョウくん」が姉の「ハルカちゃん」に向かって尋ねていた。

『うん。裁判員制度が始まる前は、検察官によって起訴された被告人が無罪か有罪か、有罪の場合はどういう罰を受けるのか、そういうのはすべて、裁判官が決めていたのね』

『それでよかったんじゃないのかな。だって、裁判官って、法律のプロフェッショナルでしょ？』

『たしかに。でもリョウくん、よく考えてみてね』

ページをめくると現れたのは、黒い法服を着こみ、分厚い眼鏡をかけ、嫌味たらしいインテリにデフォルメされた裁判官たちのイラストだった。彼らは食卓を囲んでいた。ご飯の盛られた茶碗《ちゃわん》に「民法」「刑訴」などと書かれ、おかずの皿の上にはなぜか、六法全書がデンと載っている。

『裁判官って、すごく難しい試験をパスしないとなれない職業なの。この仕事を目指している人は、青春時代のほとんどを法律の勉強に捧《ささ》げて来た人が大半なのよ。私たちみたいに普通に部活をやったり、友達とゲームをしたり、恋愛をしたりなんてほとんどしなかった人も多いわ。とにかく、寝ても法律、覚めても法律。法律をおかずにご飯を食べてきたような人たちよね』

『うへぇ、信じられないや！　僕たちとは大分違うんだね！』

『そう。重大なのはそこなのよ、リョウくん』

ハルカちゃんはリョウくんの肩を摑《つか》んでいる。

『裁判官たちは確かに法律のプロではあるけれど、リョウくんや私のような一般市民とは、まったく感覚の違う人たちなの』

『うん』

『そんな世間からズレた感覚の裁判官たちが、判決の時に参考にしてきたのは何だと思う？』

『さあ』

『判例よ』

再び、ページをめくる。そこには幽霊がいた。

先ほどの裁判官たちが墓石の前に正座して、同じく法服を着て頭に三角の白い飾りをつけた幽霊に、法律を講釈してもらっているのである。茂みの向こうの墓の敷地外からは「一般市民」と書かれた服を着た男女たちが何事かを叫んでいるが、とり憑《つ》かれたような表情の裁判官たちは全く耳を貸す素振りを見せていない。

『ハンレイって？』

『今までにあった裁判の判決。例えば、ある男性が恋人に振られた腹いせに、その元恋人の新しい彼氏と家族を殺して家に放火したという事件が起こったとするわよね』

『その事件を担当することになった裁判官は、前に起こった同じような裁判では、被告人にどれくらいの刑罰が与えられたのかを調べるのよ』

『うん』

『なるほど、同じような事件には同じような刑罰が望ましいっていうことだね。でもちょっと待って、たしか日本国憲法には、「すべて裁判官は、良心に従い独立してその職権を行い、この憲法及び法律にのみ拘束される」って書いてあったと思うけど？』

『憲法第七十六条第三項ね、よく勉強しているわね、リョウくん』

ハルカちゃんもリョウくんも、法律に詳しすぎはしないだろうか？　しかし、これだけ裁判番組が一般的になっている今、ひょっとしたらこれくらいの法律知識は常識の範囲内になっているのかもしれない。紘奈の顔を頭の片隅に浮かべながら、悠太は先を読んだ。

『そう。だから本来、判例を気にする必要はないのだけど、きっと周りの法曹関係者の目が気になるんでしょうね。「同じような裁判でも裁判官によって違う判決が出るのでは、公平性を欠く」という理論を盾にとって、判例にとらわれすぎる裁判官が多かったの。中にはもう何十年も前の、古臭いものもあったりして』

『それはいけないよ。時代は変わってるんだから。今の時代にあった判決を下さないと』

『もちろんそう。だけど、裁判官の感覚は今の時代の一般市民とはズレている……こんな人たちに、量刑をすべて任せるのが、果たして民主主義的と言えるかな？』

『うーん……言われてみれば、おかしいね』

『そこで、私たち一般市民の声が必要になったのよ！』

ハルカちゃんが叫ぶ。悠太はページをめくる。

さきほどまで茂みの向こうにいた一般市民が、垣根を乗り越えて裁判官たちに迫っていた。幽霊の裁判官は天使たちに両脇を抱えられ、天国へ連れて行かれるところだった。

イラストの下に、まとめコラムがあった。

一般市民の中から無作為に選ばれてきた人たちを裁判に参加させ、量刑に世間の意見、つまり「市民感覚」を反映させる。またそうすることによって、一般市民の中にはいつ自分が裁判員に選出されるかわからないという危機感が生まれ、「自分も少しは司法のことを勉強しなければ」と、世間一般の司法に対する関心は高まるはずだ。そういう期待を込めて第一次裁判員制度は施行された。

『それで、結果はどうだったのかな？』

リョウくんが身を乗り出す。

『初めは、一応の成功を見せたのよ』

ハルカちゃんの、「一応」という表現が、悠太には気になった。

『たしかに、人々の司法への関心は以前に比べて高まったたし、裁判官たちも裁判員の意識の高さを高く評価する例もあったの。それに、施行後一年間にまとめられたデータでは、裁判員経験者の九十パーセント以上が「やってよかった」っていう感想を述べたという結果が出たんだわ』

『すごいじゃん！』

『でもね、数年やるうちに、この制度も完璧《かんぺき》じゃないんじゃないかって言われ始めたの』

『どうしてだろう？』

まず初めに言われたのは裁判員の負担だったとハルヵちゃんは告げた。仕事を休んで数日拘束される割に、一日一万円は安いのではないだろうか、ということである。それに加え、不況によって司法に割かれる予算の削減も叫ばれ始めていた。このままでは裁判員制度そのものも危うい。

また、制度に伴って導入された「公判前整理手続き」も問題視され始めた。公判においてより集中した審理を行うため、提出証拠を事前に裁判官、検察官、弁護人の三者で整理しておくというものであるが、非公開で行われている点が、「裁判員が結局ないがしろにされている」との批判を浴び始めたのだ。

さらに、重大な刑事裁判にたった数日で判決が出されるようになったこともやり玉に挙げられた。もちろんこれは、裁判員をできるだけ拘束しないようにという配慮であり、以前のように判決までに数年もかけるような回りくどい公判が行われなくなったこともあって、初めは一石二鳥のように思えていた。しかし、時間が限られた分、判決を急ぐあまり十分な審理が行われないケースが出始めたのだ。

空っぽの財布を逆さにして嘆く裁判官たち、背中を見せてこそこそと証拠を整理する検察官、ストップウォッチを握って審理を急《せ》かす弁護人、そして、そっぽを向き始める一般市民たち……。

『成功しているように思えた裁判員制度に、あちこちほつれが見え始めたのね』

『離れていった一般市民の心を取り戻すにはどうしたらいいんだろう？』

『日本人たちの一番興味のあるものと、裁判を結びつければいい。そういう発想に向かっていったの』

『興味のあるもの？』

リョウくんは少しの間考えた。そして顔を輝かせると、『そうか！』と叫び、ついにあの結論にたどり着いた。

『テレビだね！』

――日本人は、世界で最もテレビの好きな人種と言われている。単なる情報媒体としてではなく、ドラマ、アニメ、バラエティ、スポーツ、教養、ありとあらゆるエンターテインメント番組を量産しているテレビ大国として世界に名をとどろかせ、特に日本産バラエティ番組は欧米各国でもブームになっているほどだ。ところが、そんなテレビ業界にも変化が生まれ始めていた。あれほどテレビ好きだった日本人が次第にテレビから離れていくようになったのだ。インターネットコンテンツの充実と、テレビ番組のマンネリ化など、その理由はいろいろ考えられた。

民放各局は悩み、方々に新たなる企画を求めて制作会社や放送作家たちに発破をかけ始め、それをキャッチしたのが、裁判所だったのである。

刑事裁判をテレビで公開すれば、人々の関心は再び司法へと向かうだろう。それも審理を数日ではなく、一つの事件につき三か月（テレビ業界で言う1クール）にすれば、短くも長くもない。裁判員の拘束と審理の慎重性の間を絶妙にとらえていると言える。それに、民放のテレビ番組にはスポンサーがつくから、裁判員にも心理的負担相応の報酬を出せるはずだ。

本物の刑事裁判を見世物にするというこの提案は不謹慎にも思えたが、もともと傍聴席は一般公開であると言い出す法学者もおり、民放各局はこんなに刺激的なネタはないと食いついた。すぐさま全国の地方裁判所の法廷内にはスタジオが建設され、話題性のある刑事裁判がテレビ番組として放映されるようになった。証拠品や証人を駆使して繰り広げられる検察官と弁護人の舌論。実際に犯罪を行った被告人が法によって裁かれる瞬間を家にいながらにして見られるという、エキサイティングかつ法教育にも役立つ、世界でも類を見ない新たなるエンターテインメント時代が、こうして幕を開けたのだ。

『でもちょっと待って』

リョウくんが割り込んだ。

『裁判員裁判にかけられる被告人たちって、殺人なんかを犯した特別な凶悪犯でしょ？

重い刑が出されたなら、被告人の関係者は裁判員をすごく恨むと思うんだ。もしテレビに顔が映っちゃったら、その裁判員の人は、命の危険を感じてびくびく過ごすっていうことにはならないのかな』

『リョウくんは、ＣＳＢ法廷８は知っているわよね？』

『うん、もちろん。僕はまほっちの大ファンなんだ』

『まほっち、可愛いもんね。彼女たちがもともと裁判員としてテレビ出演したっていうのは知ってる？』

『知ってるよ。裁判番組出演がきっかけでスカウトを受けて、デビューしたんだ』

『今じゃ、裁判番組に限らず、いろんな番組や雑誌で活躍を見ることができるわよね。ところで、彼女らが命の危険にさらされたっていう話、聞いたことある？』

リョウくんは、とんでもないというふうに手を振った。

『そんなことありえないよ！　彼女たちは芸能人だもん。ＣＳＢのみんなを傷つける日本人がいるなんて、そんなこと、考えられない』

『そう。その通りよ。誰よりも有名人を崇拝し敬意を払うこの国の国民は、テレビに出ている人に危害を加えるわけがないのよ』

『うんうん』

リョウくんはうなずいている……が、悠太はなんだか、釈然としない。

『裁判員は、日本人の本質的テレビ好きという性質に守られているというわけね』

ハルカちゃんは解説を続ける。

『それだけじゃないのよ。テレビに出て、しかも凶悪犯罪者に鉄槌《てっつい》を下すことができる存在っていうことで、裁判員は誰もがなりたがる憧《あこが》れの社会的職業になったの。かつて、司法に対する国民の関与が薄いと指摘されていた時代が嘘みたい。今や、日本国民は常に司法に目を光らせ、まさに、人民が自らの意思で人民を裁くという、このうえなく民主的な制度が生まれたのだわ。これまで人民の司法への圧力は、立法や行政へのそれと比べて格段に弱いと言われていたけど、そんな三権分立のジレンマを見事解決したとも言えるの。「法の精神」の著者、モンテスキューに自信を持って見せられる国家のあり方が、世界で初めて、日本で実現したのよ！』

こうしてハルカちゃんは最終的に、無駄にも思える口上を並べ立ててこの制度をはやし立てていた。

ぱたん。

悠太は「まるわかり！　日本の司法」を閉じた。

こんなのが真正の司法制度だとは思わない。やっぱり、罪を犯した人間は法律のプロが先人の知恵と個人の深い見識に基づいて量刑を決めるべきだ。……そして、そんな高尚な話に自分が口を出すことなど一生なくても構わないのだ。

どうして、大部分の人間がかかわりあわなくて済む問題を、わざわざ一般市民参加型にしてテレビで放映する必要があるのか、悠太にはまったく解せない。

来週、東京地裁へ行く。しかしどうせ、自分が裁判員に選ばれることなどないだろう。

悠太はそのまま本を棚へ戻し、エスカレーターへと歩いて行った。

## 2　裁判員選出

窓の向こうには寒々しい立木。殺風景な室内は、両側の壁に物々しい大きな扉がついている。

東京地裁、第一評議室。建物の北にある、だだっ広くて寒々しい部屋だった。

先ほど選出されたばかりの六人の裁判員たちは、部屋中央に置かれた丸い机に向かって番号順に座らされていた。三つ空いている席は、まだ現れていない三人の裁判官のものだろう。

部屋には悠太たち裁判員の他に三人の男性がいた。そのうち、どう見ても一番下っ端の若い坊主頭の男が、分厚い水色の冊子を配りはじめる。表紙には「『ストロベリー・マーキュリー殺人事件』公判資料」と書かれていた。

「えー、さくらテレビ・刑事裁判班プロデューサーの中林《なかばやし》です、どうぞみなさん、よろしく」

シルバーグレーのジャケットを羽織った男が口角を上げながら、なれなれしい声であいさつしたかと思うと、ぶるるると唇を震わせて空気を出しながら申し訳程度に頭を下げた。薄くなった髪。でっぷりとした体格。小さな丸メガネ。首からは業界人らしくプラスチックケースに入れられた入所証が下げられている。その容姿は、老獪《ろうかい》な古狸を連想させた。

「それでね、後ほどDの松尾《まつお》からの説明もあるかと思うんだけど、今回、最終公判はクリスマスイブのゴールデンにぶつけたいと思ってます。なんてったって、世間が大注目のビジュアルバンドが絡んだ殺人事件だからね。それくらいの価値はあるでしょ」

不謹慎なことをずけずけ言ってのける彼に、悠太はまた、「ついていけなさ」を感じていた。

「ちなみにイブの同時間帯、JBSは格闘技イベント、大和テレビはフィギュアスケートの五輪選考会、そして、テレビ月光はえっと、なんだっけな、松尾」

「はい、えーっと、栗原《くりはら》!」

「は?」

「は?　じゃねえだろ、お前、リサーチは怠るなって言ってるだろ!」

松尾という名の、緑のチェックのシャツを着たひげ面のディレクターは、怒声を上げて公判資料を丸め、傍らに佇《たたず》むADの頭を叩《たた》いた。

「す、すみません」

「T―1じゃない？」

悠太の隣に座っていた、茶髪の女が急に口をはさんだ。年は悠太と同じくらいだろう。初対面のテレビ関係者たちに向かって、ずいぶんなれなれしい口のきき方だ。

「え？」

中林プロデューサーはキョトンとして、彼女、裁判員六号のほうを見た。悠太も、他の裁判員たちも彼女に注目している。

「T―1でしょ。今年から始まった、お笑いのトリオグループの日本一を決める大会」

「あー、あー、そうです、そうそう」

松尾ディレクターは気にするでもなく、彼女の話に乗った。

「そうですよ、中林P。今年のイブ、テレ月はT―1」

「ああ、そうなの？」

狸おやじはピンと来ていないようだったが、その場はなんとなく丸く収まりそうだった。

「ま、とにかくそういうわけで、わがさくらテレビは今大人気の裁判番組でイブの激戦に立ち向かっていこうと思っていますから。で、皆さんももちろん、メインのキャストということになりますんで、ぜひ、いい裁判、作っていきましょう」

いい裁判、作っていきましょう。――そんな言い回しがあるのか。頭を抱えたい気分だ。他の裁判員の顔を盗み見ると、先ほどの裁判員六号以外はみな、同じような顔をしている。悠太と同じだ。裁判番組の裁判員に、自分が選ばれたことにまだ実感が湧いていないのだろう。

演歌風の音楽が流れだした。中林プロデューサーがゆっくりとポケットからスマートフォンを取り出す。

「はい、お疲れ様ですー、中林です」

誰もが何となく、その挙動を目で追っている。

「いひひひ、トンちゃん、相変わらずイジワルなこというんだから」

気色の悪い声で受け応《こた》えると、中林は松尾ディレクターに向かって「先を進めておけ」という合図を出し、「そうそう、連絡しようと思ってたんすよ。いやいやいや、嘘じゃなくて、ホントホント、あははまたー、証拠がないんで、テイスーザイムーですぜ、ひひひ」と業界人笑いを電波の向こうにふりまきながら、右手の大扉を肩で押し開けて出て行った。

「えーと、本番始まっちゃうと俺はサブのほうに入っちゃうんで、みなさんに直接関わるスタッフはフロアのDとかAD、あとメイク・衣装とかになるんで、そいつらを紹介しようかと思うんですが……」

と、ひげ面の松尾ディレクターが言う途中で、扉がノックされて水色のシャツの男が顔を覗《のぞ》かせた。

「あの、松尾D」

「先に、みなさんとともに審理を行う、裁判官お三方の紹介から」

松尾は再び、悠太たちのほうに作り笑いを向けてきた。

「あー？　んー……じゃあ、そっち先、やっちゃうか」

「裁判官さんたち、準備できましたけど」

「何だよ？」

＊

今朝起きてから今までのことは、まったく非現実的なものだ。

悠太はほとんど乗ったこともない地下鉄の路線に乗り、降りたこともない霞ヶ関駅で降り、一生縁がないと思っていた東京地裁の建物内に入り、受付で「42」と書かれた札を受け取り、控え室に入った。そこには、同じく呼び出し状を受け取った五十人ほどの男女がひしめきあっていた。

順番通りに面接を受け（現れた弁護人と検察官は、確かにどこかで見たことのある顔だった）、正直に受け答えをし、「現行の司法制度に興味がありますか？」との白髪の裁判官の穏やかな質問には「いいえ」と答えた。

そして全員の面接が終わってしばらくした午前十一時五十五分ごろのことだ。

控え室の電光掲示板に、最終メンバーが発表された。その中にこうあった。

「裁判員五号　42番」

悠太は、さくらテレビの看板裁判番組「サイケデリックコート」の裁判員に選出されてしまった。

しかも、扱う裁判は今年一番注目されている、あるビジュアルバンドに関わるものだということだった。

＊

松尾ディレクターに導かれて入室してきたのは先ほど面接で会った三人の裁判官だった。

「あらためまして、今回の公判の裁判長を務めます、梁川《やながわ》と申します。どうぞよろしくお願いします」

一番の年長（資料には六十三歳とあった）の裁判官がやわらかな物腰で挨拶《あいさつ》をした。

頭髪は見事に真っ白で、一目でベテランだとわかる。公判中の主な進行などは彼が務めるとのことだった。

脇を固めるのは中堅という感じの細身の木塚《きづか》裁判官（四十三歳）と、大学卒業したてといっても通るくらい若い見た目の小篠《こしの》という女性裁判官（三十二歳）だ。

梁川裁判長は六人に向かい、テレビ中継ということだが緊張せずに審理を見守り、必要に応じては被告人や証人に質問をしてもいい、というようなことをにこやかに伝えた。木塚裁判官は終始、どことなくバカにしたような薄ら笑いを浮かべていたが、

「まあまあ、裁判番組なんてのは所詮《しょせん》、パフォーマンスですから、気楽に」

軽い口調で言ってのけた。

「そんなことはありません。法で定められた、まじめな裁判です」

女性の小篠裁判官が横から口出しする。透き通るような白い肌と茶色くて深い目。裁判官だけあり、どこか近寄りがたい雰囲気を持っている。肩より上で切りそろえた髪が、仕事に一本気な雰囲気を際立たせていた。

裁判官たちは十五分くらいしたのち、別の打ち合わせがあると部屋を出て行った。後日開かれるリハーサルの時にゆっくり話ができるらしい。

その後、三十分くらいの休憩時間になった。

自分が、今までに経験したことのない疲労を抱えていることに、悠太はやっと気づいた。裁判員に選ばれてから一時間、なんだか百年くらいの時間があっという間に経ってしまったようだ。

松尾ディレクターはスタッフたちとの打ち合わせのために席を外し、栗原という坊主頭のＡＤが世話係としてその場に残された。栗原は、本来裁判官が座るべき椅子に遠慮する様子もなく腰かけ、「じゃあああの、少々休憩ということで」と言ったまま黙りこみ、左手に持った赤いスマートフォンをいじりはじめている。高圧的な上司の目からしばらくし

解放され、リラックスしているようだった。

気まずいような沈黙がしばらく続いた。裁判員たちはみな、お互いが目を合わせないように俯《うつむ》いているか、ちらちらと観察しあっているようにも見えた。

「うひひひっ」

気色悪い笑い声。悠太の左前向かいに座っていた裁判員三号だ。

「なんだか、緊張しちゃうなあ」

アロハシャツを着たパンチパーマの小太りな男で、笑うと歯が欠けているのが見えた。下唇が分厚く、額が出っ張っている。どこかでこういう顔の青い魚の写真を見た気がするが、思い出せない。年は三十代半ばといったところか。

「せっかくだから、自己紹介、やっちゃいますか」

「そういうのは、どうなんですか？」

栗原に向かって尋ねたのは、彼の隣に座っていた裁判員二号だ。ピンクのシャツにループタイをつけた四十代くらいの長身の男性で、メタルフレームのメガネが知的だった。

「あ、えーと、大丈夫じゃないすかね。プライバシーの侵害にならない程度なら」

スマートフォンから目を離さず答える栗原。メールか何かと思ったら、ゲームをやっているようだ。

「じゃあそっちの、一号さんから、どうぞ」

アロハシャツの三号はうひひっと笑いながら、一号のほうに顔を向けた。

「おう、そうか。おいらは……」

「あ」

手をひらりとあげて、また二号が止めた。

「名前は、みんな伏せておきましょう。中には言いたくない人もいるかもしれないが、みんなが名乗ったら自分も名乗らなきゃいけない、という風に感じてしまうかもしれない。ね」

一号は少し考えていたが、うなずき、

「おいらは、裁判員一号だ」

と名乗った。

「そりゃそうだ」

相槌《あいづち》を打つ三号。

その瞬間、悠太は、「ナポレオンフィッシュ」という名前を思い出した。熱帯の海に棲《す》んでいる、顔の大きないかつい魚であり、こんなボテンとした魚に、なぜ「ナポレオン」なんて精悍《せいかん》な名前を付けるのかと疑問に思ったものだった。

白髪交じりの裁判員一号は、指物師という職業だと自己紹介をした。「建具やなんかの木工品を作る職人」だそうだが、「たてぐ」という言葉自体、悠太にはピンとこない。質問をしてみようかと少し思ったが、そんな隙を与えないまま彼は座ってしまった。

続く裁判員二号は、見た目通り知的な職業だった。

「山梨にある大学で、キノコの研究をしています」

とはいえ、都内の大学での講義のほうが多いので住まいは東京にあり、住民票も東京なので今回の裁判員の候補になったということを彼は落ち着いた口調で説明した。

「キノコってのは、よくわかんねえけど、しっかり面倒みてやらなきゃいけねえんじゃねえのか？」

いち早く自己紹介を終えて場慣れしてきたらしい裁判員一号が尋ねると、彼は柔和に微笑んだ。

「私の研究は成分分析が主でして。栽培のほうはほとんど、地元のキノコ農家の方に任せています。向こうはプロですからね」

「なるほどな」

こういう場に来なければ、一生関わりあわなかったタイプの人だ。

続くアロハシャツの裁判員三号は、祭りなどで綿菓子やリンゴ飴《あめ》を売る、テキ屋だった。

「ああいうのは、まあ、コレもんの人間がやってるってイメージがあるかもしれないんすけど、俺らみたいな真面目な組合もあるんすよ、うひひ」

どこが真面目なのか。どうも怪しい男だ。

「つっても、俺は高校も中退したバカなんで、昔はまあ、悪さなんかもしたんすけど、今お世話になってるアニキにしごかれて、まあやっとちゃんと働きはじめたもんで。裁判員に選ばれたこと、さっき電話でアニキに報告したら、ようやくお前も社会に役立つ仕事ができるなって喜んでくれて、へへ。だから、今回は気合入ってます」

　AD栗原はすっかり携帯ゲームに執心して、裁判員たちの自己紹介が進むのを気にしていないようだった。

「裁判はたまにしか見ないんで全然詳しくないんすけど、よろしくお願いしやす」

　三号の自己紹介が終わり、今度は四号が、おずおずと立ち上がる。縮れた髪の毛が顔全体を覆うような、地味で陰気で気の弱そうな、そろそろ五十になるかというくらいの女性だった。

「……あの」

　蚊の鳴くような、小さな声だ。

「初めまして……私は……」

　その時だった。

「失礼しまーす」

　突然扉が開き、元気な声がした。

　一同が目をやると、二人の若い女性が入ってきた。彼女たちの姿を認めるなり、それまで携帯ゲームに熱中していた栗原が慌てて、ぴょこんと立ち上がる。

「ああっ、ざいますぅ。失礼しました」

　そこにいたのはなんと、今をときめくアイドルグループ、CSB法廷8のメンバーのうちの二人だった。

「おはようございます。CSB法廷8の笹崎眸《ささざきひとみ》です」

「同じくCSB法廷8、朝霧《あさぎり》ともなです。イェイイェイ」

「ドラマ撮影の合間で、一時間くらい空いてしまったので、ご挨拶に来ました」

悠太は恋人の紘奈と違ってテレビはあまり見ないほうだけれど、それでも突然目の前に現れた裁判員出身アイドルに緊張した。三号は「おお、ホンモノっ」とつぶやき、茶髪の六号なんかは姿勢を正している。せっかく立ち上がった四号は自己紹介を遮られ、俯いたまま、椅子に腰を下ろした。

目の前に現れた華やかな裁ドル。悠太は彼女たちの姿を見て、自分がテレビに出てしまうことを、ようやく実感し始めた。

一介の人材派遣会社のサラリーマンである自分が、本当に裁判番組なんて大それたイベントに参加して大丈夫なのだろうか……。

## 3　リハーサルでの出会い

ストロベリー・マーキュリーは五年ほど前にデビューして人気になった男性ビジュア

ルバンドである。発表する音楽は他のJ―POPと比べてさしたる特徴もないものであったが、「女装」という、珍しいパフォーマンスで注目を浴びた。

ボーカルのアグネス（本名・野添彦一《のぞえひこいち》）は線が細く、色白の端整な顔つきであり、修道女の恰好《かっこう》をしてバラードからポップスまでを歌いあげた。彼とは対照的で恰幅《かっぷく》がよいのは、ドラムのヤヨイ（徳永誠《とくながまこと》）だ。舞妓《まいこ》のように真っ白なメイクをするのだが、その豪快なドラムさばきは男そのものだった。ギターのデイジー（戸田康介《とだこうすけ》）はメイド服、ベースのワッフル（伊那八郎《いなはちろう》）はセーラー服。二人ともアグネス同様細身で、女装がよく似合い、演奏もかなりの腕だった。男女を問わず二十代を中心に人気を集め、音楽業界で賞をもらうようになっていった。

ところが人気が絶頂になった昨年十月、彼らは突然、一年間の音楽活動休止を発表したのだ。「充電」という、アーティストによくある理由だった。

そして、彼らの音楽活動再開をファンたちが待ち望んでいた今年の八月、悲劇は起こった。

ドラムのヤヨイが、絞殺死体となって発見されたのである。

遺体発見現場となったのは、ボーカルのアグネスの自宅である、目黒区のマンション。すると、アグネスはその日、久々の雑誌取材の打ち合わせがあり、深夜二時過ぎに帰宅した。すると、ドアの鍵《かぎ》が開いていた。このマンションは四人がメジャーデビューする前から打ち合わせの場所として使うことがあったので、メンバーには合鍵を渡してあった。誰か来ているのかと中に入ると、リビングの床にヤヨイが倒れていた。様子がおかしいので体を揺すぶってみるとすでに息はなく、アグネスは慌てて警察に電話した。

警察とともに現場入りした監察医により、ヤヨイの死亡推定時刻は発見時刻からさかのぼること四時間以内、すなわち午後十時以降であることが判明した。最後にヤヨイと話をしたのは現場近くの花屋の店員であり、閉店間際の八時ごろ、ヤヨイがトケイソウの鉢植えを買って行ったことを証言した（ヤヨイは花を育てることを趣味としていた）。この鉢植えは現場マンションの部屋から見つかっている。現場のテーブルには、ウィスキーの瓶と二人分のコップが残されており、二人で酒を飲みながらヤヨイを油断させ、犯行に及んだことが推定された。つまり、犯人は顔見知りということである。

期待がかかったのはマンションのエントランスに取り付けられていた防犯カメラであったが、なんとこのカメラはその日の昼間に顔を隠した何者かにより粘性の強いペンキ状のものを投げつけられて使い物にならなくなっていた（のちに市販の防犯カラーボールであることがわかり、これも事件との関わりが指摘された）。また現場マンション周辺は閑静な住宅街で、夜十時を過ぎると人通りもまったくと言っていいほどなくなるため、目撃情報も皆無であった。

こういった困難を抱えながらも警察の初動捜査は素早く進み、遺体発見から七時間後の午前九時ごろ、一人の容疑者の身柄を拘束した。所属事務所「ネクストパープル」の社員、野添彦次《ひこじ》である。彼はボーカルのアグネスの実の弟でもある。

現場のマンションから歩いて五分ほどの所に住んでいる彼の部屋へやってきた警察官は、インターホンを押したが反応がないので、ドアノブを回した。鍵はかけられておらず、中に声をかけて野添を起こした。出てきた彼の挙動不審ぶりを怪しんで中に押し入ると、ベッド脇にヤヨイの血痕《けっこん》が付着したトロフィーと、現場から消えていたバスローブの帯が落ちているのを発見したのだ。

野添彦次はそのまま警察署に連れていかれて取り調べを受け、最終的に自白をした。

「――自分が、ヤヨイの頭をトロフィーで殴り、帯で首を絞めて殺してしまった」

と。

動機は、ヤヨイがストロベリー・マーキュリーを脱退して別の事務所へ移籍しようとしていたことであった。

ストロベリー・マーキュリーの曲のほとんどは、もともとアーティスト気質であるヤヨイが作詞・作曲を手掛けていたものであり、他の三人は作曲の知識はほとんどなかった。そして、ヤヨイはそろそろビジュアルバンド「ストロベリー・マーキュリー」を卒業し、「徳永誠」として純粋にメッセージ性のある音楽を世に送り出していきたいと感じていたらしい。まだまだストロベリー・マーキュリーを売り出していきたい所属事務所「ネクストパープル」はそれをよしとせず、とりあえず頭を冷やしてもらうことにした。一年間の「充電」にはこういういきさつがあったのである。

自分の目指す音楽活動と事務所の意向との差。無理に休止させられ煩悶《はんもん》していたころ、ヤヨイは別の音楽事務所から引き抜きを打診された。ただし、他の三人は抜きで、単独でという条件だった。

「ネクストパープル」の社員である野添はもちろん、移籍を思いとどまるようにとヤヨイを説得した。ファンの多いヤヨイに今辞められたら、せっかく復活しても曲が売れないかもしれない。それどころか、この先誰が曲を書くのか。野添は何度か交渉したが、ヤヨイの気持ちはすでに向こうに傾いていた。こうして二人の間に確執が生まれ、ついには今回の事件に結び付いたのだという。

人気ビジュアルバンドのメンバーが所属事務所の社員に殺されるという話題性で一躍世間の注目を集めたこの事件はもちろん、テレビ公開裁判の対象になった。

――以上が『ストロベリー・マーキュリー殺人事件』、悠太が裁判員として関わることになってしまった事件の概要である。


悠太がサイケデリックコートに出演することは、職場である人材派遣会社でもすぐさま話題になった。同僚は「まじかよ、ストロマのヤヨイの事件？　ってか、お前、裁判なんかわかるの？」と興奮しながらはやし立て、普段は厳しい上司も「仕事のほうは心配しなくていいからしっかり使命を果たしてこい」と激励してきた。悠太は職場ではあまり目立たないように心掛けていたのだが、女子社員たちから餞別《せんべつ》と称した菓子折をもらうなど、照れくさい事態にまで発展した。

だがもちろん一番興奮したのは、法学部の現役学生である悠太の恋人、尾崎《おざき》紘奈だ。

「かんぱーい！」

悠太の前で彼女は、上機嫌に糖質七十パーセントオフのブドウ缶チューハイを開ける。鍋《なべ》の中では鶏団子とねぎと白菜がグツグツと煮えている。紘奈の学生ワンルームマンションの部屋、奥では大きすぎるワイドテレビがすましている。つい一か月前、自分がただの視聴者だったのが遠い昔だ。

「それにしても悠太はエライ！」

缶チューハイをぐびぐびと飲んだあと、紘奈は菜箸《さいばし》で鶏団子の煮え具合を確認しながら悠太をほめた。

「は？」

「だって、ちゃんと私に黙ってたでしょ？　裁判員候補者名簿に記載されたことを」

「あ、ああ」

「いくら守秘義務が大事だって知っててもね、私だったら言っちゃうかもなぁ、やっぱり」

つまり、裁判員候補者になったことを恋人にも口外してはいけないという規定を守りぬいたのがエライ、と紘奈は言うのだ。なんだか一瞬、皮肉に聞こえた。だけど紘奈に限ってこんな皮肉を言うわけはない。彼女は、現行の裁判制度にどっぷりとはまっているのだから。

今日は紘奈と、「前祝い」と称した鍋だ。紘奈は料理が不得意なのであまり凝ったものは望まないし、残暑も落ち着いて風が冷たく感じ始める十月初旬は、まさに初鍋にふさわしい季節でもある。

「それにしても、ストロベリー・マーキュリーの事件とは。法学的にはまあ、判例を覆しちゃうような目新しい事件じゃないけど、話題性で言ったら、秋田の『女子高生ガチョビ赤熱症ウィルス発散事件』と並んで、今年下半期のツートップとも言える裁判だしね！」

紘奈ははしゃいだ。

「それに、蜂室《はちむろ》さんとクロコダイルの対決でしょーっ。もー、楽しみー。二人の対決をジャッジできるなんて、うらやましいなー」

蜂室さん、クロコダイルというのはそれぞれ、裁判を担当することになった検察官と弁護士の名前である。二人とももちろん有名人で、司法大好きの紘奈のような視聴者にとっては絶対に見たいカードなのだそうだ。

「ねえ、CSBに会ったんでしょ？」

紘奈のおしゃべりは止まらない。悠太は苦笑いしながら応じる。

「うん……えーっと、彼女と、彼女」

壁にでかでかと貼られたCSB法廷8の特大ポスターの中から、笹崎眸と朝霧ともなの顔を指差した。来週の初公判からは全員に会うことになるが、そういえばセンターポジションの川辺真帆以外、彼女らの顔と名前をはっきり意識したことは今まで一度もない。「ＣＳＢ」が「ちほうさいばんしょ」の略であるということも、ついさっき知ったことだった。

「ひーちゃんと、ともな？　いいなーっ」

彼女たち八人はそれぞれ売り出すための「キャラ」がついている。笹崎眸は「演技派キャラ」として最近ではドラマや映画に出演しており、朝霧ともなは「元気キャラ」として裁判以外にスタジアムや競馬場などのスポーツイベントでの仕事が増えているらしい。

「ひーちゃん、『徳島・毒入りかっぱ巻き事件』の話、してた？」

当たり前のように紘奈は聞いてきた。

「うん。……よく知ってるな」

それは、笹崎眸が裁判員として参加し、スカウトされるきっかけになった裁判で扱われた事件である。

「当たり前でしょ、ってか悠太、ひょっとして、『徳島・毒入りかっぱ巻き事件』も知らないとか？」

「なんか、遺伝子操作で毒性のあるキュウリを作って知人に無差別に食べさせた、元バイオテクノロジー研究所勤務のオバサンの事件でしょ？」

先日聞いた話の内容をあいまいにつなげて返答する。

「そうそう。徳島ローカルでしか放送されなかったんだけど、あれをきっかけに遺伝子操作による毒性植物の研究を在野では規制するべきだっていう動きが国会で起こって、学問の自由と公共の福祉とのかねあいで与党の中でも意見が分裂して、いまだに結論がでてないんだから」

法律の話になるとこうやってすぐ顔を輝かせながら話を難しくしたがるのは、法学部の学生の悪い癖だ。普段はおっとり系のくせにと悠太は顔をしかめながら、おたまで鶏団子をすくう。

「あの裁判のDVDあるけど、持ってく？」

「いや、いい」

「まほっちとひーちゃんのオーディオコメンタリー付きだけど」

「いいって」

それどころではない。「ストロベリー・マーキュリー殺人事件」についての公判資料を読み込まなければならないのだから。——まだ、半分も読んでいない。

「そういえばさ、お金っていくらくらいもらえるの？」

新しい白菜を鍋に突っ込みながら、紘奈は言った。

「わからない」

これは会社の同僚にも聞かれたが、本当にわからないのだ。実はスポンサーのつき具合によるので、番組によって違うらしい。

悠太は鍋の脇の皿の上に並べられている紘奈の実家のたくわんに箸を伸ばした。程よい塩味と、固すぎない歯ごたえ。漬物はあまり食べない悠太なのだが、このたくわんの味は好きだ。

「そっかそっか。まあ、裁判員の意義は、報酬なんかじゃなくて、一般市民として司法に関われることそのものにあるわけだからね」

そりゃ、法治国家に生きる市民の感覚を常日頃研ぎ澄ましている紘奈のような人種にとってはそうだろうが。

「正直、不安なんだけど……」

一切れをゆっくり噛《か》み砕《くだ》き、すっかり胃に落としてしまってから、悠太は本音を吐いた。紘奈ははふはふと鶏団子を口の中で動かしていたが、やがて「大丈夫だって」と笑った。

「むしろ、最初からノリノリのほうが心配でしょ、テレビに映りたがりな感じがして。そこへいくと、悠太はまったくそんなこともないし。私、司法になんか興味ありませーん、っていう人のほうが、却《かえ》ってストレートに市民感覚をぶつけられるからいいんだよ。そもそも、裁判員制度っていうのはそういう目的で始まったわけだし」

少し前、本屋で「まるわかり！　日本の司法」を読んでから感じていた不可解さが、いつしか、以前にもまして悠太の中で成長していた。つまり、司法に興味のない人間をムリヤリ司法の場に引っ張り出し、一人の人間の運命を左右する責任を負わせる理不尽さだ。本来ならば一生、強盗・傷害・殺人だなんて血なまぐさい事件に関わらずに済むことのできた人間の運命を国家が破壊する。そして、テレビ中継によって顔を世間に晒《さら》すことにより、その責任を増幅させる。「一般市民の感覚を司法に反映する」なんて、そんなの、司法に携わる人間からの一方的な押し付けではないか。

そして今、押し付けられたのは、他でもない悠太だ。

頭の中で「責任」という言葉が、まるで水を吸った麩《ふ》のように膨れ上がっていき、悠太の胃はキリキリと締め付けられるようだった。

＊

サイケデリックコートの放送日は隔週の土曜日で、全六回である。放送時間は夜の七時から八時までですべて生放送だ。ちなみに最終日の十二月二十四日だけ、七時から九時の二時間スペシャルが予定されている。

十月十四日、金曜日。第一回公判の放送を翌日に控えたその日は、初めてのリハーサルだった。

リハーサルには裁判員は全員参加することが義務付けられており、悠太の上司はニコニコ笑いながら「行って来い」と背中を押した。

東京地裁・第一法廷は、今すぐにタレントが勢ぞろいして四時間生中継クイズ特番でも始めそうな、テレビスタジオそのものだった。固定カメラが数台、ハンディカメラを携えたカメラマンも数人いる。カメラマンの一人ははしご車のような上下左右自在に動くマシーンに乗っていた。工事現場のように鉄パイプが張り巡らされた天井には照明器具がずらっと取り付けられており、今はまだ抑え気味だが、本番には煌々《こうこう》と出演者（と呼んでよいものかどうかわからないが）を照らすに違いない。

「アリーナ」と呼ばれる、テニスコート四面分はあろうかというだだっ広いメインスペースは、白と黒の正方形が互い違いに並んだ、目がちかちかしそうな模様で覆われていた。なんでもストロベリー・マーキュリーの最大のヒット曲〝チェス盤上のアリア〟をイメージして作られたらしく、中央の証言台にはチェス駒をモチーフにしたオブジェが飾られており、そこを挟んでヒマワリを象《かたど》ったパネルが背後にそびえる黄色い弁護側机と、菊を象ったパネルがそびえる紫色の検察側机が対峙《たいじ》している。証言台の真正面は背後に巨大ハイビジョン画面を控えた三人の裁判官の席。そして両脇に三人ずつ、電飾の施された裁判員たちの席があった。

悠太が座っているのは「裁判員五号」というネームプレートが掲げられた席で、目の前には小型のディスプレイと赤くて丸いボタンが設置されている。すべての裁判員席にはこのボタンがあり、被告人や証人に質問をしていい時間にこれを押せば「質問権」が得られるのである。先ほど、フロアディレクターの指示で裁判員一号が試し押しをしていたが、〝ボワピニョーン〟という何とも間抜けな音とともに彼の席に埋め込まれている電飾がピカピカと光った。質問や発言は義務ではないので、おそらく使うことはないだろう。

悠太はアリーナの左右にぐるりと設けられている傍聴席を眺めた。千人は入るだろう。今はまだ誰も座っていないが、これが満員になれば、かなりの緊張感が生まれるはずだ。考えただけでも吐きそうになる。

裁判官たちの席から見て真正面、証言台を挟んで向こうサイド、左右の傍聴席の間には、天秤《てんびん》を携えた大きな女神の像が設えてあり、その台座に左右に開く扉がついている。あの扉から、被告人や弁護人、検察官、そして証人などが登場する。

アリーナ中を慌ただしく駆け回るスタッフたちを眺めながら、悠太たち裁判員と三人の裁判官は手持ち無沙汰《ぶさた》に過ごしていた。見ると、悠太とは逆側の裁判員席の端に座っている白髪交じりの指物師、裁判員一号は、公判資料を持参してしっかり読んでいるところだった。この時間を利用してもう一度あれを読み込んでおくというのはいいアイデアだ。明日《あした》が初公判だというのに、悠太は一度流し読みしただけで、じっくり頭に入れているとは言い難い状況だった。今から控え室まで取りに行ってきても大丈夫だろうか？

「ねえ五号、被告人、どれくらいの刑かな？」

急に、右隣から話しかけられた。先日の自己紹介以来、悠太たちは番号でお互いを呼び合うようになっていた。悠太は「五号」、彼女は「六号」だ。

る。
「なんですか？」
彼女が裁判番組に詳しいことは、この間のプロデューサーとのやりとりでわかってい
「刑よ。やっぱり、十年くらいかな」
茶色い髪を巻き毛にした彼女はニヤニヤしていた。スタイリストに選んでもらったと
いう肩の露出した真っ赤なドレスに、シルバーのネックレスが光っている。裁判員がこ
んな恰好《かっこう》でいいのだろうかと思ったが、今年最後の注目公判なので少し目立つようにと
いうのがテレビ局の意向らしい。悠太にあてがわれているのは普段なら絶対に着ない、
緑のブレザーだった。
「私はね、この事件のポイントは、被告人がヤヨイを殺そうと思った動機にあると思っ
てるのよ」
「はあ」
「いくら自分の会社を裏切って別のプロダクションと契約を結ぼうと言い出したからっ
て、殺したりするフツー？」
彼女に、紘奈の顔が重なって見える。
「私はさ、もっと個人的な恨みつらみがあったんだと思う」
「…………」
「ねえ、ちょっと、あんたも何とか言いなさいよ。裁判員に選ばれたからには、事件に

向き合わなきゃいけないんだからね」

「真面目なんですね」

悠太はそれだけ返答した。

「当たり前でしょ。テレビに出るんだし、ストロマの事件よ？　それに評価されたらさ、芸能界入りできるかもしれないんだし」

素人《しろうと》がテレビに出てヒーローになれ、ひょっとしたら芸能界入りをすることができるチャンスを提供し、誰しもが裁判員をやりたがる状況を作るというのが、裁判員裁判をテレビ放映する目的の一つでもある。人前に出たがらない悠太にとっては全然魅力的ではないのだが、少なくとも悠太の右隣の茶髪の女性は、芸能事務所に注目されることをひそかに期待しているようだった。

これ以上彼女と話しているのは疲れると思い、逆サイドの裁判員四号のほうへ目をやる。陰気な四十代後半の彼女(二人の子供がいる主婦だと自己紹介をしていた)も、紺を基調としたドレスのような服を着せられているが、猫背のままぼんやりしていた。無口で、この間、少し聞いただけだが、蚊の鳴くような、小さくて自信のかけらすらも感じられない声だった。きっと彼女も、こんな災難が自分に降りかかってこようなどとは考えたこともなかったのだろう。

「CSB法廷8さん、入りまーす！」

突然、AD栗原の大声がアリーナ中に響き渡った。

登場扉脇のスペースから、見たことのある八人組が談笑しながらやってくるところだった。

「うわ、全員集合じゃん」

裁判員六号の目は彼女たちに釘付《くぎづ》けになっていた。ルーク、ナイト、ビショップなど、チェス駒をモチーフにしたような帽子をかぶり、肩と腹部と太ももの露出した白黒の衣装に身を包み、全員まぶしいくらいに肌が白い。裁判員出身アイドルグループ、ＣＳＢ法廷８だ。彼女たちも明日の本番に備え、このリハーサルに集まったものと見える。この間会った笹崎眸や朝霧ともなももちろん混じっている。

彼女たちはしばらくディレクターやその場にいたスタッフたちと話をしていたが、証言台や弁護側・検察側両机が片づけられるとスペースに広がり、フォーメーションを取った。

「それでは、音楽、お願いしまーす！　五秒前！　四、三……」

ＡＤ栗原が号令をかける。次第に照明が暗くなったかと思うと、赤や黄色の光がチカチカし始めた。

とたんに、音楽が始まった。

〈こないだのドライブの、別れぎわ――♪〉

〝未必の恋　～振られちゃってもかまわない〟。発売一か月以上たった今でもかなり売れている、彼女たちの曲だ。

〈頬に触れた唇、〝不確定の意思〟なの――♪〉

アリーナに散らばった八人は、まるでコンピューターグラフィックのように同じ動きを見せながら、きれいなフォーメーションダンスを披露し始める。

〈このドキドキの発生を♪〉

〈What sweet pain!〉

〈あなたが意図していたとしても――♪〉

〈You wanna fallin' love?〉

「すごい、生で見られるなんて」

裁判員六号がつぶやく。

〈キャラメルマキアートかき乱して、立証できないの――♪〉

悠太の左隣の、先ほどまで俯《うつむ》いていた裁判員四号も顔をあげて彼女たちのダンスを見ている。紘奈が見たら喜ぶだろう。悠太はそう思いながらその光景を眺め続けていた。

＊

他の裁判員とちょっと違った経験をすることになったのは、リハーサルも終わったところだった。

「キミ、ちょっといい？」

あの、中林という狸風プロデューサーだ。

「僕ですか？」

「そうそう。実は急遽《きゅうきょ》、ナカミードスポーツさんが協賛に入ることになって」

わけがわからないまま、とりあえずうなずく。

「これからさ、スノボシーズンじゃない。で、ナカミードさん、今季のデザインを発表したんだけど、どうしてもこの番組で、しかも、女物はまほっちに着てもらって宣伝したいっていうんで、まあ、かなりの提供をいただいたのよ」

「はあ」

「女物はまほっちでいいんだけど、ほら、男物、どうするんだっていうことで」

悠太は首をかしげた。中林はぶるるるると唇を震わせながら人差し指を立て、悠太の顔へ向けた。

「ひょっとして、それを、僕に？」

「そーゆーこと。他に若い男性がいないもんで。申し訳ないけど、今回の放送の本番中、スノボウェアで参加しといてくれる？」

「…………」

「番組終了後、まほっちと二人で製品をアピールするコーナーを設けるつもりだから、そのリハもこのあとあるんで、待っててもらえる？」

この時点で、時刻はすでに八時を過ぎていた。それにしても、川辺真帆と二人でだなんて、本当だろうか。

その後長らく待ちぼうけを食らって、スノボウェアCMのリハーサルの時間になったのは、十時半を過ぎたころだ。テレビ業界は何かと準備に時間がかかる。

「おはようございます」

特注と思われるスーツに身を包んだ、相撲取りのような巨漢のマネージャーとともにやってきた彼女は、眠気とは縁遠い元気な声で、悠太に挨拶《あいさつ》をしてきた。

「CSB法廷8の、川辺真帆です」

長い待ち時間で眠気すら感じ始めていたのだが、トップ裁ドルのはじけるような笑顔に、悠太は一気に目が覚めた。

そして、見とれてしまった。

この間の二人に会った時の感覚とは違う。オーラが違う。空気感が違う。

よく言うように、背はテレビで見るより小さく、顔は常人の二分の一くらいしかないのではないかと思われるほど小さい。つややかな唇と、ぱっちりしたまつ毛の長い目。赤いTシャツから伸びた二本の白い腕は折れそうなほどに細い。日本中の男性が虜《とりこ》になるのもわからなくない。こんな彼女が、ちょっと前まで一般市民だったなんて考えられないことだった。

まほっちが目の前にいるというだけで、テレビをあまり見ない悠太でさえ、足が震えそうになった。

「えーっと、これですね」

スタイリストが可動式ハンガーかけを引きずってきた。男物と女物のスノボウェアが一着ずつかけられている。

「わぁ、可愛い」

川辺真帆は楽しそうに女物のスノボウェアをハンガーから外し、袖《そで》を通し始めた。マネージャーが目を吊《つ》り上げてその一部始終を眺めている。今をときめく裁ドルだから、ボディーガードのような役も兼ねているのかもしれない。

「まほっちは、スノボなんか、やるの？」

のっそりやってきた中林プロデューサーが色つきメガネの向こうの顔を緩ませながら尋ねた。

「いや、私はスキーだけですね。勝山《かつやま》に大きなスキー場があって、家族でよく行ってたんです」

「かつやま？」

「福井県勝山市。ご存じないですか？」

話を聞きながら、彼女が福井出身であり、デビューのきっかけとなった裁判は福井地裁から全国放送されたものであったことを、悠太は思い出していた。

「あれですよね、恐竜の」

中林が首をひねる横から、松尾ディレクターが口を挟んだ。

「そうそう、そうです」

「なに、恐竜って?」

「勝山は恐竜の化石がたくさん発掘されることで、全国的に有名なんです」

「そうなんですよー。松尾さん、よく知ってますね」

「へへ、私、石川なんで」

「えーっ、そうなんですかぁ?」

「そうです。だからほら、北陸同盟ってことで」

「そうですね。あ、私、あさってまた、福井地裁でイベントなんです」

「へぇー、大変ですね」

CSB法廷8のメンバーは、全国区のテレビに出るスターになってからも、週に一度はそれぞれの地元の地方裁判所に帰ってイベントなり公判なりに出席する。こうした活動によって地元に根強いファン層を形成しているらしい。

「ねえキミ、ぼーっとしてないでさ」

まほっちとの会話を松尾ディレクターに横取りされた形になった中林は、悠太のほうへ切り替えてきた。

「それ、着てよ」

「あっ。ああ、これですね」

慌ててスノボウェアを取ると、乾いた音をたてて、ハンガーが床に落ちた。

「大丈夫ですか？」

川辺真帆が駆け寄って、ハンガーを拾う。芸能人がそんなことしなくてもいいのにと、悠太は恐縮した。

「あっ、すみま……」

せん、が出なかった。彼女の悠太を見つめる目は磨かれた水晶のように輝いていて、悠太は思わず目をそらした。天使はいると思った。

それからしばらくの時間、悠太は彼女と二人でスノボウェア宣伝のリハーサルを行った。「この冬、スノボに挑戦したいと思っているあなたにオススメ」とまず川辺が言う。そして「このウェアには、アメリカ・コロラド州で開発された新時代撥水《はっすい》技術〝TPフェメラリン・ディワール加工〟が施されています」と悠太が言う（TPフェメラリン・ディワール加工、の部分で悠太は何度もトチった）。「この冬、ゲレンデは、ナカミードのウェアで決まりだねっ」と二人で声を合わせる。これだけのことを大勢の人に見守られながら何度も何度も繰り返し、悠太はだいぶダメ出しを食らったが、終始ふわふわした夢心地だった。

途中、CMディレクターが「まほっち、彼に腕を絡ませてみようか」と言い出し、傍らで目を光らせていたCSBのマネージャーもOKを出したので、川辺真帆が悠太に急接近した。嗅《か》いだこともないフローラルの香りが鼻をなでた。もう、がちがちだ。

「あんまり緊張しないでください」

川辺真帆は、微笑みながらそう言ってくれた。

そうこうしているうちに、リハーサルは終わった。時刻は十二時を過ぎていた。悠太は生まれて初めて、タクシー券を使って自宅へ帰った。

寒いタクシーの中で、ずっと川辺真帆のことを考えていた。

川辺真帆。あの微笑みが、自分だけに向けられたものだと思ったら、胸のあたりが熱くなった。彼女に会って話をして、一緒のCMに出演できるだけでも、裁判員に選出された価値はある。確実にある。

率直に言って悠太は、川辺真帆に、夢中になっていた。

## 4　初公判

十月十五日、午後七時。サイケデリックコート、『ストロベリー・マーキュリー殺人事件』裁判、第一回公判が開廷した。

ライトオンされた数十個の照明が作り出す本番中の法廷の熱は、悠太が想像した以上だった。

傍聴席は満員。悠太から見て右サイド、つまり検察側机の背後は、コスプレ姿のストロベリー・マーキュリーのファンたちで埋め尽くされ、左サイドではチェックのシャツを着た連中が手に手にCSB法廷8メンバーの写真をあしらったうちわを握っていた。

「それでは本番参ります！　五秒前！」

ＡＤ栗原が、法廷スタジオ全体に見えるように、大仰に腕を振る。照明がぐるぐる回りだしたかと思うと、法廷中のあちこちからCSB法廷8のメンバーが飛び出してきて、オープニングダンスを踊り始めた。興奮するファンたち。

やがてダンスも落ち着くと、いつの間にかアリーナ中央の証言台のあたりには、レフェリーの恰好《かっこう》をした局アナウンサーがいた。なお、テレビを見ている視聴者には別室でモニタリングをしている実況アナウンサーと解説者の音声が届いているはずだが、スタジオの裁判官・裁判員は審理に集中するため、その実況はまったく聞けない。

「けーんさーつー」

「赤コーナー」のような言い方で、アナウンサーが叫ぶ。

「東京地検所属、はちーむろー、いってーつー！」

アリーナを包む闇の中にぐるぐる回る黄色いライト。ぶんぶんという蜂の羽音のサウンドエフェクトに、ポップな音楽が合わさる。正面の扉から、ずんぐりした体形の男がぴょこんぴょこんと跳ねるような足取りで入場してきた。ＡＤ栗原にあおられ、傍聴席から沸き上がる拍手。

黒いスーツに黄色と黒の縞《しま》模様のネクタイを合わせ、肩からは蜂の巣を象《かたど》ったような不思議なカバンをかけ、小脇に同じく黄色と黒の縞模様の風呂敷包み、そして生ローヤルゼリーの小瓶を抱えている。天然パーマらしき短髪は整髪料でてかてかに光り、ずり落ちそうな大きな黄色ぶちのメガネをかけていた。検察官、蜂室一哲。刑事裁判がテレビ放映されるようになってから露出が多くなり、今ではすっかり正義の使者としてお茶の間の人気を得ているようだ。彼はそのまま、菊のパネルが設置された検察側の机に歩み寄って腰かけると、小瓶のふたを開けてスプーンを突っ込み、生ローヤルゼリーを一口食べた。

照明が一時、もとに戻る。昨日のリハーサル通りだ。

ああ、心の準備が完璧《かんぺき》ではないにもかかわらず、ついにはじまってしまった……悠太は熱が回りそうな頭の中でぼんやりと、そんなことを考える。他の出演者と比べても自分が一番暑いであろうことを、悠太は自覚していた。なにしろ、昨日のリハーサルの緑のジャケットではなく、ナカミードスポーツの新作スノボウエアを着せられているからだ。

――本番中は、何があっても脱がないでくださいとの、プロデューサーからのお達しです。

スタイリストの女性は茶髪ののっぺらぼうのような表情で、悠太にこれを着せたのだ。大口のスポンサーの機嫌を損ねてはいけないのだろう。

「つづきまして、べんーごにんー」

アナウンサーが叫ぶ。

「GR法律事務所所属、クロコダイルー、さかーしーたー！」

青と緑の光が回る。ジャングルの動物たちの声が聞こえたかと思うと、格闘家の入場テーマのような音楽が流れ始めた。登場したのは、真っ赤な革ジャケットを羽織り、ワニ柄のキャスケット帽をかぶり、ブランド物のサングラスをかけた三十代後半の長身の男だった。傍聴席に手を振りながら悠々と歩いてくる彼こそ、気鋭の弁護士、クロコダイル坂下である。両親ともに日本人だが生後すぐに父親の仕事の関係でオーストラリアに移り住み、青年時代までを過ごした。大学在学時から通信教育のロースクールで日本の法律の勉強をし、三十歳で弁護士の資格を取得。帰国後、大手のGR法律事務所に所属すると、次々とテレビ公開の刑事裁判を手掛けるようになった。最近では被告人本人ではなく、番組制作サイドが彼にオファーを出すようになっているという。

彼の背後からは両脇を屈強そうな刑務官に支えられた、体の小さな野添被告人が弱々しくついてくる。

アリーナの中央で、三方向からのスポットライトを浴びると、クロコダイルは立ち止まって両手を天に突き上げ、「アイラービュ、東京地裁ーっ！」と叫び、傍聴席の熱狂を煽《あお》った。

クロコダイルへの声援と、野添被告人へのブーイングが混じり、法廷は一時、異様な空気に包まれた。

きた。

れたプラカードを高々と掲げ、ラウンドガールのように歩きながらアリーナへ歩み出て

それを待っていたかのように、CSB法廷8の一人、渡辺小雪《わたなべこゆき》が「人定質問」と書か

「開廷します」

マイクを通じた梁川裁判長の声が法廷中に響く。

「静粛に」

＊

初めの急展開は、開廷からわずか十分後に訪れた。

梁川裁判長による「人定質問」、蜂室検察官による「起訴状朗読」、そして再び梁川裁判長から被告人に対しての「黙秘権の告知」と進み、プログラムは「罪状認否」である。

罪状認否とは、蜂室検察官が先ほど読み上げた起訴事実（八月十三日、アグネスの部屋で野添彦次がヤヨイを殺害した。刑法第百九十九条・殺人罪。と、ずいぶん簡単な文章だった）が正しいかどうかを被告人自らに答えさせるというものだ。警察での取り調べでは彼は罪を認めているので、これもあっさりと進むはずだった。

「それでは被告人にお聞きします。先ほど検察が述べた起訴事実に、間違いはございませんか？」

梁川裁判長が尋ねると同時に、二台のカメラが証言台の被告人に近づく。大画面には、やせ細っておどおどしているその男の顔がアップで映し出される。この裁判番組の主人公でもある彼の顔が、悠太には哀れに見えた。誰かに似ている……なぜか、そんなことを思った。

「あの」

やがて彼は、証言台に取り付けられているマイクに向かって答え始めた。

「実を言うと、よく覚えていないのです」

傍聴席がざわめく。検察側机では、蜂室検察官が生ローヤルゼリーを口に運ぶ手を止めた。

「覚えていない、とは？」

「あの夜、部屋でヤヨイと話しながら、ウィスキーを飲んでいたところまでは覚えているのですが、その後、記憶が飛び……気づいたら自分の部屋で寝ていました。警察の方にインターホンで起こされるまで、覚えてません」

本当だとしたら、ずいぶん記憶が飛んだものだ。

「それは、あなた自身が手を下したのではない、ということでしょうか？」

「ヤヨイを殺した感覚が、手に残っていません……私ではないと思います」

傍聴席はいっそううるさくなった。前列の席からは「ふざけるなー」との怒号も飛んだ。

「静粛に！」

梁川裁判長は傍聴席をたしなめ、向かって左側の席に座っている弁護人、クロコダイル坂下《さかした》に視線をやる。

「弁護人のご意見は？」

クロコダイルは座って足を組んだまま、大げさに肩をすくめた。

「被告人と一緒です。He didn't do it。裁判員のみなさまどうぞ、供述調書の内容は throw away しちゃってください」

外国帰り特有のどこか人を食った言い方に、傍聴席は再び怒号と笑い声が入り混じったような喧騒《けんそう》に包まれた。カメラは蜂室検察官の顔を映し出したが、こちらは唇をかみしめながら、自分の発言の機会をじっと待っているようだった。

「さすが、サイケデリックコート」

悠太の隣で茶髪の六号が、楽しそうにつぶやいた。

「全面対決になりそうだね」


——それから二十分が経過した。

「検察・冒頭陳述」。簡単に言えば、検察官による事件内容の説明で、今回の第一回公判の目玉とも言えるコーナーだ。

裁判官席背後の大画面、そして悠太たちの座っている台の前に設置されている画面には、検察側が用意した「起訴事実VTR」が流されている。プロの俳優を使った再現VTRで、被告人の野添彦次が事務所移籍問題を端緒としてヤヨイに殺意を抱くに至った過程のシーンが終わり、事件当夜の再現映像に切り替わっていた。

「こうして、事件当夜を迎えます」

蜂室検察官はVTRの進行にあわせ、右手に持った不思議な道具を振り回しながらしゃべっている。三十センチほどの長さの黄色と黒の縞模様のムチなのだが、先端にはひもでミツバチのフィギュアが結わえつけてあるのだ。

「野添被告人はヤヨイさんを現場であるマンションの部屋に呼び出しました。アグネスさんがその日、深夜まで打ち合わせをしていて部屋を空けていることは承知の上です」

マンションのソファーでは一人、野添被告人役の俳優が、アグネスの来訪を待っている。やがてやってきたヤヨイ（似ているが少し年上の俳優が演じていた）はおなじみの着物姿ではなく、Tシャツの上に半袖《はんそで》のシャツを羽織り、ジーンズをはいていた。手にぶら下げたビニール袋からは、事件当夜に買っていったトケイソウの鉢植えが覗《のぞ》いている。『兄貴はもうすぐ帰ってくるはずだから』と野添は言って、ヤヨイを中に招き入れる。棚にあったウィスキーを取り出して飲みながら、二人はしばらく世間話をしていた。

「さて、やがて話は、ヤヨイさんの事務所移籍問題のことになります」

画面の中で二人は口論を始めた。野添は激昂《げきこう》した様子で立ち上がり、棚からトロフィーを取り出した。そしてヤヨイの背後に回ったかと思うと、がつん。がつん。座っている彼の頭に二度、トロフィーを打ち下ろした。演出上の血しぶきが上がる。

迫真の演技による凄惨《せいさん》なシーンに、傍聴席がどよめいた。ファンの中には目を覆うものもいる。

「このように被告人はまず、トロフィーで被害者の後頭部を殴打し、抵抗力をなくしました」

まさに蜂の羽音のような、ビブラートの利いたよく通る声で蜂室検察官は解説をした。

画面中の野添は、一度バスルームへ消えると、バスローブから帯だけを抜き取り、再びリビングルームへ戻ってきた。そして後頭部を抱えながら床に倒れこんで苦しんでいるヤヨイの背中に馬乗りになり、首に二度帯を巻きつけると、ぐいぐいと締め上げた。

ふたたびどよめく傍聴席。

「そして、力まかせに一気に締め上げたのです」

画面は暗くなった。そして、横たわるヤヨイの傍らで立ち尽くす野添の映像が現れる。

「ことを終えた被告人は、ぐったりしたヤヨイさんを見て呆然《ぼうぜん》とします。この時、しかるべき措置を取ればヤヨイさんの命は助かったかもしれません。しかし被告人はそれをしなかった。犯行に使ったトロフィーと帯を持って、自宅マンションに逃げ帰ったのです」

起訴事実VTRは終了し、アリーナ全体の照明が再び明るくなった。

びぃん！　羽音がして蜂室検察官のムチの先のミツバチが宙を舞う。

「ここで、本日のー」

びぃん、びぃん！

「はちむろー、チェック！」

体を左右に振るというどことなくコミカルな動きを見せ、静止する。傍聴席の一部から拍手が聞こえる。蜂室検察官の決めポーズのようだ。

「動機は、事務所移籍をやめようとしない彼への個人的憎悪、犯行現場には人の立ち入らないマンションを選び、凶器も以前からその部屋にあるものでした！　つまり、計画的な犯行だったというわけです。こ・れ・は……」

と、カメラにムチを突きつける。

「紛れもなく、殺人罪」

蜂室検察官は冒頭陳述を締めくくった。けたたましい音楽が鳴り響き、そのまま、コマーシャル画像に切り替わった。

「ＣＭ入りましたー！」

ＡＤ栗原の大声が響く。悠太はふぅーっとため息をついて、背もたれによりかかる。この数十分で、悠太はスノボウェアの中の自分の体温が急激に上がっているのを止められずにいた。体内から汗という汗が搾り出されるようだ。

「あんた大丈夫？」

六号が声をかけてくる。

「顔、真っ赤だよ」

「暑いんです」

それだけ言った。今のVTRまではなんとか集中できたが、もう我慢も限界が近い。

CMの間くらいはこのスノボウェアを脱いでもいいだろうか。暑い。脱ぎたい。暑い。

その瞬間、なぜか悠太の頭の中に、小学生のころの校庭の光景が浮かんできた。青空のもと、体育の授業で鉄棒をやっている。順番を待つ悠太。鉄板のように熱せられた鉄棒を握り、ひょいっと飛び上がって体を支え、そして……

「CMあけまーす!」

回想は、栗原の叫びに遮られた。

その後、クロコダイル坂下による弁護側の冒頭陳述VTRが流されたが、CMが間に入って気が緩んでしまった悠太は、暑さでもう何が何だかわからなくなっており、ほとんど集中できていなかった。

やがてそのVTRも終わり、梁川裁判長が何やら言い出した。

一時間番組だと聞いていたがかなり長い。あと何分だろう? 早く終わってほしい……

…そう思っていたからか、悠太は最後の大仕事をすっかり忘れていた。

「五号さん!」

いつの間にか悠太の後ろに回り込んでしゃがんだまま悠太を突っついていたのは、初めて見る顔の女性ADだった。テレビ番組にはとにかくスタッフが多い。

「そろそろ番組終了しますので」

「はい？」

「スノボウェアのコマーシャルの準備、お願いします」

「あ、ああ……」

ようやく思い出した。

番組終了間際のコーナーだ。川辺真帆と二人で、この忌まわしきナカミードスポーツのスノボウェアの生CMをしなければいけないのだった。立ちくらみがしたが、そんなことに気遣いなく、女性ADは悠太の手を取って走り始めた。途中、メイク担当の女性がニット帽からほつれ出た悠太の髪の毛をセットし直し、顔の汗を拭《ふ》いていくらかの化粧直しをした。目がかすむ。

だが、昨日の夜にさんざんリハーサルをしたあの場所にたどり着き、すでに女性もののスノボウェアを着込んだ川辺真帆の顔を見るなり、少し気分が持ち直した。

「お疲れ様です、五号さん」

今まで出会ったこともないくらい顔が小さくて、目が綺麗《きれい》で、いい匂いがして、とにかく非現実的な魅力を持っていて、何といったって、テレビで活躍中のアイドルなのだ。日本中の男たちの憧《あこが》れ、CSB法廷8のリーダー、まほっちなのだ。悠太はぼんやりした頭のまま、自分の口元が自然とほころんでいくのを感じた。

「それじゃあ行きまーす。五秒前！　四、三、……」

　ＣＭディレクターが指を折る。カメラが三台、リハーサル通りのポーズをとっている川辺真帆と悠太を映し出す。ふわふわしてきた。また、小学校の校庭の光景が……。

「この冬、スノボに挑戦したいと思っているあなたにオススメ」

　川辺が例のセリフを言ったその時だった。

　視界が揺らぎ、左隣の川辺真帆のほうに倒れこみ……ぴたっ、とした感触。あろうことか、悠太の頬が川辺の頬にくっついたのだ。

　そして悠太は膝《ひざ》から、ガクッと崩れ落ちる。

　その腕を、とっさに左わきから川辺が支えた。悠太の体は川辺に支えられてくるっと反転させられ、悠太と川辺は背中合わせに、床に体育座りをするような体勢になった。

　カメラがそれを追う。

「このウェアには、アメリカ・コロラド州で開発された新時代撥水《はっすい》技術〝ＴＰフェメラリン・ディワール加工〟が施されています」

　川辺真帆は、悠太が言うはずだった複雑なセリフを、タイミングを逸することなく、しかも一言一句間違えることなく、カメラに向かって発していた。不測の事態に即応するプロ意識。しかし、悠太はそれどころではない。暑さと緊張と責任感で頭がふわふわして、もう何も言えそうな気がしない。

「この冬、ゲレンデは、ナカミードのウェアで決まりだねっ」

本来二人で言うべきセリフが聞こえた。悠太の背中のすぐ後ろに、トップ裁ドル、川辺真帆の小さくも頼もしく、魅力的すぎる背中があった。

「手だけ、振れますか？」

川辺の小声が聞こえた。――そうだ、これはCMだ。スポンサーを裏切るわけにはいかない。

悠太は力を振り絞り、なんとか笑顔に見える顔を作ってカメラに向けると、体を支えている左手とは逆の右手を挙げ、黒光りするカメラのレンズに向けて振った。

「はい、オッケーでーす」

という声が聞こえるなり、悠太は全身の力が抜けた。川辺が体をずらし、悠太の上半身は重力にひきつけられる。後頭部が柔らかな感触に受け止められた。

「五号さん！　大丈夫ですか？」

川辺真帆の心配そうな顔が、数十センチ上にあった。肩に、彼女の手の感触。そして頭の下には、優しく甘く幸せな感触。

悠太は、日本中の裁判番組ファンの憧れの頂点、法務省お墨付きの裁判員出身アイドル、CSB法廷8の川辺真帆に、膝枕《ひざまくら》をされているのだった。

六人の裁判員と三人の裁判官はその後、メイクを落として私服に着替え、第一評議室に戻ってきた。重大な証拠調べは次回以降の放送内容だし、判決などまだまだ先の話であるが、今日の公判で出そろった情報を整理しておくためである。

悠太はまだ熱が抜けず、無理して身を起こすとまたくらくらしそうなので、壁際の長椅子にあおむけに寝かされている。

今日まですっかり忘れていたが、小学生のころ、暑い日によく頭に血が上って倒れたことがあった。外での体育の時間などよくぼーっとして鼻血を出したものだ。校庭の光景が頭に浮かんだのはそのせいだろう。

「でも、面白くなってきたよね」

六号が興奮しながらしゃべりまくっている。

「蜂室さんとクロコダイルの主張、まったく違ったじゃん」

悠太が熱のあまり集中できていなかった、クロコダイル坂下による弁護側の冒頭陳述は次のようなものだったらしい。

野添被告人は確かに事件のあった八月十三日の夜、以前から打ち合わせ場所として使っていた現場のマンションにヤヨイを呼び出し、二人でウィスキーを飲みながら事務所移籍を思いとどまるように説得していた。しかし飲みすぎてしまったために、ヤヨイを残して徒歩五分ほどの自分のマンションに帰った。ヤヨイはおそらくそのあと押し入った何者かに殺された。

部屋に帰った野添被告人はドアの鍵《かぎ》を閉め忘れて寝ていたので、トロフィーと帯は被告人がそこに住んでいることを知っていた真犯人によって部屋に放り込まれた可能性が否定できない。……よって、被告人がヤヨイを殺したというのは事実ではない。

「オーストラリア帰りだかなんだか知らねえが、バカも休み休み言えってんだ！」

江戸っ子気質《かたぎ》の職人である一号が突然大声を上げた。

「だいたいよ、被告人は一度、取り調べの時に自分がやったって供述してるじゃねえか！　自分の言ったことを覆すなんざ、男らしくねえぜぇ」

「供述調書はあまり参考にしないでくださいね」

三人の中で最も若い、女性の小篠裁判官がなだめる。木塚裁判官がふん、とバカにしたように鼻を鳴らすのが聞こえた。

「警察での取り調べの時には、緊張やプレッシャーのあまり、やっていないことまでやった気になってしゃべってしまうことがあるのです」

「そんなもんか？」

「そうです。それに、自白は任意の場合のみ証拠として認められ、可能な限り補強証拠が要求されます。今回の場合、法廷で被告人自身が『やってないかもしれない』って言っているわけなので、まず有罪か無罪かについて議論して結論を出さなければなりません」

小篠裁判官は整然と言ってのけた。落ち着いた黒髪と、凜《りん》とした太い眉《まゆ》。三十代にしては若い顔つきだが、やはり頭の切れる女性だと感じさせる話し方だった。

「だとしてもよ、なんだか納得いかねえ」

「あたしもー。真犯人がトロフィーと帯を野添の部屋に放り込んだなんて、よくもまあクロコダイル、あんな無茶苦茶なこと言い出したよねー。一体どんな屁理屈《へりくつ》つけてくるつもりなんだろ」

六号はすっかり、クロコダイルがストーリーをでっち上げたと信じているようだった。

「でも、クロコダイルさんは結構なやり手じゃないすか。前に、重要文化財の放火事件の裁判で、被告人を無罪にしたの、俺、見たっすよ」

『譲明寺《じょうみょうじ》・百足菩薩《むかでぼさつ》放火事件』でしょ？　現場に落ちてた古くなった線香花火が自然発火したとか、あれ、無茶苦茶だったよねー。でもあれで無罪勝ち取っちゃうのがクロコダイルの腕なんだよね」

三号と六号が盛り上がるところへ、梁川裁判長が割り込む。

「あの、お二人とも、今までテレビでご覧になった弁護人の言動と言いますか、イメージはお忘れになって、どうぞ今回の公判の内容だけでご判断いただけますか？」

「わかってるって、だいじょーぶ、だいじょーぶ」

六号はばんばんと机をたたいた。

「でもだいたい、あの状況で被告人の無罪を証明するなんて不可能に近いでしょ」

「そうっすよね」

「あったり前でぇ！　人を殺しといて、やってなかったなんて言い出すのはとんでもねえ！」

供述調書は無視していいという小篠裁判官の提案とは裏腹に、大方の裁判員たちの気持ちは蜂室検察官の立証したいように、野添被告人犯人説へ傾いている。

悠太もあおむけになって天井を見上げたまま、その意見に流されていいだろうと思っていた。

「あの……」

その時、聞こえないくらいの声がした。

「どうかしましたか？」

梁川裁判長が優しく尋ねた相手は、これまでずっと黙っていた地味で物静かな主婦、裁判員四号だった。

「本当に、被告人が犯人なのでしょうか？」

「どういうことです？」

「私には……いくつか、気になる点があったのですが……」

全員が、不思議そうに彼女を見つめる。自分から何かを言い出すのが不自然なような女性だ。

「大したことではないのですが。徳永さんの体重は八十六キロ、あったようですね」

聞きなれない名前が出てきたので、皆が戸惑った。

「誰だ、徳永って？」

「被害者の、徳永誠さんです。遺体検案書に体重が書いてありました」

一号に言い返す四号の手元には、すでに表紙が擦り切れそうな公判資料があった。

徳永誠というのはヤヨイの本名だ。裁判関係者が全員彼のことを「ヤヨイ」と呼んでいたので忘れていた。

「その被害者の体重が何か、関係あるのですか？」

「あの……被告人の野添さんは見た感じ、五十キロあるかどうか、くらいの体型です。この体格の差で、果たして、今日のVTRにあったみたいに、徳永さんに馬乗りになって首を締め上げられたでしょうか……うちにも息子が二人いて、よく取っ組み合いの喧《けん》嘩《か》をするんですが、二人の体重差は十キロもあるのに、下の子も最近では馬乗りになられてもすぐ上の子を弾《はじ》き飛ばすくらいの勢いをつけてきて……」

取り留めもなく話すうち、ついに四号は、自分の家庭のことまで引き合いに出してきた。

「うちの子でも、十キロの差をはねのけて抵抗できるのに、どうして徳永さんは、三十キロも軽い相手に、抵抗しきれなかったのでしょう？」

「ふーん」

六号が腕を組みながら背もたれによりかかる。

「てことは、オバサンは本気で、野添がやったんじゃないって、思うわけ？」

「そこまでは……言うつもりはないのですが……」

「ヤヨイも酒を飲んでいたんだよな。それでフラフラしちゃって抵抗できなかったんじゃないか？」

一号が公判資料をめくりながら割り込んだ。横で二号もうなずいている。

「それにですね。ヤヨイさんは首を絞められる前に後頭部をトロフィーで殴られているんですよ。それで、昏倒《こんとう》してしまったのでは？」

二人が同時に四号の顔を見たが、四号は俯《うつむ》いたまま、額のあたりをしきりにこすっていた。

「あの実は、その、トロフィーに関してなのですが、これについても一つ……納得できない点が」

煮え切らない言い方で、四号は話をつないだ。どうやら細かいことが気になるタイプらしい。次は一体、なんだろうと、悠太は仰向《あおむ》けのまま疑問に思った。

「それと言うのは、あの……」

彼女の声を遮るように、突然扉が開いた。

「おつかれさまー」

ニヤニヤしながら傍若無人に入ってきたのは、中林プロデューサーだ。でっぷりした体にそぐわず、今日は動きが機敏だ。彼は話し合いを邪魔したことなどに頓着《とんちゃく》せず、悠太の顔を無遠慮に指差した。

「いや、五号くん、よかったね。まほっちのファインプレーに助けられて」

「あ、はい。申し訳ないです」

悠太は怒られるかと思っていたのでほっとした。何もかも、川辺真帆のおかげだ。

「いやいや、ナカミードの広報さん、いい宣伝になったって喜んでたよ。リハ通りじゃなかったことにまったく気づいてない。オメデタイね、ひゃひゃっ。結果オーライ結果オーライ、生放送ってのは何でも、やったもん勝ちなのよ。そいでさー」

嵐のようにまくしたてる。梁川裁判長は苦笑いをしたが、特に咎《とが》めるようなことはしない。裁判の進行はもちろん梁川裁判長に任されているのだが、サイケデリックコートという番組上はプロデューサーのほうが、立場が上のようだ。考えてみれば当然だが、裏にはいろいろ複雑な事情の絡んだ力関係がありそうだった。

「裁判員の六人さんに、ＣＭの依頼が来たんだわ」

中林は平然と告げた。

「ええっ？」

目を輝かせながら立ち上がったのは六号だ。もう事件の話はどうでもいいようだった。

四号は再び俯いたまま石のように黙っている。彼女の「納得できない点」の話は、完全に宙に消えて行ってしまった。

「ビッドルシリアルの、ライスフレーク。米粉を使った新しいタイプのコーンフレーク風食品ね。で、再来週の水曜が撮影日なんで、スケジュール空けといてくださーい」

一方的に中林プロデューサーは笑顔で告げた。

休息はしばらく訪れそうもなかった。また、会社を休まなくてはならないだろう。そして上司も同僚も喜んで送り出してくれるだろう。悠太を含めた六人の一般人の日常は、もうすっかり壊れてしまっていた。

## 5　第二回公判まで

二日後、悠太は紘奈の部屋に押しかけていた。

壁に貼られたCSB法廷8の特大ポスター。この間までこの部屋の背景という意識でしかなかったのに、今では一部分が他とは違う、幸せな磁力を放っているように見える。そちらに目を向けなくても、悠太の全神経はその磁力にひきつけられそうになるのだった。

もちろん磁力の出ている元は、川辺真帆のはち切れそうな笑顔だ。

「えー、悠太、細沼基準も知らないの？　信じらんない！」

紘奈が大声を出す。

「こんなのいまどき、中学生でも知ってるよ」

悠太はこの間の第一回公判での失態でけっこう疲弊しており（滋賀の実家からも電話があり、スノボウェアのコマーシャルに関して、「あんた、ぶざまやったで」と母親から直接言われた）、今日くらいは裁判のことは忘れたかった。紘奈とも何もしゃべらず、ポスターの川辺真帆の笑顔を眺めながら、あることないことを想像して（もちろん、彼女の頬と膝枕《ひざまくら》の感触を除いてはすべて「ないこと」なのだが）空虚ながらも幸せな時間を過ごしたかった。今日この部屋にやってきた目的の八割以上はそこにある。

だが、紘奈相手だとそうもいかない。まず彼女はこの間の公判の感想をひとしきり述べた。そして、悠太に口を挟む隙を与えなかったにもかかわらず「裁判員は独立して職務を遂行しなきゃいけないから、今の私の意見は全部無視してね」と切り捨てるように言い放ったのだ。だったら何も言わなきゃいいのに。

そして話は「中学生でも知ってる」細沼基準だ。

「もう今から何十年も前なんだけど、細沼功一《こういち》っていう当時二十五歳の男がね、米軍基地の兵器庫から火炎放射器を盗み出して、全国を逃亡しながら八人を焼き殺したっていう事件があったの」

過激な事件だ。恋人の口からこんな話を聞きたくない。だが法学女子大生の口は止まらない。

「でね、結局、細沼は捕まって起訴されて死刑になったんだけど、彼の裁判をきっかけに、殺人事件の量刑に関する基準が決まったのよ。さあ、ここで本日のー」

と、紘奈は突然こたつの下から黄色と黒の縞《しま》模様のムチを取り出し、悠太に突きつけた。

「はちむろー、チェック！」

びぃん。ムチの先に取り付けられたミツバチが羽音を立てる。

「なんだよ」

へへへ、と紘奈は笑う。

これはもちろん、東京地裁の法廷スタジオで悠太も見た、蜂室一哲検察官のトレードマークだ。「ハニービーホイップ」という名前で、ネットショップで同じものを買うことができ、裁判ファンの必携アイテムとなっているらしい。

「これを『細沼基準』と言うのでーす」

芝居っぽく言いながら、紘奈は脇の本棚から大学で使っているであろう教科書を取り出す。開かれたページには「犯行の性質」「被害者の数」「犯人の年齢」など、殺人事件を起こした犯人の罰を決定する際に注目しなければならない九つの基準が書かれていた。

「この九つの基準の中で今まで特に大事だとされていたのは、『被害者の数』なわけ。三人殺したら死刑、二人なら無期か死刑、でも一人だったらまず死刑はない、ってな感じよね」

「ふーん」

「だけど、こないだの名古屋のドンペリパーティーの死刑判決で一気に覆されたでしょ？　あの事件はさ、一人しか殺されていないのに、その残虐性が注目されて、裁判員たちが死刑の判決を出したのよ」

そう言えば紘奈はあの時「細沼基準は前時代のものになりつつあるのかも」と言っていた。実況席や傍聴席があんなに騒いでいた理由が、やっとわかった。

「裁判員裁判がここまで国民に浸透した今、細沼基準に代わる、一般市民の感情に即した新しい量刑の基準が整えられるべきなんじゃないかって、そう言われているわけよ」

紘奈はそう言って、うんうんと勝手にうなずいた。

「やっぱり難しいな、法律って」

「何言ってんの、もう大人でしょ？」

そう言われても、悠太は自分の仕事に関係のある派遣業法くらいしか知らない。遠藤さんをはじめとする登録者たちの暗い顔が目にちらつく。

「なんか、単純に、読んだ人が元気になれる法の条文っていうのはないのかな？」

「法っていうのは、国家による制裁を伴う社会規範なの。破ったら罰するぞというプレッシャーを国民に与えて社会がうまく回ることを目的にしてるんだから、本質的に、元気を与える性格は持ち合わせていないわけ」

法学女子大生のすげない返事。悠太はこれ以上バカな話をするのをあきらめた。

「今回の、俺の参加してる裁判はさ、被告人、どれくらいの刑が妥当かな？」

何の気なしに尋ねると、紘奈は驚いたような怒ったような顔つきになった。

「さっきも言ったでしょ？　裁判員は独立して職務を行わなければならないんだから！私の意見なんか参考にしちゃ、ダメだよ！」

なんだか釈然としない理由で叱責された。

「そうは言ってもなぁ……せっかくこうして、法律に詳しい彼女なのにさ」

すると紘奈は今度は意外そうな顔をし、そして、嬉《うれ》しそうにニヤッと笑った。

「頼りにしてんの？」

「は？」

「頼りにしてんの、私のこと？」

その、澄んだような目と、小さな口からのぞく前歯。ポスターの中の川辺真帆が、急に遠のいていくように感じられた。やっぱり、目の前の紘奈は可愛い。独占したい。

「ああ」

するとと紘奈は、そばのクッションを枕にするように、悠太に背を向けて、ころんと寝転がった。

「私、昼寝する」

「え？」

「もし私が故意じゃない寝言を言って、そばで起きてる悠太が偶然それを聞いちゃったとしたら、それはさすがに法律で咎められないと思うなあ。ああ、眠い」

ふああ、と作りあくびをすると、紘奈は悠太のほうに背中を向けるように寝返りを打った。

「従来の殺人事件なら、被告人には前科もないし、懲役十三年くらいが妥当だけど、もし飲酒で意識が正常でなかったと認められれば、減軽の対象にはなるかもなあ」

ずいぶんはっきりした口調の「寝言」だったが、悠太はここへ至って初めて、自分の関わっている裁判の具体的な量刑について聞くことができた。法学部生であり、何よりも裁判番組ウォッチャーの紘奈の意見は説得力に満ちたものであり、やはり自分なんかよりずっと、裁判員に向いていると思わせるものだった。

刑事裁判はやっぱり、すでに国民に浸透しつつある。

「ふああ」

紘奈の作りあくび。いつものおっとりした口調だ。可愛い。

……………。

「紘奈っ」

彼女の背中にとびかかった。「なーに、やーだ」と言いながら、紘奈がくすぐったそうに身をよじる。その髪から、甘いにおいが立ち上る。悠太は手を伸ばし、紘奈の耳の後ろをくすぐった。紘奈はここが弱い。「やめてよお」と嬉しそうに首を振りながら、紘奈は悠太の脇腹をつんつんと突《つっ》いた。

恋人同士の、幸せな時間が始まった。

——この日を境にしばらく紘奈に会えなくなることを、悠太はこの時、予想すらしていなかった。

＊

裁判員六号は、寝起きの設定とは思えないほどばっちりとメイクを施していた。

「いやよっ！　朝はやっぱりご飯じゃなきゃっ！」

テーブルに手をつき、脇に座って目をしょぼつかせている裁判員四号に向かって言い放つ。

「そんなこと、言っても、ご飯を炊くのには、時間も、かかるし、電気代も、かかるわ……」

四号は陰気な声で、セリフを一言一言区切りながら、棒読みのように言った。よれよれのパジャマを着て、覇気のない声は確かに寝起きの雰囲気が出ているが、ＣＭとしてはどうだろう？　つい数日前のナカミードスポーツの失態を棚に上げて、悠太は思う。

「そんな朝には、これを！」

大きな声で登場したのは二号だ。普段大学で授業を持っているからだろうか、テレビカメラの前で立ち居振る舞いをしながらしゃべることに抵抗はないようだった。

悠太と、一号、三号は手に手に深皿や牛乳パックを持ちながら彼についていく。

「なによこれ？」

「ビッドルシリアルのライスフレーク。なんと、国産米粉百パーセントの新時代シリアルさ」

悠太は何も言わず、一号が置いた深皿の中のシリアルに牛乳をかける。

二号の渡したスプーンを受け取ると、六号はすぐさまシリアルをすくって口に入れた。

「おーいしいっ！」

タレント養成所に通っていた過去があるのではないかと思われるほど玄人《くろうと》じみたしぐさと、商品アピールに適した腹式発声だった。

そのまま、一同は息を止めるようになった。

「はい！　こんな感じで」

オレンジ色のサングラスをかけた金髪のCMディレクターの声で、どっと力が抜ける。

「えっとー、四号さんもう少し、声張れますか？」

「すみません……」

顔を申し訳なさそうに伏せる四号。長い前髪がその表情を覆う。まったく、テレビCMには向かない女性だ。

悠太たちは今日、裁判の予定など何もないのに、ビッドルシリアルという番組スポンサーの一つである食品メーカーのCM撮りのために招集された。場所は東京地裁ではなく、港区のこざっぱりした撮影スタジオだ。このCMは次回の第二回公判から、番組の合間に流されることになるだろうと中林プロデューサーは言っていた。なんだか、裁判員としての仕事などひとつもしていないうちから、テレビ業界に踊らされている。

「CSBのみなさんもこうしてデビューまでの道を固めていったんですよ」

という胡散臭《うさんくさ》い金髪のCMディレクターの言葉に反応したのは、家事手伝いの六号だけだった。

結局その後何回かリハーサルを繰り返し、本番もつつがなく終わった。

「いやー、疲れまちたねぇ。うひひ」

スタジオ脇に置かれた長椅子にへたり込みながら気味悪く笑ったのは、ナポレオンフィッシュのような顔をしたアロハシャツの三号だ。彼にはこれといってセリフらしいセリフもなかったのだが、やはり緊張は同じだ。

「それにしても五号さん、うひひ、こないだのスノボウェアのCMの反響、大変なことになってますねえ。ひひひっ」

彼は触れてほしくないことを言ってきた。

川辺真帆と頬が触れた状態の映像が全国放送に乗ったことで、一部のCSBファンがネット上などで大荒れしているのだという。悠太はテレビ同様あまりインターネットを利用しないのだが、会社の同僚たちが聞きもしないのに報告してきたことで知っていた。
——お前、まほっち相手にあんなことするなんて、自殺行為だろー
——違うんだ、あれは本当に暑くて、くらっとして……
——このほっぺた、触ってもいい？
——やめろよ
——きゃー、裁判員五号さん、写真撮ってください
——やめろって
——まあいいってことよ。思い出づくり、思い出づくり
笑いながら同僚たちは去っていった。
しかしそれ以上に悠太の気を滅入《めい》らせたのはゴシップ好きのマスコミたちが、住まいにまで押し寄せてくることだった。いつの間に調べたのか知らないが、悠太が一人暮らしをしている代々木《よよぎ》のマンション前に、毎日数人のカメラを持った人間が待ち伏せしており、いろいろ話しかけてくるのだ。多くは裁判の内容のことだったが、中には家族の反応はどうかとか、芸能界進出を考えているかどうかとか、支持政党はどこか、信じている宗教はあるか、借金はあるか、お好み焼き派かもんじゃ焼き派かなど、ずいぶんプライベートなことを聞いてくる輩《やから》もいた。
「しっかし、五号さんも隅におけないすねぇ、ひひ。彼女、いるんすね」
悠太が黙っていると、三号は煙草を取り出しながらさらに聞かれたくないところに触

れてきた。

この間、紘奈の家に行った時のことを、どういうわけか週刊誌に撮られてしまったのだ。さすがに五階の部屋の中までは撮られることはなかったが、「寝言」を言い続ける紘奈にとびかかり、そのまましばらくイチャイチャしたという事実を外で見張られていた気がして、なんとも恥ずかしいような腹立たしいような感覚にさいなまれた。

週刊誌発売後、紘奈から、マンション前に明らかなマスコミ関係者が張り込んでいて怖い、という内容のメールを受信した。迷惑をかけてはいけないと思い、それ以来一週間ほど、紘奈の部屋には行っていない。紘奈本人にも、メールの連絡だけで、会えていない。

「ネットの情報なんか、気にしない気にしない！　どうせ引きこもりのニートが書いてんだから」

手に雑誌を持ちながら近づいてきたのは六号だ。ニートだなんて言っているが、たしか本人も家事手伝いではなかったか？　そんな疑問を差し挟ませない勢いだ。三号はすでに火をつけて煙草をふかし始めている。

「五号、あんた、主婦層にはけっこう人気あるみたいよ」

彼女が見せてきた女性誌には、悠太の顔が見開き二ページにわたって載せられていた。

『ついに登場、〝癒やし系裁判員〟』という見出しだ。

「うおっ！　すごい」

三号が覗《のぞ》き込む。

「あんたの顔、オバサンたちから見ると可愛いらしい。いいよねー。私なんか全然注目されないし」

自分のことが面白おかしく書かれた記事を流し読み。いい気分ではない。だいたい自分は、こんな風に世間に注目されるタイプの人間じゃないし、騒ぎ立てられたおかげで恋人にも会えない。自由が、なくなってしまった。

「本気で芸能人になっちゃうんじゃないのー？」

「うっひひ。今のうちからサイン、もらっとかなきゃ」

勝手に盛り上がる六号と三号を悠太は疎ましく思った。もう二度と、テレビになんか映りたくない。やっぱりあの時、何か理由をつけて、裁判員なんか断ればよかったのだ。何が悲しくて、恋人との時間を邪魔されて、米粉シリアルのCMにまで出演しなければならないのか。

そしてことは、加速度的に思わしくないほうに進む。

「あのー、裁判員五号さん、少しよろしいですか？」

どこからやってきたのかわからないスーツ姿の小柄な男が、近づいてきた。

「わたくし、こういうものですが」

物腰から、いかにも芸能関係と思われるその男の差し出した名刺を、三号と六号が物珍しげに見つめていた。

――島田プロダクション　大隅正輝《おおすみまさき》

名刺には、そうあった。

＊

紘奈と会えないまま、あっという間に、第二回公判リハーサルの日になってしまった。美術スタッフが張り切ったという不気味なスタジオセットに圧倒されるままリハーサルは終わり、悠太は他の五人の裁判員とは別れ、再びナカミードスポーツの生CMリハーサルの準備を待っている。時刻は午後十時を回っていた。

「おはようございます」

廊下の椅子に腰かけて待っていると、川辺真帆がやってきた。テレビ関係者の挨拶《あいさつ》は昼夜を問わず「おはようございます」と決まっている。どんな時間からでも気持ち良く仕事ができるように、という考えからだそうだ。

今日は、あの巨漢のマネージャー同伴ではなく、一人だった。とはいえ、周りには関係者が慌ただしく行き交っている。

「あ、どうも」

「聞きましたよぉ、明日《あした》からビッドルシリアルさんのCM、流れるそうじゃないですか」

屈託なく笑いながら、悠太の隣に腰かける。心地よいにおいが鼻をなでた。

「そうなんですよ、もう、撮影、あがってしまって……」

テレビに出るのは慣れないが、川辺真帆とまともに話ができるようになった自分だけ、少し誇らしい。

「あれ？　そのしゃべりかた。五号さんって、関西出身ですか？」

知らず知らずのうちに、故郷のイントネーションが出てしまった。

「滋賀です」

「滋賀？　私、福井ですよー。隣じゃないですか」

東京で暮らす地方出身者がこうして心のつながりを持っていくというのを、大学時代から東京に出てきた悠太も何度か経験していた。考えてみれば、紘奈との出会いもそうだった。

「川辺さんは毎週、福井に帰ってイベントに参加しているんですよね？　大変ですね」

「デビューのきっかけになった地方裁判所は大事にしていきたいから。でも私なんかまだいいほうですよ、ともなは鹿児島だし、いずみんなんか毎週、紋別《もんべつ》まで帰ってるんですから」

紋別。オホーツク海に面した北の街だ。裁ドルは決して、楽な仕事ではない。

「あ、そうそう。私、あさって福井地裁でイベントで、その次の日、大津に行くんです」

「大津？　旅行ですか？」

と聞いてから恥ずかしくなった。毎日テレビに出ているほど忙しい彼女が、旅行なんかに出かける暇があろうはずがない。

「司法バラエティ番組のロケです。『大津事件』って、知りません？」

「いや……」

「明治二十四年、来日していたロシアの皇太子に、大津の警察官が刀で斬りつけたっていう事件なんです」

「ロシア？」

悠太が聞き返すと、目を輝かせ、両手をにぎりしめ、川辺真帆はまくしたてた。

「当時のロシアってのは軍隊も強くて、日本が一番仲良くしなきゃいけない相手だったのに、その国の皇太子に斬りつけるなんてとんでもないって、政府は犯人の警察官を死刑にするように裁判官に迫ったんです。あの伊藤博文《いとうひろぶみ》も迫ったそうなんです。だけど当時の大審院は、『我が国の刑法には、外国の皇族に怪我をさせた人間を死刑にできるとは書いてない』って、今でいう無期懲役判決を下したんです。これは、日本が近代国家として駆け出しだった明治時代に、裁判官が政府にも外圧にも負けず、三権分立の精神をくんで司法権の独立を守ったっていう、裁判ファンにはグッとくる事件なんですよ」

こんなに顔が小さくて可愛くてダンスのうまいアイドルが、よどみなく司法の歴史を語る。悠太は唖然《あぜん》としていた。

「あ、ごめんなさい。なんか、こういう仕事始めてから、裁判のことに触れる機会が多くなっちゃって、つい」

川辺真帆は恥ずかしそうに両手を顔のあたりで振った。可愛いしぐさだ。

「そういえば五号さん、なんか、髪型、変えましたよね。さっきメンバーともしゃべってたんですけど」

何が「そういえば」なのかわからないが、川辺は無理やり話題を変えた。悠太にとっても助け舟だった。

「ああ、実は、芸能プロダクションの方に声をかけてもらって」

と、先日のことを話しはじめる。

ビッドルシリアルのCM撮影現場で話しかけてきた大隅という男は悠太のことをスカウトに来たのだった。そんな事実が信じられないし、それに裁判が終わればテレビに出るつもりもないと言ったのだが、周りで三号と六号がはやし立てていたこともあって、とりあえず話だけでもと強引に車に乗せられ、そのまま撮影スタジオ近くの赤坂の美容室に連れて行かれた。「費用は持ちますんで」という業界人らしく押しの強い大隅の言葉に断りきれず、そのままヘアカットされ、すっかり垢抜《あかぬ》けた髪型に変容してしまった。

たしかにこのヘアスタイルは悪くない、と悠太は鏡を見ながら思ったが、それ以来の大隅の執拗《しつよう》な交渉には閉口している。この間などは、自宅のマンションの前で待ち伏せまでされていた。

「えー、島田プロさんですか？　すごいじゃないですか」

「でも、僕はそういう柄じゃないし。なんか、もっと真面目に働きたいっていうか……」

するとすると川辺は口を歪《ゆが》め、恨めしそうに悠太の目を覗《のぞ》き込んできた。

「まるで、芸能人が真面目じゃない、みたいな言い方ですね」

「え？」

彼女の気分を害してしまったことを、瞬時に悟る。

「そういう意味じゃないんです。すみません」

「私は、よかったと思ってるんです。裁判員やって、芸能界に入れて」

「でもそれは、川辺さんがもともと芸能人オーラを持っているっていうのもあるんじゃないですか？」

川辺は顔を振った。

「私なんてずっと、全然目立たなかったんですよ。高校卒業してから福井の小さなかまぼこの会社に就職して、事務の仕事やってたんですから。五号さんと同じで、裁判も法律もまったく知らなかった」

悠太は黙って聞いている。

「でも、裁判員としてあの婦女暴行事件の裁判に参加して、被告人や検察官や被害者の人たちの話を聞いて、他の裁判員や裁判官の方々と裁判を作って、無関心じゃいけないんだって思ったんです。たとえ、自分の身の回りに事件がなかったとしてもいつ巻き込まれるかわからないし、たとえ巻き込まれることがなかったとしても、こういう時代に生きているんだから、事件関係者に心を寄せなければいけないと思ったんです。だから、司法に無関心な人の気持ちを、私たちの活動を通じて少しでも変えられることができたらいいなって。今はそう思ってます」

国民に法教育を推進する使命を負った、法務省公認の裁判員出身アイドル。彼女のような仕事は確かに社会的に役に立っていると思う。しかしやっぱり、メディアに出てしゃべったり歌ったり演技したりという華やかな仕事が、自分に向いているとは悠太にはとても思えなかった。

「川辺さん、五号さん、スタンバイおねがいしまーす！」

ＡＤの栗原が叫ぶのが聞こえた。準備ができたようだ。

「行きましょ」

川辺真帆は元気良く立ち上がった。悠太に向けられた笑顔は、やっぱり足の先まで痺《しび》れてしまうほど魅力的だった。

## 6　第二回公判

十月二十九日、土曜日。

東京地裁法廷スタジオのセットは、二週間前の第一回公判の時とはだいぶ様変わりしていた。十月下旬という季節に合わせた、ハロウィン仕様になっていたのだ。

傍聴席や証言台、弁護側・検察側両机を含めたアリーナは十字架の墓石が立ち並ぶ墓地に見立てられ、そこかしこにカボチャのお化けやコウモリの飾りがちりばめられ、一段高い裁判官・裁判員席の後ろにはデカデカと、「Trick or Trial」というフレーズが書かれたパネルが下がっている。初回の視聴率はだいぶ良かったらしく、中林プロデューサーや松尾ディレクターの気合が美術スタッフ一同にビンビンに伝わったんですよ、とADの栗原は苦笑いで言っていた。

気合が入っているのは美術スタッフだけではなかった。カメラや音声・照明などのスタッフはみな、骸骨《がいこつ》の模様をあしらった全身タイツを着込んでおり、不気味なスタジオの雰囲気に合わせていた。当然、メインキャストである裁判官・裁判員もそれ相応の衣装を着せられることとなった。なんていったって、ハロウィンなのだから。

三人の裁判官は縁つきの黒い三角帽を被《かぶ》らされた。もともと黒い法服を着ているので、それだけで魔女に見える。

六人の裁判員は番組サイドによってばっちりコスプレをさせられてしまった。白髪頭の一号は狼男、長身の二号はドラキュラ、そして三号は額からねじが突き出たフランケンシュタインだ（半魚人のほうが似合っていると悠太は思ったが心にとどめておいた）。

地味な主婦の四号はぼろぼろの服を着せられてゾンビ、六号は蛇がにょろにょろしているかつらを被らされて、メデューサ。そして悠太は……赤・緑のボーダーのシャツと古いデザインの縁つきの帽子。顔全体に火傷《やけど》のようなメイクが施され、右手にはアルミ製の鋭いカギづめをつけられている。アメリカのホラー映画に登場する「フレディ」という怪物らしいが、着せられている悠太本人にはピンと来ていなかった。しかしながら、前回のスノボウェアと比べて暑くないのが救いだ。

弁護人のクロコダイル坂下は前回同様ワニ柄のキャスケットと赤ジャケット。検察官の蜂室一哲もスーツに黄色と黒の縞《しま》模様のネクタイ。この二人はセットがどう変わってもスタイルを曲げないようだ。

そんな中、一人挙動不審なのは、被告人の野添彦次だった。当たり前だが裁判員たちのようにハロウィンのコスプレはしておらず、並み居る怪物たちを前に、終始おどおどしていた。

番組の始まり五分ほどは事件の概要と前回のダイジェストをまとめたＶＴＲだ。

やがて本日のプログラム、証人喚問が始まった。

なぜか、証言台の前にはちょっとした台が据え付けられ、座布団が用意されていた。

「それでは証人、お入りください」

白装束のゴーストを装った柴木《しばき》アナウンサーが言うと、てけてん、てけてん、と、外国風墓場のセットにそぐわない、三味線の音が聞こえてきた。傍聴席の間の登場扉からいそいそと出てきたのは、茶色い着物の上に紫色の羽織を着込み、頭に鳥の顔をした帽子をかぶった五十歳くらいの男である。

草履を脱いで証言台の座布団に正座をすると彼は両手をつき、深々とお辞儀をした。墓場のど真ん中で、すっかり落語家のしぐさだった。

「それでは証人、お名前とご職業をどうぞ」

蜂室検察官が右手に例のミツバチ付きのムチ、ハニービーホイップを持ったまま証言台に歩み寄る。

「紫亭《むらさきてい》すぱろうと申します。こう見えましても、芸能事務所ネクストパープルの代表取締役をやらさせていただいております、どうぞご贔屓《ひいき》に」

この証人のプロフィールについては、リハーサルの時に悠太たちにも知らされていた。大学時代に落語研究会に所属しており、その流れで落語家に弟子入りしたものの師匠との折り合いが悪く破門、その師匠が知り合いの一門にも出入りを禁止するように口利きをしたために落語家の夢は完全に閉ざされてしまった。

しかたなくその後、単身芸能事務所を立ち上げて自らライブハウスなどで発掘したミュージシャンを売り出し始めたのだ。柔和な見た目にそぐわず異色の経歴を持つ彼はやり口もかなり強引であり、他事務所のミュージシャンを無理やり引き抜くなどの手法で、「ネクストパープル」を業界でも上の地位にのしあげた。地味だったストロベリー・マーキュリーに女装を勧めて成功させたのも彼であるが、そうしたプロモートの腕がある反面、今でも落語家気取りを止められず、自分で興業をしたりするが、そちらでは全く振るわないのだそうだ。ちなみに「すぱろう」の名の通りスズメをトレードマークとしており、頭の被り物もスズメの顔を象《かたど》っている。

「さて師匠、質問に移らせていただきます」

蜂室検察官は紫亭証人のことを「師匠」と呼んだ。羽織を脱ぐそのしぐさは、やっぱり師匠と呼んで差し支えがないだろう。

「師匠ご自身は、ヤヨイさんの移籍問題についてはどうお思いだったのでしょうか？」

「ええそれはもう、泣く思いでございやした。ちゅんちゅん、ちゅんちゅん。これがホントのスズメの涙ってやつでして――」

誘い笑いを見せたが、全然面白くなかった。

「被告人もその思いは一緒だったようですね」

「ええまあ。ヤヨイを引き止める役を野添に任せたわけでございやすが、何せヤヨイのやつがあまりにも頑固だったもんで、やっこさん、そのうち恨みを持つようになってきたようです」

「それは被告人の具体的な言動となって表れましたか？」

「ええ」

証人は急に意地の悪そうな顔つきになった。さげすむように、弁護側机の近くで俯《うつむ》いている被告人の顔を見る。

『ヤヨイは俺たちに育てられたのに裏切るつもりか、もし移籍なんかしたらぶっ潰《つぶ》してやる』……などと言っていたようですよ。何も私はそこまで恨むこたぁなかったんじゃねえかと思いますがね」

紫亭証人は証言した。

「では、被告人にはヤヨイさんに殺意を抱く動機があったと言ってもいいでしょうね」

「Objection!」

クロコダイルが英単語を鉄砲のように放ち、勢いよく手を挙げる。紫亭証人はびくっと体を震わせた。

「ちょっと、飛躍しすぎじゃないでしょうか」

「異議を認めます」

梁川裁判長が認めると、蜂室検察官はひょこっと頭を下げた。

「では師匠、質問を変えましょう。被告人とお酒を飲んだことはございますか？」

「え、ええ」

「被告人は、お酒が強いほうでしょうか？」

「えー、そうですね。大虎ってほどじゃあございやせんが、そう思いますね」

「彼が飲みすぎて前後不覚になったのを見たことがございますか？」

「やー、私が記憶する限り、そのようなことはございやせん」

「被告人はお酒を飲んで狂暴性が増したというようなことはありますか？」

「と、言いますと？」

「たとえば、突然暴れ出してコップを投げつけたり、そばにいる人を殴りつけたりというようなことです」

「いいえ。まったく」

蜂室検察官はこれを聞いて一番近くのカメラを振りむき、ハニービーホイップをしならせてレンズを指した。びぃん。ミツバチが羽音を立てる。

「ここで本日の、蜂室チェック！」

「出た」

紫亭証人が間《あい》の手を入れる。カメラが蜂室検察官に近寄る。

「被告人はアルコールに強く、また飲んだ勢いで他人を傷つけるような人間ではなかった。つまり、事件当夜も意識がはっきりしており、その上で自らの意志であの凶行に及んだということです。これは、酔って前後不覚になって自宅に帰ったという弁護側の主張に反するものであります。計画的な殺人だったのです」

傍聴席から声が上がった。最前列のコスプレファンたちは拍手までしている。「はちむろー、よくやった」という声も飛ぶ。

「以上です。師匠、どうもありがとうございました」

「いえいえ、お粗末さまでございやした」

蜂室検察官はぴょんぴょんと跳ねるような足取りで、ずんぐりした体を検察側机のほうへと運んでいった。紫亭証人は両手をついて再び頭を下げた。

「それでは弁護人、反対尋問をどうぞ」

「イエス」

クロコダイルは証言台へと歩み寄る。この外国臭のする弁護人が、落語家相手にどういう話をするのか。

「海外生活が長いもので不勉強なのですが、ムラサキテイというのは、ファミリーネームでしょうか？」

いきなり、こんなことを聞かれ、紫亭証人は苦笑いをした。

「えー、亭号ってやつでして、落語家が名乗る、芸名のようなもんでございやす」

「そうですか、日本の文化は複雑です。ミスター・ムラサキテイ、シンプルにいきましょう」

「は、はあ」

証人は不思議な顔をした。なんだかちぐはぐな二人だ。

「風邪薬を飲んだあと、アルコールを飲んだことはありますか？」

突然の質問に、紫亭証人は瞬《まばた》きを三回ほどしたが、

「そいつぁー、いただけねえ」

と自らのペースを取り戻すように、懐から扇子を取り出し、スズメの帽子をかぶった頭にぱちんと当てた。

「えー、風邪薬とアルコールを一緒に飲んだと、かけましてー」

「What?」

「一日に十回ショーを行うハワイアンダンサーと解きます」

今度はクロコダイルがきょとんとする番だった。何も返せず、突っ立ったままだ。やっぱり日本文化には疎いらしい。こういう時落語家に向かって何という言葉を返すべきなのか、日本人なら知っていなければならない常識だからだ。紫亭証人はしばらくクロコダイルのその言葉を待ったが、ついに耐え兼ね、助けを求めるように梁川裁判長のほうを向いた。

「その心は？」

梁川裁判長は尋ねた。

「どちらも、やたらとフラフラするでしょう」

してやったりとニヤつく紫亭証人。しかし、それを「Yes, That's right!」と大声でクロコダイルが遮った。

「頭がフラフラするのです」

「えっ？」

予想外の反応に驚く紫亭証人を無視するかのようにくるっと身をひるがえすと、クロコダイルは赤いジャケットのポケットから小さなビニール袋を取り出した。

「これは被告人の部屋にあった風邪薬です。ここに『抗ヒスタミン薬』と書かれています。このタイプの風邪薬はアルコールと併用摂取することにより中枢神経抑制作用を増強させ、激しい眠気や精神運動機能低下を引き起こすことがあるのです」

流暢《りゅうちょう》な日本語で言うと、

「証拠品として提出しますので、どうぞご覧ください」

すぐさまCSB法廷8の渡辺小雪が彼に歩み寄り、ビニール袋を受け取ると、脇の階段から上って、梁川裁判長のもとへ届けた。

クロコダイルは悠太たち裁判員の顔を端から端へと見回した。

「被告人は事件当夜、風邪気味で抗ヒスタミン薬を飲んでいました。それでも、ヤヨイの好きなウィスキーを用意し、説得をしたかったのです。しかしその結果、話を継続するのが不可能なくらいフラフラの状態になってしまった。それで、やむなく帰ったのです」

「異議あり！」

蜂室検察官が手を挙げる。

「そんなの嘘だ」

「本当です」

「異議あり、異議ありっ！　ばかげている！」

ぴょんぴょんと蜂室検察官は小さな体を飛び上がらせ、びぃんびぃんとハニービーホイップのミツバチを振り回しながら反発した。黄色いふちのメガネがずりおちそうだ。

「検察、静粛に。被告人、あなたは事件当夜、この風邪薬を飲んでいたのですか？」

梁川裁判長は渡辺小雪から手渡された風邪薬の箱を被告人席の野添被告人に見せ、直接尋ねた。被告人はゆっくりと顔を上げ、うなずいた。

「取り調べの時には、そんなことなど言っていなかった」

「Benefit of the doubt!」

クロコダイルの大声に、法廷スタジオはピリッとした。

「『疑わしきは、被告人の利益に』。ミスター・ハチムロ、お忘れなきよう」

「なにっ？」

「われわれ被告人側には『風邪薬を飲んでいた』という立証責任はない。あなたがた検察側に『風邪薬を飲んでいなかった』という立証責任があるのです。さあ、『飲んでいなかった』ことを、検察側はどう証明なさるのでしょうか？　ところでミスター・ムラサキテイ、」

クロコダイルは、オチを台無しにされた上にすっかりほったらかしにされている証人に目をやった。

「あなた先ほど、『もし移籍なんかしたらぶっ潰《つぶ》してやる、などと言っていたようですよ』とおっしゃいましたよね」

「え、ええ……」

「それは、誰が言っていたのですか？」

証人は困ったように扇子で額をぺちぺちと叩《たた》いていたが体勢を立て直し、尊大にも見える態度で、胸を張った。

「うちの、信用できる社員でございやす」

瞬間、蜂室検察官の顔色が、薄暗い照明の下でもわかるくらいさっと変わった。

「ジーザス！」

両手を上げるクロコダイル。ざわめく傍聴席。そして、頭を抱える蜂室検察官。

「お聞きになりましたね、みなさん。証人自身が被告人から聞いたことではない。これはhearsay……ええと、『伝聞』です。証拠にはなりえません」

悠太にはまったく意味がわからない。

「やっちゃったね、蜂室さん」

隣で六号がつぶやいた。

「どういうことですか？」

「刑事訴訟法第三百二十条第一項、伝聞証拠禁止の原則。簡単に言っちゃうと、又聞きの証言は証拠にならないってことだよ。司法の世界では、人から聞いたことを百パーセント正確に再現できる人なんてまったくいないって考えられてるから」

薄暗い照明の中、不気味なメデューサの口から、法律の話が語られた。

「さっきの動機についての証言は、ぜーんぶ、ナシ。そうゆうコト」

どよめく傍聴席。紫亭証人はどうしていいのかわからず、きょろきょろしている。

彼が先ほど脱いだ羽織は、いつの間にかスタッフによって回収されていた。

＊

CMが明けると、オレンジ色のカボチャをモチーフにした衣装に身を包んだCSB法廷8の緑川唯《みどりかわゆい》が「証拠調べ」というプラカードを掲げて歩き出した。

蜂室検察官は先ほどまでうろたえていたが気を取り直し、あの震えるような声を一層大きくして証拠品の入ったビニール袋を掲げた。スポットライトがそれを照らす。

「さあみなさんご覧ください。被告人がヤヨイさんを殴打した時に用いたと思われるトロフィー、そしてバスローブの帯であります。事件の次の日の朝、寝ている被告人のベッド脇に、二つ並んで置いてあったそうです」

それは野添被告人の部屋から見つかったものであり、被害者ヤヨイの後頭部に認められる二つの傷跡、首に残る絞め痕《あと》とほぼ一致するものであると蜂室検察官は語った。ビニール袋に入れられたまま、CSB法廷8の渡辺小雪によって、裁判員席に運ばれてきた。このトロフィーから微量ながら血痕《けっこん》が見つかったことなどを蜂室が説明をしている間、一号から順に、現物を間近で観察するのである。狼男、ドラキュラ、フランケンシュタインと、怪物たちの恰好《かっこう》をした裁判員たちが、紫がかった薄暗い照明のスタジオの中で順繰りに凶器を眺めているというのは不思議な光景だった。

ゾンビの四号から、その証拠品が悠太に回ってきた。

「五号、あんた、カギづめ外しなさいよ」

メデューサの六号が小声でたしなめる。

「ビニール袋、破れたらどうすんのよ」

「ああ、はい」

悠太はカギづめを外し、ビニール袋ごと持ち上げる。高さは五十センチくらいで「JBSレコード新人賞」と書かれた台座はガラス製で重かったが、その上の金属部分はよく見るとだいぶ安っぽかった。続いて回ってきたビニール袋に入っていたのは、白いバスローブの帯だ。首に巻きつけて締め上げるには十分の長さがあるように見える。

「あの部屋に何度も訪れたことのある被告人はそのトロフィーとバスローブが現場にあることを知っていました。これを現場から持ち去ったのは、証拠隠滅を考えたことにほかならないものであると私は考えます。これは計画的な犯行だったのです」

蜂室検察官は先ほどの失態を返上するかのように、アリーナ中に聞かせるように言ってのけた。

「弁護人はこれについて何か、ありますか？」

梁川裁判長が促すと、足を組んでいたクロコダイルは再び立ち上がった。赤い革ジャケットの襟をさすりながら前に出てくると、ワニ柄のキャスケットをしっかりとかぶりなおす。

「ヤヨイさんの後頭部がそのトロフィーで殴られ、首がそのバスローブの帯で絞められた。これはいいでしょう。そして、その二つが被告人の部屋から見つかった。これも事実です。But……」

ブランド物のサングラスが光る。

「それは、被告人がヤヨイさんを殺したことを、即、意味しないのではないでしょうか？」

彼の突拍子もない発言に、傍聴席が三たび、ざわめいた。

「だいたい彼が犯人ならばどうして、せっかく持ち帰った凶器を、ベッド脇に置いていたのでしょうか。ベッドの下とか、チェストの奥とか、洗濯機を分解してその内側とか、他に隠す場所はたくさんあったはずなのに」

そしてクロコダイルは一度口を閉じて間を取る。

「別に真犯人がいたからではないですか？」

アリーナの四台のカメラが、四方向からクロコダイルを映し出す。野添被告人は相変わらず猫背のまま、自分の弁護人の弁論を聞いていた。

「この事件には、近所にアグネスさんの関係者である被告人が住んでいることを知っている真犯人がいた。そして被告人に疑いの目を向けさせるため、凶器として使ったトロフィーを被告人が酔って寝ている間にこっそり部屋に忍ばせておいた。被告人はあの日、帰宅した後、鍵《かぎ》をかけずに寝てしまったのですから」

「異議あり！」

蜂室検察官がまた、ぴょこんと立ち上がる。

「弁護人の言っていることは破綻《はたん》しています。あの日、被告人の部屋に鍵がかかっていなかったことなど、事前に知りえないではないですか！」

「確かにそうです。しかし、状況としては、可能だった」

いつの間にか、法廷スタジオはしーんとしていた。カメラの向こうの全国の視聴者も、固唾《かたず》をのんで見守っているのだろうか……それとも、食事のＢＧＭ代わりにテレビをつけて裁判を流しているだけだろうか。

「以上です」

クロコダイルは一礼すると、自分の席へ戻っていった。

## 7　第二回公判・終了後

一同がモンスターのメイクを落とし、衣装から私服に着替え、再び第一評議室に集まったのは、放送終了から四十分ほど経った頃だ。大型テレビ画面には、サイケデリックコートの次の番組である土曜ドラマが放映されていた。一号と六号が見ている。

「なんで俺ら裁判官まで、魔女の恰好させられなきゃいけないんだよ」

先ほどから木塚裁判官は、後輩の小篠裁判官に向かって文句ばかり言っていた。

「テレビ番組ですから、ある程度は仕方がないのでは？」

「こんなんじゃ、裁判官の威厳が台無しだぜ」

へっ、と自虐的に笑う木塚裁判官。

「裁判のテレビ放送自体が、司法の威厳を損ねてるのは間違いないけどな」

「すみません、遅れました」

三号が入ってきた。フランケンシュタインだった彼だけ、メイクを落とすのに余計な時間がかかったのだった。

「それじゃあ、三号さんも戻ってきたことですし、始めましょうか」

「ほーい」

六号がテレビを消すのと同時に、梁川裁判長は先ほどADが持ってきたブルーレイディスクを一同に見せた。

「このディスクには、前回の公判と今日の公判の映像が収められています。何か公判中のことで確認したいことがあったら、これで見ることができます」

一同はうなずいた。小篠裁判官が、何やらノートのようなものを開いた。

「それでは、まず、検察側の証人として出廷した、証人の証言ですが」

「あれ、アウトでしょ」

六号がすぐさま口を挟む。

「伝聞証拠だったし」

「そうですね。被告人がヤヨイさんについて言っていたことに関しては、伝聞証拠であることが明らかになりましたので、残念ながら証拠として採用することはできません」

「風邪薬の件は？」

一号が、梁川裁判長の顔を睨《にら》み付けるように見た。

「あれについても現時点では弁護側に分があります。風邪薬を飲んでいなかったという事実を、検察側が証明しなければならないわけで……」

「そんな馬鹿な話があるかい！　あいつの言ってることは無茶苦茶じゃねぇか」

どん、と机が叩《たた》かれる。どうやら一号は、あの外国臭のプンプンするクロコダイル坂下という弁護人そのものが気にいらないらしかった。

「だいたいよ、常識だろ、風邪薬とアルコール、一緒に飲んじゃいけねえなんてよ」

「まあ、分別のある大人なら当然ですよね」

小篠裁判官も同意した。

「いや……それがっすね……」

申し訳なさそうに話に入ったのは、フランケンシュタインのメイクを落としたばかりの三号だった。

「あれ聞いてて思い出したんすけど、俺らの仲間に、ヨーヨー釣りのヤスって、酒のものすごい強いやつがいるんです」

彼がテキ屋をやっていることを、悠太は思い出した。

「四年前の花見で、あいつが風邪気味だっつってアニキのビール、断ったんすよ。んで、俺ら調子に乗って、アニキのビール飲めねえのかっつって、ビールに風邪薬溶かして飲ませたんすよね。したら十分くらいしてあのヤスが、白目むいてゲーゲー吐き出しちゃって……やっぱ風邪薬とアルコール一緒にしたのがよくなかったらしくて、そのあと救急車呼ぶ騒ぎっすよ。俺ら、救急隊員にめちゃめちゃ怒られたっす」

六号が手を叩いて笑い出した。

「それ、あんたがたがバカなだけじゃん」

「そうなんすけど。でも、経験がないと知らずにそんなことやっちゃうかなって、ねえ、裁判長」

梁川裁判長は苦笑いをしながらうなずいた。

「結構ですよ。私たち裁判官だけでは、一号さんのおっしゃるように『風邪薬とアルコールを一緒に飲むなど、大人の行為としてはあり得ない』と片づけてしまったかもしれません。三号さんのような普通の方の市民感覚が大事なのです」

「なんか、バカをほめられているみたいで複雑っす」

「とにかくその風邪薬の件については、次回以降の検察の出方を見ることとして」

小篠裁判官が断ち切った。

「次、トロフィーと帯についてご意見を伺いたいのですが」

「やっぱよ、あれが見つかったってことは、野添が殴ったってことなんじゃねえか？」

一号が、待ってましたとばかりに再び身を乗り出した。

「弁護人は、ドアの鍵が開いていたので部外者が被告人の部屋の中に入ることも可能だったと言っていましたが」

クロコダイルの言っていたことを小篠裁判官が確認したが、一号は首を振った。

「んなの偶然だよ。状況証拠ってやつだろ」

悠太もそれについては考えていたのだが、酔って記憶があったにせよなかったにせよ、野添自身が殴ってトロフィーと帯を持ち帰ったという説のほうが濃厚だという気がしていたので、無言のままうなずいて同意を示した。

「あれに関しては、さすがに蜂室さんに有利だよねー。なんてったって、ヤヨイの血痕《けっこん》が付いちゃってるしね」

六号だ。一同が、蜂室検察官の提出した二つの凶器には、被告人の犯行を裏付ける証拠能力を認めつつある雰囲気だった。だから、この中で異論を唱える人間がいようとは、予想だにしていなかった。

「あの……私は違うと思うのです」

声の主のほうに一同が目をやる。

悠太の隣、縮れた毛を額にたらした、裁判員四号だった。

「野添さんは、トロフィーでヤヨイさんを殴ったりはしていないと思うのです」

コホンと咳払《せきばら》いを一つし、梁川裁判長が尋ねる。

「四号さん。なぜ、そう思うのですか？」

「うちには、息子が二人おりまして」

また家族の話だ。

「上が中学二年生、下が小学六年生で。二人とも、剣道をやっているんです」

しかし、誰も彼女の話を止めようとはしなかった。か細い声には、先を聞かなければならないような変な強制力があった。

「今年の夏なんですが、上のほうが地区の大会で優勝しまして。ええ、隣の学校に強い子が三人もいて、まず優勝は無理だろうと思っていたのですが」

「一体、なんの話です？」

「トロフィーです。上の子、トロフィーをもらったんです。そうしましたら下の子、喜んじゃって喜んじゃって。お兄ちゃんが優勝してトロフィーをもらったんだって。まあ、こんなにちっちゃなトロフィーなんですが、もう近所中に自慢して回っちゃって。もう」

四号は嬉《うれ》しそうに笑った。悠太は、初めて彼女の笑顔を見た気がした。

「それが、どうしたんすか？」

怪訝《けげん》そうな三号の顔を、四号は見つめ返した。

「兄がやっとの思いで勝ち取ったトロフィーで弟が人を殴るとは、私には思えないんです。……これがその、いわゆる、兄弟を持つ母親の『市民感覚』というものだと、私は主張します」

たしかに、野添彦次は弟で、殴ったトロフィーは兄のアグネスが勝ち取ったものだ。

だが……。

「あはは、おばさん、おもしろっ！」

六号が笑い出した。

「でもねー、おばさんとこの息子が剣道でもらったトロフィーと、ストロベリー・マーキュリーがもらったトロフィーじゃ、格が違うって」

「ですから、より大事に扱っていたということは」

「逆の意味よ。なぜかっていうと、あ、せっかくだから初公判の『起訴事実ＶＴＲ』見よっか？」

「あの……実は私、この機械の使い方がよくわからないもので。どうぞ」

梁川裁判長はブルーレイディスクを六号に差し出しながら、恥ずかしそうに頭を下げた。六号は受け取ると、そのまま悠太へ押し付けてきた。

「ちょっと五号、あんた、再生してくんない？」

なんで、と思ったが、悠太は立ち上がり、今まで一度も使用されていなかった部屋の片隅のブルーレイディスクプレイヤーに近寄った。トレイを出し、ディスクを入れる。

やがてテレビに現れる、メニュー画面。「起訴事実VTR」と書かれたアイコンにカーソルを合わせ、再生ボタンを押す。法廷の映像が再生された。

悠太はプレイヤーの上に置いてあったリモコンを取って、自分の席に戻る。

「ねえ、もっと先、事件当夜のところまで」

言われるがまま、悠太はリモコンを操作して早送りをした。

「ストップ！」

六号が叫んだので、悠太は画像を停止させた。野添被告人役の役者がトロフィーを棚から取り出そうとしているところだ。そのトロフィーの周りには、ずらっと新人賞の盾が置かれている。

「ほら、見てよ。周りにもいっぱい盾が。ストロマって言ったら、一年くらい前まではすごい人気だったんだから。賞だっていっぱいもらってんの。一個くらいトロフィー使ったって、なんとも思わないよ」

「なあ、このVTRに映ってるトロフィーとか盾はよ、現場にあったものと同じものなのか？」

一号が梁川裁判長に尋ねた。

「実物ではありませんが、かなり正確に再現されています。実際の現場については公判資料に写真があったと思いますが」

ぺらぺらと公判資料をめくる一同。棚の写っている写真があった。

「あれ、凶器と同じトロフィーがあるっすね」

三号が言った。

「あー、ストロマは唯一、ＪＢＳレコード新人賞、二年連続で獲《と》ってるのよ」

六号だ。芸能関係にはやたら詳しい。

「新人賞なのに？」

「うん。それがおかしいって言うんで、それ以来、新人賞は一回だけってことになってるのよ」

「そうなんすか……トロフィーの形はずっと変わらないんすね」

「なんとかっていう有名デザイナーが作ったって言って、三十年以上変わってないんじゃなかったかな」

「とにかく」

二号が、三号と六号の会話を止める。

「この棚の中から人の頭を殴るための凶器を取り出そうと思う人間が、トロフィーを選択するのは自然と言えるでしょうね」

二号も六号の説に加勢するようだった。がしかし、四号はまだ、引き下がる様子を見せなかった。

「あの、私がトロフィーのことを疑う理由は他にもありまして。五号さん、その先の映像を見せていただいてもいいですか？」

「あ、はい」

悠太は再生ボタンを押す。止められていた映像が再び動き出した。トロフィーを取り出した野添被告人は、ソファーに座ってウィスキーを傾けるヤヨイの背後に回り、がつん、がつん。二発、殴った。

「そこです」

どうしたのだろうか？ 悠太の操作により、画面は一時停止した。

「座っている被害者を、立っている状態から殴りましたよね？」

「ええ……」

四号が多少興奮気味になっていたので、皆、戸惑っていた。

「公判資料の二十三ページの検案書、開いていただけますでしょうか？」

全員が言われたページを開く。

そこにあったのは検案書、すなわち監察医が死体を検死した報告書であり、目を背けたくなる写真が添えられていた。被害者ヤヨイの後頭部の傷である。

「傷がついているのは、『後頭部』なんですよ」

「それが何か？」

「おかしいと思いませんか？ 高い位置から低い位置の人間を殴ったのだったら、傷がつくのは『頭頂部』でなければ……」

「あ、たしかに」

三号が漏らす。さっきまで四号の言うことを否定していた六号もこれには納得したようで小刻みにうなずいている。

「被害者は、ひょっとしたら何かを拾おうとして、そこを上から殴られたのでは？」

メガネに手を添えながら、二号が新たな主張をしたが、

「おかしいことは、まだあるんです」

四号は答えず、検案書を指差して話を進める。

「先ほどのVTRで二回殴られていたように、たしかに二か所、傷があるんですが……」

『被告人の部屋から発見されたトロフィーとほぼ一致』と書かれている。何の問題もないでしょう」

「いいえ、二号さん。よく見てください。二つの傷の間に、五センチくらいの間隔があるんです」

小篠裁判官の手の中にある検案書を見ると、たしかにそうなっていた。

「それが、どうかしたのでしょうか？」

「立て続けに二回殴るなら、同じところを殴ったほうが効果的ではないでしょうか？なぜわざわざ、五センチも間隔をあけて殴ったのでしょう？」

沈黙。――三号などは、実際にトロフィーを握って他人の頭を殴るしぐさをしながら考え始めていた。

裁判員たちの目はおのずと、裁判官たちのほうに向けられた。人を殴る時の状況に最も詳しいのは、この場では一般市民ではなく、刑事裁判を経験済みの彼らである。三人もストップモーションの画面と資料の検案書を交互に見ながら何も言わずに考えていた。

「特に、おかしいことではありませんね」

ようやく、梁川裁判長が口にする。

「一度目の殴打で被害者が悶《もだ》えた場合、二度目は同じ箇所を殴れないこともあると思われます」

ほか二人の裁判官も、異論は無いようだった。

「俺もたしかに、この五センチの間隔は変だと思う」

身を乗り出したのは一号だった。

「やっぱり、殴るんだったら、同じとこ二回、殴るよな」

「そうですよね」

四号が期待の目を向ける。

「でもよ、四号」

しかし、一号は完全に四号に味方するのではないようだった。

「トロフィーで殴ったんじゃない、ってのはやっぱり、飛躍しすぎじゃねえかな」

四号の顔を見つめる一号。

「トロフィーには、被害者の血痕が残ってたんだぜ。拭《ふ》いた跡まで」

「ええ、それは……」

「殴らないで、血痕が付くか？　そもそも、どうして自分の家に持って帰った？」

四号は俯《うつむ》いた。返す言葉がないようだ。

そのとき、ノブが回される金属音がしたかと思うと、無遠慮に扉が開いた。

「いやいやいやいやいや、お疲れお疲れー」

中林プロデューサーだった。後ろには眷属《けんぞく》よろしく、スマートフォンをいじくりながら松尾ディレクターがついてくる。

「みんな朗報朗報、今日もかなりの視聴率、叩《たた》き出しちゃったよ。もうスポンサーさんも喜んじゃって喜んじゃって」

被告人が被害者を殴るという凄惨《せいさん》な場面で止められたテレビ画面にも触れることなく、彼は悠太たちのテーブルにやってきて梁川裁判長の両肩を揉《も》みだした。

「お疲れ様です、裁判長ぉー」

梁川裁判長は迷惑そうに顔をしかめるが、何も言わない。今回も話し合いは断ち切られてしまった。

「そうそう、五号くん、今日の宣伝、よかったねえ。まほっちとの息もぴったりあってきたじゃない」

悠太に向かって、中林はにっこり微笑んできた。胡散臭《うさんくさ》いオヤジだが、まほっちと息があってきたと言ってくれたことは嬉《うれ》しい。たしかに、今日の最後のＣＭは、この間に比べればしっかりできた。顔の火傷《やけど》メイクを取ってすぐに着替えることもできたし、「TPフェメラリン・ディワール加工」の部分もしっかり言えた。声は少し震えてしまったかもしれないが。

「島田プロさんからスカウト来たんでしょ？　もう、売れっ子確実じゃない」

「いや、僕には……」

芸能人の素質はありません、と言おうとしたところで、

「みなさん、ネット上大騒ぎですよ」

ひげ面の松尾ディレクターがスマートフォンを人差し指でいじりながら入ってくる。

「『裁判員のほうに殺人鬼がいてどーすんだ、イカレ番組め』だって。ひゃひゃひゃひゃ、ひどいな、これ」

「わっはは、それつぶやいてるやつ多いよね。確かにフレディは殺人鬼だったわ。夢の中から女の子、血まみれにするんだった、わはは」

今日の公判で悠太が扮《ふん》した「フレディ」というキャラクターはアメリカのホラー映画に登場する殺人鬼のようだった。そんな不謹慎な恰好《かっこう》をさせられていたとは、怒るどころか呆《あき》れてしまう。

「『この度のサイケデリック・コートなるテレビ局の増長ぶりに、私は不愉快しか感じない。我々日本人はもう一度、真正の司法を勝ち取るべく立ち上がるべきではないか』ですって－」

「わははー。オンライン文化人のみなさん、オツでーす！　でー、いつそのきったねえパソコンの前から立ち上がるんですかー！」

二人とも、番組の批判をされているのに嬉しそうだ。

「あれくらいの毒があったほうがいいのよテレビってのは。ネット上でバカが叩けば叩くほど、視聴率は上がるんだからー、わはは」

興奮してスマートフォンの画面を中指の爪ではじく中林プロデューサー。誰も、何も言えなかった。

「ところで、このあと六本木《ギロッポン》の玲玲苑《れいれいえん》本店で打ち上げなんですけど、みなさんもどうですか？」

松尾が一同の顔を見回す。誰もが知っている高級焼き肉店だ。

「ええっ？　行きます行きますー！」

すぐに答えたのはもちろん、六号だった。芸能人御用達の焼き肉店に興味があるのだろう。

壁にかかった時計は十時を指そうとしていた。悠太は、今まで休んでしまった分の仕事をしなければならないので、明日《あした》は休日出勤だ。

結局、三号と六号以外の裁判員は松尾の申し出を断り、この日はそのまま、解散となった。

部屋を出る時、悠太は三人の裁判官の顔を見た。木塚裁判官は相変わらずバカにしたようにふんと笑い、小篠裁判官は、なんとなく残念そうな表情をしていた。

## 8　裁ドルの憂鬱《ゆううつ》

じゃじゃん。

『数の子はニシンの卵ですが、イクラは何という魚の卵でしょう？』

テレビではファミリー向けクイズ番組が放映されており、アナウンサーが問題を朗読している。悠太は携帯電話を手にして通話ボタンを押そうかどうか迷いながら、何となくそれを見ていた。

ぴこーん。

『ええぇ？　イクラって、卵なのお？』

早押しボタンを押して電飾を光らせたものの、大げさに手を振って慌てているのは、悠太も東京地裁で顔を見たことのある裁ドルだ。CSB法廷8のメンバー、伊達《だて》りりこ(二十四歳)。仙台地裁から放映された刑事裁判で抜擢《ばってき》されてメンバー入りしたが、そのあまりのおバカキャラで最近はこういったクイズ番組に引っ張りだこなのである。仙台出身をアピールしているのか、左側頭部には七夕飾りを模した大きな髪飾りをつけているが、明らかに季節外れだった。

番組終了間際の名物コーナー、居残り早押しクイズ。伊達はさっきから珍答を繰り返している。

『じゃあ、ちょうちんあんこう』

ぶー。

『あほやこいつ。ちょうちんあんこう言うたら深海魚や。深海魚の産んだ卵、シャリに載っけて海苔《のり》でぐるって巻いて、軍艦巻きですぅ言《ゆ》うて、はじめっから沈没しとるやないかい』

司会者の大御所芸人が関西弁でたたみかけ、スタッフが笑う。この毒舌っぷりが、この番組の見どころでもある。

『正解は、鮭でした』

『こんなん知らんで、よう生きてこれたな』

『えー、私、イクラって果物だと思ってたー』

ぎゃははと爆笑する、先に勝ち抜けた出演者たち。

『もうええ、お前と話してると疲れるわ。次の問題！』

じゃじゃん。

『日本国憲法第八十二条で、「常に公開されなければならない」と書かれている裁判とは、政治犯罪、出版に関する犯罪と、あとひとつは……』

ぴこーん。伊達がまたボタンを押した。

『お前わかるな？　裁ドルやもんな？　ＣＳＢのメンバーやもんな？』

『はい』

先ほどとは違い、自信ありげな表情の伊達。

『よしいったれ、答えをどうぞ！』

『憲法第三章で保障する国民の権利が問題となっている事件！』

長ったらしい答えが伊達の口から出た。ぴんぽんぴんぽんぽんという正解音。スタジオはとたんに拍手の渦だ。

『エライ、よう知っとった！』

『これ間違えたら私、霞が関、帰れませんよー』

おかっぱのような髪の毛を指でくるくるとしながら、彼女は笑った。

『ちなみに、八十二条には「裁判」じゃなくて「対審」って書かれてますね』

『エライな。高卒で、バイトもサボってばっかりで親に迷惑かけてたお前が、裁判員に選出されて、裁ドルになって、国民に法教育の大切さを知らせるために、一生懸命、勉強してんねんもんな』

さっきまでさんざん伊達のことをコケにしていたその大御所芸人は、涙ぐみそうになっていた。

彼女も裁判員に選出されて人生が変わった人間の一人だ。……それにしても、イクラが鮭の卵だということも知らない彼女が、あんな法学の知識を持っているなんて。刑事裁判・テレビ放映制度の威力は恐ろしい。

悠太は携帯電話のリダイヤルボタンを押して耳に当てる。無情な、「お客様の都合で通話できません」のメッセージ。着信拒否されているのかもしれない。

キッチンの流し脇に置かれた食器洗い機が他人行儀にすましていた。紘奈が持ち前のくじ運によりラジオ番組へのハガキ投稿で当てたものの、自分の部屋のキッチンで使うには大きすぎるとこの部屋に置いていったものだ。そんな思い出が遠い過去だ。

紘奈と連絡が取れなくなってから、一週間が経つ。

サイケデリックコートに出演中の裁判員の恋人ということで、彼女の学生マンション前に押しかけるマスコミ関係者は、日に日に多くなっていった。自らが取材されるだけならまだいいが、管理人や同じマンションに住んでいる人たちに迷惑をかけるのが心苦しいだろうというのは悠太にも痛いほどわかる。

そして、先週の第二回公判の放送が終わった翌日、紘奈は「しばらく実家に帰る。ごめん」というメールをよこしたきり、音信不通になってしまった。

実家だから食事などは安心だろうが、いよいよ就職活動という時期の彼女が、この時期に余計なストレスを感じてしまっていないかどうかが、悠太は心配だった。

会いたい。会って話を聞いてやりたい。こっちの話も聞いてほしい。

だけど、今の裁判が終わり、世間が悠太のことを忘れるまでは無理かもしれない。年明けになるのだろうか。クリスマスイブはとっくにあきらめていたが、それまでにも一度も会えず、しかも連絡も取れないのはつらい。

悠太はこたつの上に広げていた公判資料を握ると、壁に向かって放り投げた。

仕事でも、あまりいいことはなかった。

先週、例の遠藤さんに清掃会社の仕事を紹介したが、やっぱり長時間のビル清掃は腰に負担がかかるようで休憩を多くとりがちになり、三日でクビになってしまったのだ。

「やっぱり、俺なんか何の役にも立たないのかね」と寂しげに笑って彼は悠太の前を去った。

裁判員たちとの話し合いでまったく何も発言できない自分がその姿に重なって余計いたたまれない。そして、それを聞いてくれる恋人が、目の前にいない……。

そのまま、何もせず、時間が過ぎて行った。クイズ番組はいつの間にか終わっていた。

『いやよっ！　朝はやっぱりご飯じゃなきゃっ！』

よく聞く六号の声がテレビから放たれた。先日収録したビッドルシリアルのライスフレークのCM。悠太はもう十回は見ている。初めは自分が出ていることで珍しくも不思議にも思えたが、これが紘奈と会えないことに関係していると思うと煩わしい。

リモコンに手を伸ばし、チャンネルを変えた。

『私は今、大津に来ています』

今度は、心をくすぐるような声が聞こえた。思わず身を起こす。

「大津・京町《きょうまち》通り」という表示が出された画面では、川辺真帆が真面目な顔をしてしゃべっていた。隣には専門家のような背広の初老の男性が立っている。

『先生、ここが、津田《つだ》巡査がニコライ皇太子に斬りつけた現場なんですね』

『はい。そうですね』

そう言えば彼女は、仕事で大津に行くと言っていた。

『ところで川辺さん、津田巡査がなぜあのような凶行に及んだのか、ご存じですか？』

『えー、動機ですか？　んー、単純に考えると、相手はロシアの皇太子ですよね？』

『そうですね』

『ニコライが来日を利用して、侵略のために、日本の主要な道路だとか、建造物を視察に来たと思ったんじゃないでしょうか？　そう言えばここ大津は、京都にも近いですし』

『なかなか鋭いですね。しかし、実は事件より十四年前に起こっていた明治史を揺るがす大事件が関わっていたという説があるんですよ』

『えー、なんですかそれは』

『知りたいですか』

『もちろんです。気になる気になるー』

『なんと、西南戦争です』

『西南戦争⁉』

川辺の驚いた顔のアップ。間違いなく、近くで見たことのある、吸い込まれそうな魅力を持った顔だった。画面はそのままオープニング映像になった。

「法学ドキュメントバラエティ　ボアソナードの庭で」

画面がスタジオに切り替わると、確かに洋風のこぢんまりとした庭のようなセットになっており、背後に白髪・白ひげのいかつい顔をした外国人の写真パネルが飾られていた。

『こんばんは。「法学ドキュメントバラエティ　ボアソナードの庭で」。今夜も、日本近代法の父・ボアソナードとともに、素敵な司法の冒険へ出かけましょう。さて増川《ますかわ》さん、今回の事件は一体、なんでしょう？』

『はい、大津事件です』

司会の男性タレントと女子アナの軽妙なやり取りが始まった。

『大津事件。またクラシックですね。しかし、日本の裁判史を語る上で避けて通れない事件です。今回の法学ハンターは、誰かな？』

『はーい、私です』

画面は脇に控えていたCSB法廷8のメンバーを映し出す。前面にいた川辺真帆が元気よく手をあげていた。

『なんと、リーダーまほっち自らだね』

『はい。行ってきましたよ、大津』

『ではまず、大津事件とはどういう事件だったのかということから教えてくれる？』

『はい。今回の被告人はですね、この人です』

川辺の取り出したフリップにはモノクロの青年の写真が引き伸ばされ、「津田三蔵《さんぞう》」という名前が書かれていた。その後、川辺真帆は決して難しい言葉を使うことなく、大津事件のあらましを語った。

悠太はそのまま、番組に見入ってしまった。川辺真帆の顔を見ている間は、紘奈のことを忘れられそうだったし、裁判に興味のなかった悠太の頭の中にも、大津事件のことはすんなり入ってきた。

＊

十一月十二日。「ストロベリー・マーキュリー殺人事件」第三回公判放映日。

今回のリハーサルはもろもろのスケジュールの関係で事前に時間を取ることができず、当日の昼間に行われることになった。悠太のもとに連絡が来たのは三日前だ。相変わらずの緊張で悠太は変に眠れず、結局七時くらいに家を出てしまった。

たまにマンション前で待ち構えるようになった島田プロダクションの大隅や、マスコミ関係者らしき人たちも誰もいなかった。こんな早くに家を出るとは誰も思っていなかったのだろう。だいぶ顔が知られてきたのでニット帽を深くかぶり、マフラーを口のあたりまで巻いて、ロングコート姿で電車に乗る。

霞が関の東京地裁に着いたのは、集合時間より一時間半も早い七時半だった。信じられないことに正面玄関前にはすでに、夜の公判の傍聴席チケットを求めるストロベリー・マーキュリーのファンたちと、CSB法廷8の顔写真を貼り付けたうちわや垂れ幕を手にしたファンたちでごった返していた。裁判の傍聴は、料金は一切かからないが、傍聴席の数は限られている上に全席当日受付、しかもすべて抽選で決まるので、こういう事態になっているのだ。特に今日は、ストロベリー・マーキュリーのファンたちは気合が入っているようだった。

というのも、今日の公判には事件発覚直後から姿を消していたストロベリー・マーキュリーのボーカル、アグネスが参加することになっていたからだ。久しぶりに公の場に姿を見せるアグネスの姿を一目見ようと、ファンたちは朝早くからこうして席取りにやってきているのだ。

悠太はそのファンたちの横を顔を隠して通り抜け、裏手にある通用口で通行証を警備員に見せて、建物の中に入る。廊下を数分歩き、北側の一番隅、第一評議室のドアを開けた。

「おお、おはよう」

挨拶《あいさつ》をしてきたのは、一人、先に到着していた木塚裁判官だった。寒々しい部屋のいつもの席に座り、新聞を広げている。裁判官らしからぬ、軽くて不真面目で、人を小ばかにしたような口調。悠太はこの人が苦手だ。

「おはようございます」

「ガチョビ赤熱症の判決、見た？」

「え、なんですか？」

「秋田地裁の『女子高生ガチョビ赤熱症ウィルス発散事件』。昨日が判決だったでしょ？　BS月光で放送していたらしいんだけど、うち、BS映らないから」

昨年暮れ、ウィルス研究施設の所員を父親に持つ女子高生が恋人に振られた腹いせに、父親の職場から病原菌のサンプルを盗み出し、元恋人の家に散布してその元恋人と家族、周囲の住民を感染症に追いやったという恐ろしい事件である。世界保健機関の特殊滅菌部隊まで来日する大事になったので、さすがの悠太も報道で知っていた。しかしその裁判まで注目していたわけではない。

「まだ主文を詳しくも読んでないけど、死刑だってよ。死者四人、重症十八人だから社会的影響を考えればまあ、わからなくもないけど、今回のはまず『感染症の予防及び感染症の患者に対する医療に関する法律』第六十七条のことを問題にすべきであって、刑法の殺人罪を引き合いにして裁判員に評議させるのは、ちょっといただけないと思うけどなぁ」

不真面目に見えてもやはり裁判官だ。こんなに長ったらしい法律の名前を、よく何も見ずに言えるものだ。

「それにさ、殺人罪にしても、被告人、十七歳だよ？　細沼基準はもう過去の遺物なのか」

　また細沼基準だ。それにしても木塚裁判官は完全に、親戚《しんせき》の子供相手のような口調で悠太に話しかけてくる。年は二十くらい違うだろうが、梁川裁判長のように丁寧な言葉遣いをしてもらいたいものだ。

「十七歳で死刑って、八百屋お七じゃないんだから。裁判員制度のせいで、江戸時代に逆戻りかよ」

　新聞を折りたたみながら彼は言い捨てると、斜に構えて悠太の顔を覗《のぞ》き込みながら、へっ、と笑った。

「どうよ、裁判員？」

「え……？」

　予想外の質問に、悠太は戸惑った。

「見た感じ、君だけあんまり乗り気じゃないみたいだし」

「あ、ええ……」

　やっぱりばれていた。しかし、責めるような言い方ではなかった。むしろ、どこかに自分との共通点を見出《みいだ》そうとしているような口調で、苦手ながらもちょっと話せる相手かもしれないと、悠太は思い始めていた。彼も現行の裁判員裁判には反対なのだろうか。

「マスコミが、ちょっと……」

「そうか。あれ、よくないよな」

意地悪そうな目をさらに細くして、彼は椅子にもたれる。

「だいたいさ、俺、はじめっから反対だったんだ裁判員制度には……あ、俺がこんなこと言ったってバラさないでくれよな」

「ええ、もちろん」

彼は安心したように微笑んだ。

「俺が一番心配していたのは、『裁判の劇場化』なんだよ」

「劇場化、ですか？」

「そう。裁判員にわかりやすいようにって、証拠品を巨大スクリーンに映し出したり、そういうの、裁判を劇場化して審理の妨げになるだろ。第一次裁判員制度の時から俺、さんざん言ってきたのにどんどん暴走して、『劇場化』通り越して『テレビ番組化』だからね、ぶっ壊れちまったよ、この国の司法は」

また、バカにしたように笑う。

「まあ、そのおかげで弁護士や検察官にあこがれる人間が増えて、先進国最低と言われてきた法曹関係者の数は増えてきたんだが。知ってる？　去年ついに、〈小学生の将来なりたい職業ランキング〉で、『検察官』が『サッカー選手』を上回ったんだって」

「いえ、知りません」

「俺らがガキのころなんか、『検察官』なんて職業があることすら知らなかったっていうのに」

悠太だってそうだ。テレビ番組の威力は恐ろしい。しかし法教育に役立っているといえば、たしかに役立っているかもしれない。この間、川辺真帆が出演していた番組で放送された「大津事件」だって、司法権の独立を守った事件として、今や小学生でも知らないものはいないほどの知名度らしい。

「そう言えば、今日の公判、アグネスが参加する遺体発見状況の再現のあと、被害者遺族が証言台に立つんだって」

「被害者遺族？　ヤヨイさんのですか？」

「そう。『被害者参加制度』だよ」

と、木塚裁判官は顔をしかめて首を振った。

「これなんかもう、審理の邪魔以外の何物でもないな」

「邪魔って、どういうことですか？」

「検察官が少しでも自分に有利に進めるために、被害者の遺族なんかを引っ張り出して涙の訴えをさせるわけ。そんなの素人《しろうと》の裁判員たちの気持ち、傾いちゃうに決まってるでしょ。あれのせいで裁判員が被害者に必要以上に肩入れするようになってさ。特に中高年のおばさんなんか被害者遺族の話聞くなり、完全に自分の息子が殺されたみたいに感情移入しはじめて、もう真面目に話し合うのがバカらしくなっちまうよ」

裁判員制度に徹頭徹尾反対し続けてきた裁判官による、せきを切ったような愚痴。

「そういうわけで、できれば今日の公判、被害者遺族の証言は全部、無視してくれる？」

「無視、ですか？」

「そうそう。どうせお涙ちょうだいの演出に決まってるから。それに、梁川裁判長もあとで言うと思うけど、被害者遺族の証言には、証拠能力はないって決まってる」

この人にも、いろいろ言いたいことがあるのだろう。だが……。

「あの、木塚裁判官」

「ん？」

「この国の司法がうまく機能していないっていうのはわかったんですが、やっぱり、そういうのを、裁判官の人が直々に、僕みたいな素人に言ってしまってはいけない気がするのですが」

すると彼はあの細い目を新聞から上げた。意外そうな顔をしていたが、すぐに笑顔になった。

「いいのいいの。これくらいのこと、どこの新聞でも司法関係の本でも言ってるよ。裁判官だけ、裏で文句言っちゃダメっていうのは、不公平だぜ」

「まあ、そうかもしれないですけど……」

と悠太はまた、押され気味になる。

「それに、俺、この裁判を最後に、裁判官辞めるから」

「辞める？」

「だってもう、こんな制度につきあってられないだろ。何も法律で困っている人は刑事裁判に関わるような人だけじゃないからね。民事専門の弁護士にでもなるよ」

この人は、根っからの不真面目な人間ではないのかもしれない。むしろ真面目に困っている人を助けるために自分の法律の知識を使いたいと思っているからこそ、こうした司法改革の暴走についていけなくなっているのだ。もっと民間に近い位置で法律相談に乗ることのほうが、彼には合っているのかもしれない。

「裁判官って、勝手に辞められるんですか？」

「憲法第二十二条第一項、職業選択の自由でしょ」

木塚裁判官はどことなく、哀愁を感じさせる笑顔を見せた。

＊

集合時間までまだ間がある。悠太はトイレに行くと言って第一評議室を出てきた。

延長コードや機器類を運ぶ技術スタッフや、セットの一部と思《おぼ》しきオブジェを前に打ち合わせをしている美術スタッフなどとすれ違いながら、東京地裁の廊下を歩く。

それにしても不思議な空間だ。もともと裁判だけのために作られた殺風景な建物だったはずが、テレビ業界の進出によって、メイク室やら機材室やらさまざまな設備が増設されたのだろう。やたら広くて迷子になりそうになるが、初めてきた日から一か月半も経つので、どこに何があるかはだいぶわかってきた。一か月半。今日の第三回公判で、ようやく裁判も半分となる。

と、見覚えのある顔とすれちがった。

「おはようございます」

裁判員四号だった。

「おはようございます。早いですね」

「ええ。今日は主人が休みでして。息子二人を任せてきました。ちょっと、気になることがあったものですから」

こんなに早く裁判所にやってきた理由にはなっていない気がするが、悠太は深く聞かなかった。

「この奥に、公判資料室があって、今までの公開裁判で裁判員たちが渡された資料を見ることができるそうなんです」

なんとも勉強熱心だ。そういえば彼女は前回、トロフィーに関して疑問を呈していた。

「それじゃあ、あとで」

四号は廊下の奥へ歩いて行った。

悠太はそのまま逆方向へ歩み、前回の放送でフレディの衣装を着せられた衣装部屋に向かい、扉を開けて中を覗《のぞ》いてみた。顔見知りになったスタイリストがいたら挨拶《あいさつ》をしようとしたのだ。

蛍光灯がつけられているが人気は感じられない。奥だろうかと、悠太は中に入る。古着屋の倉庫のように雑多な衣装がハンガーに掛けられ、ずらっと並べられている。ここが霞が関の東京地裁の中の一室だとは、とても信じられない。

と、衣装の森を抜けた奥のスペースの長椅子に、人影が見えた。その顔を見て、思わず足が止まる。

「川辺さん……？」

水色のセーターの上にダウンジャケットを羽織り、地味ではないが、テレビに出る恰《かっ》好《こう》には見えない。おそらく私服だろう。悠太のほうに向けられた顔は、メイクこそしていないものの、トップ裁ドルのそれだった。

「ああっ、五号さん。おはようございます」

驚いた表情だが、張りのない声だった。

「今の時間、ここなら誰もいないと思っていたんだけど、見つかっちゃった」

少し笑うと、彼女は悠太から目をそらした。

「お邪魔でしたか？」

「いえいえ、大丈夫です。座ります？」

自分の隣のスペースを指す川辺。あのでっぷりした、力士のようなＣＳＢのマネージャーに見つかって張り手を食らうところを想像したが、それでも素直に腰かけた。それにしても、朝からこんなところで、何をしていたのだろう？

「見ましたよ、大津事件の番組」

悠太は疑問を飲み込み、川辺に言った。

「ああ、『ボアソナードの庭で』ですか」

「はい。面白かったし、すごく勉強になりました」

「ありがとうございます」

やっぱり、いつもの元気が感じられない。メイクをしていないせいではなさそうだった。

「マネージャーさんは？」

彼女は俯《うつむ》いたまま首を振り、そのまま話題は立ち消えた。

気まずいような沈黙のあと、彼女は小さな声で、「ちょっと」と話し始めた。

「マネージャーにもメンバーにも、言えない話が……」

悩みがありげな顔。やっぱり、一人になりたいらしい。

「すみませんでした」

腰を上げたその瞬間、川辺真帆は敏捷《びんしょう》に悠太のシャツの裾《すそ》をつかんだ。

「五号さん、聞いてください」

「え？　僕が？」

「芸能人の嘘だと思って、聞いてください」

芸能人の口調ではなく、川辺真帆という人間がそこに見えた。

「わかりました」

悠太は再び、腰を下ろす。

「私、福井に彼氏がいたんです」

心の準備など何もできていない状態で、突然、爆弾発言が飛び出した。

今を時めくトップ裁ドル、CSB法廷8のリーダー、まほっちに、彼氏がいたなんて！　ファンやマスコミ関係者が知ったら大スキャンダルになることは間違いない。

「年は三つ上で、勤めていたかまぼこ会社に出入りしていた運送屋の人なんですよ。いろいろ面倒になるからって事務所にも言ってないし、マスコミにもばれないようにしていたんです」

一体、どうやったらそんなことができるのだろう？　悠太のほうは一度テレビに映っただけで紘奈の存在まで知られてしまったというのに。

「あの『若狭湾・連続婦女暴行事件』の裁判が終わったあと、私、すぐにデビューが決まってしまって、上京したんです。はじめは毎週の福井地裁の仕事の時に会おうねって言ってたんですけど、事務所の目が厳しくて。しばらくはこっそり連絡取ってて、長い休みが取れたら帰るからね、なんて話してたんですけど……」

「そんなに長い休み、取れないですよね」

思わず、割り込んでしまう。

「そうなんです。でも私のほうはメール送ったりしていたんですけど、返信がなかなか来なくなって、ここ半年、音信不通のままだったんです」

まるで今の自分と紘奈のようだと悠太は思ったが、黙っていた。今は、彼女の話を聞く時間だ。彼女の辛《つら》い気持ちがわかるなら、それはなおさらのことだった。

「それで、今朝の話です。彼から久々にメールがあって。これ、見てくださいよ」

川辺真帆はダウンジャケットのポケットから携帯電話を取り出し、操作をすると、ディスプレイを見せてきた。そこには、こうあった。

――昨日、結婚しました。今まで、ありがとう。

…………。

結婚？　川辺真帆がいるのに？　結婚？

「はは」

悠太が息をのんで何も言えないうちから、川辺真帆は乾いた笑いを漏らした。

「笑っちゃうでしょ？　私、なんにも聞かされてなかったんですよ？　別れた気もなかったのに。ひどい、っていうか、呆《あき》れちゃいますよね。現実味がなさすぎて、悲しくもなんともないですよね。だって、よく考えたら、悪いのは私じゃないですか。彼にしてみれば、私のほうが彼を捨てて東京に出てきてテレビに出て歌って踊って法律の話をしてるんです。それで私、ばかだから、今朝メールが来て、やっと気づいたんです。ああ、私たち、ずっと前に終わってたんだなって」

この間見たテレビ番組の中で、整然と大津事件について語っていた裁ドルと同一人物とは思えないほど、筋を見失った話し方だった。

「なんですか、これって。悲しいんですか？　おかしいんですか？　もう、なんて表現していいのか、わかんなくなっちゃった」

何も言えなかった。彼女を哀れと表現するには、悠太は何も知らなすぎた。

「日本国憲法第十三条」

川辺真帆は、俯いたままつぶやいた。

「すべて国民は、個人として尊重される。生命、自由及び幸福追求に対する国民の権利については、公共の福祉に反しない限り、立法その他の国政の上で、最大の尊重を必要とする」

憲法の条文はやっぱり難しくて味気ない。しかし、裁ドル・川辺真帆の口から聞くと、すんなりと心に入ってくる。そして何より悠太には、彼女の寂しさがひしひしと伝わってきた。

日本国民の幸福追求の権利は、尊重されるべきなのだ。しかしそれは憲法の条文上のことであり、裁ドルとして忙殺される日常の中で、幸福追求の権利のことすら彼女は忘れていたのだ。その間、かつて愛を語り合った彼氏のほうは自らの幸福追求の権利を行使し、別の女性と……。国民の法教育を推進する責務を持った裁ドルにとって、これは何という悲しい皮肉であろうか。

いけないこととはわかりながら、川辺の肩に手を置く。彼女は悠太のほうに体を傾けてきた。

初公判とは逆だ。川辺真帆のほうが、悠太の体にもたれている。ダウンジャケット越しに伝わってくる、川辺真帆の体温と寂しさ。

しかし、それも数秒だけだった。

「あ、ダメです！」

彼女は飛び上がるように立った。

「ありがとう五号さん。だけどこんなに優しくされたら、きっと私、本番中も五号さんの顔見て、泣きそうになります。ＣＳＢ法廷８の私が全国放送で少しでも表情を曇らせてしまうのは、いろんなところに迷惑が……そう、公共の福祉に反しますから」

あくまで、彼女らしい理由だった。彼女はポケットから一枚の真っ赤な名刺を取り出すと、悠太に差し出した。

「福井にいたころに友達と作ったものの余りで、アドレスとか変わってないんで」

「え……？」

「じゃあ、今日のスノボウェアのＣＭも、よろしくおねがいします」

一方的に頭を下げると、川辺真帆は悠太に背中を向け、衣装の森の中に消えて行った。

しばらくして、悠太も外に出た。

川辺真帆はもう自分の控え室に帰ったのだろう。悠太はそれがこの広い東京地裁の建物のどこにあるのかすら知らない。彼女は裁ドル、自分は、一般市民の中から選ばれた、ただのしがない裁判員だ。

＊

だがこうして、川辺真帆のアドレスを手に入れてしまった。

半信半疑のまま、第一評議室に向かって歩き出す。

数メートル前の、廊下が交差している部分を、二人の女性が談笑しながら横切った。一人は知っている顔だ。紺色の、少し変わった型のトレンチコートを着てロングブーツを履いている。裁判員六号だった。一緒に歩いているピンクのコートに白いふわふわの帽子を合わせた彼女は誰だろうか。裁判所の建物内に入っていることからテレビ関係者だろうが、あんなふうに談笑する間柄になるなんて、六号は無職のわりに人づきあいが得意らしい。

「六号さん」

声をかけると、二人が悠太のほうへ顔を向けた。

「ああ、五号、おはよ」

「五号さん、おはようございます」

その時、悠太はとんでもない思い違いにやっと気づいた。

ピンクのコートにふわふわの帽子という妖精《ようせい》のような恰好《かっこう》が、いつもの黒の法服、そして真面目で冷淡な雰囲気とあまりにもギャップがあったのだ。

「小篠裁判官……」

「あれ、私だとわからなかったですか？」

正直にうなずいてしまった。いっひひと六号が笑う。

「ねー、私もさっき、駅で声かけられたとき、誰かと思っちゃった」

「いつもカタいイメージがあるので、こういう恰好のほうが逆に気づかれなかったりするんです。マスコミ関係者に囲まれるとうるさいですからね」

「とかいって、けっこうオトコの目、意識してたりして」

「そういうのは、全然、ないんです」

いつもの生真面目な口調だった。

「にしても、ユメちゃん、細いよねー。うらやましー。この色は膨張色だから、なかなか着られないでしょー」

六号は恨めしそうに言いながら、ピンクのコートの裾《すそ》を引っ張った。この二人はいつの間にか、仲良くなっているようだった。

「あの、ユメちゃんって？」

「ああ、私の名前です。小篠夢花《ゆめか》っていうんです」

この生真面目な三十二歳の女性裁判官は、着ているものだけではなく、本名まで女の子らしかった。

## 9　第三回公判

視聴者にどうしても伝えたいことがあり、それを検察側や弁護側が行わない時は、番組制作サイドが証人の出廷を要請できる。これはもちろん、従来の裁判の制度では行われなかったことである。

今回、番組から出廷を要請されたのは、渦中のビジュアルバンド、ストロベリー・マーキュリーのボーカル、アグネスだった。

彼はヤヨイの遺体の第一発見者であるのだから、当然今までにも検察側からの出廷要請があってもおかしくなかったはずだ。だが、検察にはそれができない理由があった。彼は、野添被告人の実兄なのである。肉親の証言が証拠になりえないのは、誰にも明らかだ。

しかし、遺体発見時の様子が明確ではないので裁判を見ていてもあまりピンとこないという意見が視聴者から多数寄せられた。それに、視聴者の多くが、長らくテレビに姿を現さないアグネスを久々に見たいという思いを持っているはずだった。

番組制作サイドはこれを酌み、アグネスの出廷にこぎつけたのだ。

アグネス自ら、ヤヨイの遺体を発見した時のことを語る……これが第三回公判のメインプログラムとなることは明らかだった。そしてそのために法廷スタジオのアリーナに用意されたものは、悠太たち裁判員を大いに驚かせた。

番組セット自体はもちろんハロウィンの墓場ではなく、第一回公判時のチェス盤仕様に戻されていた（衣装も以前に戻された。悠太はナカミードスポーツのスノボウェアだ）のだが、クロコダイルと野添被告人の座っている弁護側机と蜂室検察官の座っている検察側机はそれぞれいつもより端に追いやられ、証言台に至ってはすっかり取り払われ、広々と空いたスペースには、現場である目黒区のマンションの２ＬＤＫの部屋がまるまる再現されている。さすがに「二階」というシチュエーションまでは再現できないものの、間取りはもちろん、家具や小物の配置までそっくりそのまま再現されたのだ。屋根は設置されておらず、上をクレーン型カメラが自在に動き回ることができるので大画面にすべてその様子が映し出されるようになっていた。

リハーサルの時、悠太をはじめとした裁判員たちは２ＬＤＫのマンションのセットの中に実際に入り、隅から隅まで見せてもらった。殺人事件のあった現場をそのまま法廷に作り上げ、遺体発見時の様子を再現させるなどという費用がかかる証拠調べは、裁判がテレビ放映されることにならなければ考えられないことだったろう。

「それでは入廷していただきましょう!」

本番が始まるや否や、レフェリーの恰好をした柴木アナウンサーはマイク片手に張り切った大声で叫んだ。

「証人、ストロベリー・マーキュリー、アグーネースー!」

とたんに、傍聴席が活火山のように沸き上がる。運よく傍聴席に座るくじを引き当てられたストロベリー・マーキュリーのコスプレ客がアグネスの顔がプリントされたうちわやタオルを手に叫んでいる。

照明が一度落ちたかと思うと、ヒット曲「チェス盤上のアリア」が流れ始めた。登場扉あたりにはスモークが焚《た》かれ、一人の赤黒いシルエットを映し出す。シルエットはしばらく静止していたが、やがてしずしずと動き出した。

スポットライトが当たる。修道女姿の、白い顔に目の周りのメイクの濃い、きゃしゃな男性が一人、立っていた。盛り上がる傍聴席。何人かの女性ファンは失神しそうだ。

ストロベリー・マーキュリーのボーカル、アグネス。一年以上の時を経てテレビカメラの前に姿を現した。「チェス盤上のアリア」はちょうどサビの部分に差し掛かったところであり、傍聴席のファンたちはみな、手を振りながら声をそろえて合唱しはじめた。

昼間にこの登場のリハーサルを見ていたが、本番がこんなに割れんばかりの熱狂になるとは悠太は思っていなかった。

そのまま一度ＣＭに入ったらしいが、ＡＤの声は響かず、傍聴席が落ち着くまで数分かかった。

「えー、傍聴席のファンの皆さんはまだ熱狂冷めやらぬといった感じではございますが」

やっと、柴木アナウンサーによるアグネスへの尋問が始まる。アグネスの入場から五分ほど経過していた。

「アグネスさん、事件当夜のことをお話しいただけますでしょうか？」

大画面と裁判員席に設置された画面に映し出されたのは、現場が再現されたマンションの部屋の玄関のあたり。柴木アナウンサーの横にいるアグネスは、すました顔でカメラに視線をやっていた。

悠太はふと顔をあげ、マンションのセットを見る。裁判員席の前はちょうどベランダを外側から見るように設置されていた。ベランダの手すりは茶色い塗装がなされたステンレスの縦格子タイプで、シャッターやカーテンを閉めていないと部屋の中が丸見えだなと悠太は思った。たしかこのベランダは、実際にはマンションの裏庭に面していると書かれていた。

「私があの日の深夜二時ごろ、タクシーで事務所から帰ってくると」

アグネスは静かに証言を始める。さすが歌手だけあって、きれいな声をしている。

「このドアの鍵《かぎ》があいていたのです。それで、弟か、もしくはメンバーの誰かが来ているのかと思ってドアを開けると、中は暗く、ひんやりとした空気に包まれました」

ドアを開けて中に入るアグネス。柴木アナウンサーとハンディカメラがあとを追う。

「異様な空気を感じた私は、電気をつけ、部屋の中へと進みました」

入ってすぐ左側はトイレ、続いてバスルームのドアだ。正面のガラスつきドアを開けると、十畳ほどのＬＤＫになっていた。緑色のソファーが置いてあり、その近くにヤヨイの死体を模した人形がうつぶせになっており、入ってきてすぐの人間からは上半身のみ見える。

「部屋の電気をつけてすぐ、私は誰かがソファーの向こうに倒れているのを見たのです。とっさには誰が倒れているのか、わかりませんでした」

「それで、近くに寄ってみたわけですか」

「ええ。ヤヨイだと気付いた私は、テーブルの上にウィスキーの瓶と飲みかけのコップが載っているのを見て、酔って寝ているのかと思いました。しかし、体を揺すってみても反応がなく……その時、頭に傷が見えました」

アグネスは目を伏せる。

「それで、慌てて警察に電話しました」

もう話すべきことはすべて話した、あとは質問に軽く答えるだけしかしない、という意思がその口調から感じ取れた。もともと、人前に出てトークをするイメージのあるミュージシャンではないそうだ。この人を寄せ付けない冷たさが、余計にファンを魅了するのだろうか。

　アナウンサーは彼とのやりとりをやめ、そのまま部屋の中の状況を説明し始める。現場となったＬＤＫのソファーの陰にヤヨイは倒れていた。壁際に凶器となったトロフィーが置かれていた棚と姿見があり、その脇はベランダへ通じる窓となっている。ＬＤＫ以外の二つの部屋は、寝室と衣装部屋に充てられていた。

「それでは裁判長にお返しいたします」

　柴木アナウンサーがカメラに向かって言うと、画面には梁川裁判長の姿が映し出された。

「それでは私から質問です」

　梁川裁判長はマイクを通じて尋ねる。

「どうしてあなたは、救急車ではなく、警察に先に電話したのでしょう？」

　アグネスはこの質問に戸惑い、きょろきょろし始めた。柴木アナウンサーはマイクをアグネスに向けたままだ。傍聴席のファンたちを含めた法廷中が、固唾《かたず》をのんでアグネスの言葉を待つ。

「首に……絞められた跡がありました」

「すぐにお気づきになったのですね」

「はい、それに、息が……すでになかったものですから」

「蘇生《そせい》は無理と、判断なされたわけですか」

両手を額につけ、前後に揺れるアグネス。すぅー、はぁーっと、呼吸のリズムがおかしくなってきた。明らかに、さっきまでと様子が違う。

「証人は、お答えいただけるとありがたいのですが」

「しかたなかった、しかたなかった」

アグネスは連呼した。額には汗がじっとりと浮き出、顔全体が真っ赤になり、目はぎょろぎょろとせわしない動きを見せていた。

「しかたなかったしかたなかったしかたなかった。だってしかたなかった、もう息がなかったんだ！」

柴木アナウンサーは何もフォローをせずにその姿を凝視していた。梁川裁判長も思わぬ反応に驚き、木塚裁判官と顔を見合わせている。

「え？　はい、はいーっ」

突然、インカムに向かってＡＤ栗原が何かを話し始める。別の部屋で見ているディレクターと話をしているらしい。

「えー、急遽《きゅうきょ》、ＣＭ入りましたー！」

突如、脇から事務所関係者と思《おぼ》しき人間が三人ほど駆け寄ってきて、すぅー、はぁーっと不自然な呼吸を繰り返しながら「しかたなかったしかたなかった」とうわ言のように繰り返すアグネスの両脇を抱え、連れ去っていった。傍聴席のファンたちがざわめいている。弁護側席では、弟である野添被告人も心配そうにその様子を見送っている。

「どうしちゃったの、アグネス」

六号が右隣でぽつりとつぶやく。

「何か、裏がありそうじゃない？」

悠太も、そう思い始めていた。

＊

公判終了後、第一評議室には、イタリアンのにおいが充満していた。朝九時集合で、衣装合わせ、リハーサル、遅い昼食、メイクをこなして最終調整、七時から一時間の生放送を終え（悠太はそのあといつものナカミードスポーツのスノボウェアの生ＣＭを経て）、メイクを落とし、衣装を着替え、八時半。そろって第一評議室に戻ると、ケータリングワゴンが届いていた。パスタやピザ、ラザニアなど、裁判員と裁判官を合わせた九人でも食べきれそうにない量だ。半日拘束された裁判員たちへのサービスということであろう。コック姿のケータリング業者が、器用にチキンを切り分けている。

「あのアグネスさんの落ち着きのなさは、やっぱり」

気になっていたことをほじくりかえしたのは裁判員二号だった。

「あの、二号さん、部外者の方がいますので、できれば今は遠慮していただけますか」

梁川裁判長がたしなめると二号は「失礼」と、申し訳なさそうに頭を下げた。

「それに、二号さんの考えていることが正しいとしても」

脇から木塚裁判官が眉《まゆ》をひそめながら割り込んだ。

「本件とは関係のないことなんで、深くは追及しないでおいてくれます？」

肩をすくめる二号。一体、なんだというのだろう。二号や木塚裁判官は、一体あのアグネスの焦燥に満ちた落ち着きのない行動をどう解釈したのか。

「長々と申し訳ありません。これを切り分けましたら退散いたしますので、あとはご自由にどうぞ」

業者は手早くチキンを切り分けてナイフをそばに置いた。そのまま、脇の冷凍ボックスのようなもののふたを軽く叩《たた》く。

「この中に、デザートのアイスなど入っておりますので、よかったらどうぞ」

「ありがとうございます。いただきます」

小篠裁判官がいつものクールな顔を崩さずに返答すると、彼はコック帽を脱いで深々と頭を下げ、部屋を出て行った。

「これは素晴らしい」

二号が突然、感嘆のこもった声をもらした。

「素晴らしいヒプシジグス・マルモレウスだ」

「なんだってぇ？」

一号が聞き返す。二号はピザに載っているシメジをつまんで目の前にかざしていた。

「ヒプシジグス・マルモレウス。このキノコの学名ですよ。和名はブナシメジ。スーパーなどでは単に、シメジ、と書かれていることが多いようですが」

「何が素晴らしいんだ？」

「この、傘の部分の広がり具合です。小さすぎず、広がりすぎず。きっとさっきの業者は、どこかの農家と専属契約を結んでいるに違いありません。通常の大量栽培ではここまでのものは生み出せませんからね」

「へぇー。なるほどな。味もうまいんだろうな」

「そう言えば、『香りマツタケ、味シメジ』という言葉がありますよね」

梁川裁判長だ。世間話をするつもりで言ったに違いない。しかし、この一言で、二号にはスイッチが入ってしまったようだった。

「裁判長。古くから知られたその格言における『シメジ』とは、このヒプシジグス・マルモレウスのことではなく、リオフィルム・シメジのことを言うのです」

「なんですか？」

「リオフィルム・シメジは、和名はホンシメジです。人工栽培が非常に難しく、本来は珍しいとされていたキノコなのです。最近ではゲノム解読も進み、人工栽培の技術も向上しているようですが、天然ものと同様にはなかなかできないとか。やはり自然は偉大だということでしょう」

「じゃあ、あの言葉は？」

「香りはトリコローマ・マツタケ、味はリオフィルム・シメジ。キノコの最高品質を表した言葉であり、決して、『マツタケは所詮《しょせん》香りだけであり、味ならシメジでも十分である』という意味ではないのです。ところで、このマツタケの学名には面白いエピソードがあって、もともとフィンランドでは……」

二号は本職のキノコのことについてとうとう語り始めた。アグネスの話は本格的にお預けになってしまった。

悠太は皿をつかみ、ワゴンに歩み寄る。ナポリタンとイカ墨とボンゴレのパスタがまだ山ほどあった。チキンは香ばしく焼けており、香草のにおいが食欲をそそる。

「誰か、チキン、食べますか？」

机のほうを振り返って尋ねると、六号が手を振った。

「私と、ユメちゃんの分、おねがーい」

「はい、わかりました」

悠太は返事をして、チキンを取り分ける。別に、使われているという感じはしない。一か月半もの間一緒にいるためか、それとも、今日、半日顔を合わせていたためか、だいぶお互いのことがわかってきた。平たく言えば、仲良くなりつつあった。

「ところで今日の公判だけどさ」

六号はニヤニヤ笑いながら小篠裁判官に向かって話していた。

「あの被害者遺族、ホントにひどかったよねー」

＊

アグネスが事務所の社員たちに連れられて退廷したあと、法廷スタジオは長めのコマーシャルタイムになった。スタッフ一同はけっこう慌てたが、もう遺体発見時の証言は一通り終わったので急いで十人ほどの働きでセットは片づけられ、証言台が運んでこられた。あれだけのセットをわずか二分足らずで変えてしまうのだから、テレビのスタッフは段取りがしっかりしている。

CMが終わり、CSB法廷8のメンバー、演技派キャラの笹崎眸が「被害者遺族」と書かれたプラカードを掲げてアリーナを一周する。

「それでは、被害者遺族、入廷です」

柴木アナウンサーがマイクを通じて紹介を始めた。

――このくだりは、昼間のリハーサルでも行われていた。地味なセーターを着た、小柄な二十歳くらいの男で、被害者ヤヨイの従兄弟《いとこ》であるらしい。終始恥ずかしそうにして、フロアディレクターの言うことをへこへこうなずきながら聞いていた。ああ、あの腰の低そうな男がヤヨイの遺族かと悠太は思って、そのまま見ていた。ただ、そんな彼が黒いギターケースを肩からかけているのだけは、なんとなく気になっていた。

照明が落ち、登場扉にスポットライトが当たった。金属的なロックンロール風の音楽。

悠太は息をのんだ。

登場した彼は、リハーサルの時とは、似ても似つかない恰好《かっこう》をしていたのである。素肌の上に革ジャン、髑髏《どくろ》のネックレスをぶら下げている。髪の毛はかつらであろうが、だらっと伸びた長髪で、目から頬にかけて閃光《せんこう》が走るような派手なショッキングピンクのメイクを施し、右手には真っ赤なエレキギターを高々と掲げて入場してきた。

傍聴席はぽかんとしている。弁護側机に座っているクロコダイル弁護人も、その前に刑務官にはさまれて座っている被告人も唖然《あぜん》としている。それはそうだ。裁判において被害者遺族が、あたかも有名ロックミュージシャンであるかのように颯爽《さっそう》と入場してきたのだから。彼は法廷中に立ち込める冷え冷えとした空気などお構いなく、ぐるぐると回転するような不思議なしぐさを見せたかと思うと、彼の姿を追っていたハンディカメラに向かって中指を立て、舌を出してけたたましく笑った。

その寒々としたパフォーマンス入場が終わると、照明は再び元に戻った。

「それでは紹介します」

彼が証言台に着くや否や真面目くさった顔で、蜂室検察官がマイクを持ちながら歩み出てきた。被害者遺族には裁判長の人定質問はなく、検察官が進めることになっている。

「栃尾《とちお》圭介《けいすけ》さん。被害者であるヤヨイこと徳永誠さんの従兄弟であります」

千人のストロベリー・マーキュリーファンとCSB法廷8ファンで占められた傍聴席がざわつく。従兄弟、というところに引っかかったのだろう。

普通、被害者遺族と言えば被害者に近い両親や兄弟、子どもなどのことを指す。自分の家族を殺した相手に向かって遺族がこみ上げる悲しみや怒りを抑えながら質問する様子はテレビを通じて国民の心を打ち、より被告人の罪の重さを印象付ける。しかし、今回召喚されたのは、従兄弟という微妙な続柄だ。どうして従兄弟なのか。傍聴席のざわめきはそういう気持ちの表れだった。

「さて栃尾さん」

「あの俺、ナイトメア＋ザ＋トチロック」

蜂室検察官は突然のアドリブに目をぱちくりさせたが、

「では、ナイトメアさん」

とつないだ。

「あなたには『被害者参加制度』によって、この場で意見を述べることが許されています」

栃尾はその不謹慎なメイクを施した顔で、しばらく蜂室検察官の顔を睨《にら》み付けていた。

「誠兄ちゃんは、俺にギターを教えてくれた。とても優しい兄ちゃんだった」

とつぶやく。

「歌もうまかった。夏休みは一緒に過ごした。兄ちゃんはクーラーが嫌いだ。クーラーはロックじゃねえ、夏は汗を流して歌うもんだって」

コホリ、と咳《せき》をするようなしぐさをして、蜂室検察官は関係のないことを脈絡なく言い続ける彼に近づく。クロコダイル弁護人は何も口を挟むようなしぐさを見せない。

「そんな、あなたにとって大事なヤヨイさんの命が、奪われました」

「許せない……」

　彼の登場の時には唖然としていた傍聴席も、その声に耳を傾けていた。従兄弟とは言え、やはり被害者の遺族だ。悲しい方向に話が進むのだろう。それはこの裁判にとって必要なシーンだ、と誰もが期待している。

「どうして誠兄ちゃんが死ななければならなかったんだ！　あんなに優しくて、ミュージシャンとしても尊敬できる存在だったのに！　わあああっ！　これはまさにナイトメア！　アルマゲドン！　ラグナロク！」

　この世の終わりのようなオーバーアクションを見せ、よくわからない言葉を並べたかと思うと、彼は証言台の前にうずくまった。蜂室検察官もこの不可思議なアドリブに戸惑ったようだが、表情を変えず、話しかける。

「しかし、あの被告人は証拠がそろっているにもかかわらず、無実を主張しているのです」

　そして、

「彼に向かって、何か言葉はありますか？」

　という検察官の水を向けるセリフが終わらないうちだった。

「そんな兄ちゃんに向けて」

今までうずくまって嘆いていたのが嘘のように、栃尾という名のその青年は細身の体をひょこっと起こして傍らのカメラに目線を向けたかと思うと、証言台に立てかけていたあの真っ赤なエレキギターをつかんだ。

「歌を作ってきました」

はぁ？　法廷中が、突拍子もない展開に啞然とした。

「聴いてください。〝スウィート・イレヴン・メモリーズ〟」

どこからかピックを取り出して、エレキギターをかき鳴らす。いつの間にか、証言台の下にはアンプが用意されていた。

〈血まみれの夜ー、あなたを思い出し、骨を嚙《か》むー、スウィー、イレーヴーン、メーモルウゥウィー〉

バックミュージックが流れ始めた。

そしてこのあと彼が披露した歌は、とても被告人に向けられたものとは思えない、激しい歌だった。ハードロックというのだろうか？　悠太の聴かないジャンルだ。

〈どしゃぶりの槍《やり》のなぁかーっ、穢《けが》れた地下鉄でーっ、シャラララあーくむーの、サソリのバトルローイヤァーッ！　オー、ローリンガール！　オー、メルティンボーイ！オー、ダイイン、ベイベーッ！　酸性雨っ！〉

初めのうちはなんとか歌詞も聞き取れたのだったが、やがて栃尾自身が興奮し始め、体をばねのようにくねらせながらあたり構わず飛び回り、挙句の果てには証言台に乗り上がってシャウトし始めた。蜂室検察官は啞然としたまま止める様子もない。

最終的に、〈エベレストッ！　エベレストッ！　エベレストッ！〉と世界最高峰の山の名を叫び続け、音が割れ、法廷中の全員が耳を押さえたくなるような終わり方をした。

一体、ヤヨイと何の関係があるのか……。

はぁっ、はぁっ、と息を切らせ、汗びっしょりの栃尾青年。

「あ、ありがとうございました」

蜂室検察官の声は上ずっていた。きっと、歌を披露するところまでは打ち合わせ済みだったのだろう。しかし、ここまで激しく、しかもメッセージが伝わりにくい歌だとは思っていなかったらしい。

「……この歌は、初めはバラード風に仕上げるつもりでした」

栃尾は手近のカメラに向かい、息を切らせながら自慢げに解説を始めた。

「でもー、昂《たか》ぶる思いをエベレストに……託したっつーか、……エターナルエクスタシーっつーか、そういうのを表現するにはやっぱり……これくらいのビートを利かせなきゃいけないだろうっつう、……それによってぇー……既存の音楽のジャンルを全部ぶち壊す……革命、そう、レボリューションを起こすっつう、……そういうコンセプトっす」

誰も、何を言っているのか理解できない。傍聴席の最前列に陣取っているストロベリー・マーキュリーのファンたちが苦笑している。弁護人席のクロコダイルに至っては、つまらなそうにサングラスのレンズを拭《ふ》いていた。

「はあ、そ、そうですか。とりあえず、証言台の上から降りていただけますか」

さすがの蜂室検察官も目をぱちくりさせていたが、これではいけないだろうと気を取り直したようだった。

「い、今の楽曲をお聴きになったみなさんならおわかりでしょう。ヤヨイさんはこの栃尾さんに音楽を指南するほど、前途あるミュージシャンだったのです。そんな才能を奪われた遺族の悲しみは、計り知れません。彼はまだまだ、ファンに音楽を届けたかったはずです」

蜂室検察官はいつもの調子が出ないようだ。その証拠に例のハニービーホイップは検察側机に置かれたままで、「本日の蜂室チェック」を見せる様子もない。反面、さらに火がついた栃尾は興奮して収まりがつかなくなっている。

「俺だって、ファンに音楽を届けたいっす。俺の他の曲は、ブログからダウンロードできるんで、nightmare_the_tochirock.スラッシュスラッシュ……」

「ああ、もう結構です」

蜂室検察官は栃尾のこれ以上の暴走を恐れて退廷を促した。

傍聴席からは軽く笑い声が漏れていた。「ひっこめー」という野次も聞こえた。

悠太の目には、この被害者遺族の出廷は、検察側にとってマイナスであるようにしか映らなかった。

＊

「あれは、目立ちたかっただけでしょ」

木塚裁判官がごっそりミートソースを盛りつけながら毒づく。さっきもたらふく食べていたので、お気に入りのようだ。

「あの遺族は、従兄弟《いとこ》と言いながら、ヤヨイさんとは小学生のころに数回会ったきりだそうです。その頃、まだヤヨイさんはデビューしていなかったそうですね」

小篠裁判官が補足すると三号が目を丸くした。

「えー、そんなやつをどうして引っ張り出してきたんすか？」

「ヤヨイさんのご両親はすでにこの世になく、親戚《しんせき》も誰も出たがらず、唯一乗り気だったのが、あのミュージシャン気取りの栃尾さんだったそうです」

ぎゃはは、と六号が手を叩《たた》いて笑い出した。

「そりゃあテンションあがっちゃうよね。『被害者参加制度』のおかげで、テレビで自分の歌を披露できることになったんだもん」

つまりは、そういうことなのだ。彼は地方のライブハウスでくすぶっているミュージシャン志望で、今回の事件をデビューへのチャンスととらえているのだ。

「なんか、もう少し、しんみりした感じになるかと思ってたんすけどね」

三号は残念そうに木塚裁判官の顔を見た。

「ナイトメア、ザ、トチロック、スラッシュスラッシュ、そのあと何だっけ？　今度検索してみよ。きゃは、うけるー」

六号は栃尾青年のことを完全にバカにしている。そしてそんな彼女の正面の席では二号がいまだに一号と梁川裁判長に向かってキノコの講釈をし続けている。

「あの、五号さん」

悠太は一同の会話を聞き流しながらボンゴレの貝の身を外すのに夢中になっていたのだが、急に左隣から話しかけられた。

「どうしたんですか、四号さん？」

「タッパーみたいなの、持ってませんよね」

四号は長い前髪を耳にかけながら、恥ずかしそうな笑みを口元に浮かべていた。

「持っていません」

「このマルゲリータピザ、とてもおいしいので、息子と主人に持って帰りたいと思ったものですから」

「ああ、松尾さんに言ったら、なんとかなるかもしれませんね」

答えながら、朝、彼女と廊下ですれ違ったことを思い出していた。

「私はあまりお酒、飲まないのですけど、主人はワインが好きでして。このピザなんか、とても喜ぶと思うのです」

ったたろうか？

悠太の心は別のところにある。彼女はたしか今朝、公判資料室に行くと言っていなかったたろうか？

そう言えば、本番中に彼女が検察官に向かってしたあの質問も、何かそれに関わることだったのかもしれない。

「あのさ、オバサン」

悠太と四号のやり取りを見ていた六号が入ってきた。

「今日のあの質問、どういう意味があったの？」

やっぱり悠太と同じことを考えていた。

六号のこの発言はその場の空気を変えた。二号もキノコの話をやめ、四号の顔を見つめている。やっぱり誰もが、公判中のあの発言に興味を持っているようだ。

＊

それは、ヤヨイの従兄弟である栃尾青年が法廷を去り、番組も終盤を迎えようとしていた時のことだ。

「それでは、本日の予定審理はこれにて終了です。弁護人、検察、何かございますか？」

梁川裁判長がマイクを通じて尋ねると、二人とも首を振った。傍聴席も、そろそろ終わりか、という雰囲気に近づいている。

その時だった。

〝ボワピニョーン〟

不思議な音が鳴り響いた。

法廷スタジオ中の誰もがきょとんとしたが、ある席に取り付けられていた電飾が派手に光っていたので、音の原因が誰か判明した。

悠太の左隣、裁判員四号の席が派手なオレンジ色の光を放っていたのだ。

「四号さん……」

梁川裁判長も驚いた様子でそれだけ言った。

悠太もずっと言われたまま忘れていたのだが、裁判員には必要に応じて関係者に質問する権利が認められている。しかし、テレビ放送の裁判の場合、プログラムの段取りなどに流され、どうしても言い出せないことが多い。それで、机の前に設置されている赤いボタンを押すと派手な音楽と電飾により、意見や質問があることをアピールできるのだった。

しかし、ずぶの素人《しろうと》である裁判員がこれを自ら押すことは極めて珍しく、意見を述べるときでもたいていは裁判長に促されて行うことが多いと聞いていた。

その禁断のボタンを、意外にも、あのおとなしくて目立たない四号が押した。

「いいでしょうか？」

「どうぞ」

法廷中の、いや、日本中のすべての目が彼女に注がれる。彼女は長い前髪に手をやりながら、蜂室検察官のほうに顔を向けた。

「あの……検察官さんに、質問があります」

蜂室検察官は意外そうな顔をしたまま身を起こした。

「なんでしょうか？」

「例の、トロフィーのことなのですが……」

「はあ」

「本当に、ヤヨイさんの頭部の傷は、そのトロフィーでつけられたものでしょうか？」

傍聴席がざわつく。蜂室検察官も驚愕《きょうがく》を隠しきれないようだった。

「ええ。資料にもあったと思うのですが」

「トロフィーに付いた血痕《けっこん》は、本当に被害者のものでしょうか？」

いまさら何を言い出すのだ、という雰囲気が立ち込めた。

「ええ、間違いありません、あらゆるDNA鑑定でそう出ました」

フロアディレクターが「CM五秒前」と書かれたスケッチブックを出す。もう、あまり時間がない。

「四号さん、何が言いたいのですか？」

梁川裁判長がマイクを通じて尋ねる。カメラが三台ほど、四号に寄った。

「あ……」

四号は、言葉を失った。

「CM入りましたー！」

AD栗原の大声が響いた。

＊

「あの、息子が……」

四号は猫背の姿勢のまま、紙皿の上に放置されたピザを見つめながら、ぼそぼそと語りだす。

「お母さん、せっかくテレビに出てるのに、活躍しないの？　だなんて言うものですから、つい」

「なに、おばさんも結局目立ちたかっただけなの？　トチロックと一緒じゃん」

六号が笑いながら、チキンをほおばる。

「いえ。本当に、気になることがあるのです。放送時間終了が迫っていたので、きちんと尋ねることができなくて、却《かえ》って、不可解な質問になってしまいましたが」

「そうなの？　じゃあ、私たちに聞かせてよ。その、気になることっての」

すると四号は、自分のカバンからクリアファイルを取り出し、何枚かの紙を引き出した。

「これは今朝、ここの公判資料室でコピーさせてもらったもので、えー、今まで、この東京地裁で扱われた、殴打による殺人事件の検案なのですけれど……時間もなかったので、五件だけコピーさせてもらいました。ちょっと皆さんで分けて、傷跡が、発見された凶器と一致したかどうかの記述をよく見てください」

それぞれが、思い思いの検案書を持ち出す。悠太が取ったのは、五十代の女性がウェスタンブーツで殴り殺された事件だった。『頭頂部に突起物による殴打の跡あり。押収されたウェスタンブーツのかかと部分と完全一致』と書かれている。

「うわーひどい。福助人形で後頭部一発。『傷跡と完全一致』だって」

六号が顔をしかめた。

「おいらのは、クラリネットだ。二十代女性、まだ若いのによ。現場に散乱していた部品を復元したクラリネットと、『傷跡が完全一致』」

一号だ。

「私のは珍しい。ドリアンだ。凶器は現場に残されていたらしい。証拠を隠滅しようにも、真犯人はドリアンが苦手だったのかもしれないな」

二号が笑いながら言う。ドリアンが凶器の殺人事件があったとは。犯罪は想像がつかない。

「傷口と凶器の照合、どうなっていますか?」

『完全一致』と書かれています」

「ね」

 四号は別に勝ち誇った様子もないが、自分の言いたいことがわかっただろう、という目で一同を見回す。ドリアンには大した意味もないようだ。

「えーっと、すみません。俺、高校中退したくらい頭悪いもんで、いまいちわかんないんすけど。うひひ」

 頭を掻きながらごまかし笑いをしたのは三号だ。それに返すように、四号も口元を緩める。

「全部、凶器と傷跡は『完全一致』と書かれているんですよ。ところが、今回の公判資料の中にある検案書では、トロフィーと『ほぼ一致』。おかしいと思いませんか すぐさま、公判資料を取り出してめくってみると、たしかに『ほぼ一致』と書かれていた。

「裁判長。『完全一致』と『ほぼ一致』の違いについて、教えていただけますか?」

 梁川裁判長は白髪頭に手をやってしばらく考えていたが、「驚きました」と漏らした。

「確かに、こういう厳密な言い回しがあるのですね。こういった裁判ではほとんど、凶器が特定されることが多く、また凶器に被害者の血液が付着していることがあり、さらに被告人の証言と一致することが多いので、検案書の言い回しには気を回さずに凶器と断定してしまうことがほとんどです。ですから『完全一致』と『ほぼ一致』の違いについては、正直、考えたことはありませんね」

真剣に話を聞いている四号。悠太はその横顔を見つめた。この主婦は、公開されている公判資料を使うことによって、裁判長ですら答えるのにためらってしまう質問を突きつけた。

「これは私見ですが」

と、梁川裁判長をサポートするように割り込んだのは小篠裁判官だ。

「今出てきた三つの凶器、福助人形、クラリネット、ドリアンは、形が特殊なものですよね」

「え、ええ、まあ……」

「五号さんの手元にある資料の事件では、凶器はなんです?」

「ウェスタンブーツです」

「三号さんのは?」

「俺のは、家庭用の鯛《たいや》焼きプレートっす」

「はい。やっぱり、形が特殊なものです。こういったものの場合、検案を担当した監察医は『絶対これに間違いないだろう』ということで、『完全一致』と記載するのではないでしょうか?」

「そりゃ、傷跡が鯛の形をしてたら、鯛焼きプレートが凶器だって断定するわな」

笑う木塚裁判官。六号も笑いながら席を立ち、今度は悠太に頼むことなく、自らワゴンに向かった。

「今回の場合、傷跡がありふれた角柱型のものだったので、『完全一致』とは書きにくかったのでしょう。他にもああいったものはあるかもしれない。ですが、野添被告人の部屋からは、血痕がついているトロフィーが見つかった。ですから、おそらく、おそらく間違いないという意味を込めて……」

「しかしそれは、凶器がトロフィーと断定されたという意味ではないのですよね」

四号はどうしても、野添被告人がトロフィーでヤヨイの頭を殴ったとは考えたくないようだ。これが市民感覚というものであろうか？

「野添被告人があの夜現場を訪れた時にはすでに、ヤヨイさんは亡くなっていたのではないでしょうか？」

つぶやくように、四号はとんでもないことを言い出した。

「それでトロフィーを持ち出し、凶器に見えるように血痕《けっこん》をつけた。そして首筋の絞め跡にぴったりくるようなバスローブの帯も見つけ、自分の部屋へ持ち帰った」

「とんでもねぇ奇行じゃねぇか！」

声を荒らげて遮ったのは、一号だ。

「なんだって、そんなことをするんでぇ？」

「真犯人をかばうためです」

「真犯人って、誰でぇ？」

「たとえば、実の兄、とか……」

悠太は思わず、目の前の三人と顔を見合わせた。一号も二号も三号も、驚きを隠しきれない表情だった。

「アグネスが殺したっていうんすか？」

「四号さん、妙な憶測をするのはよくないです」

梁川裁判長がたしなめるが、四号は止まらなかった。

「でも不自然なんですよ。傷が頭頂部ではなく後頭部にあった点にしても、傷と傷の五センチの間隔にしても、この『ほぼ一致』にしても。一番変なのは、せっかく持って帰った凶器を隠さずにベッド脇に置いておいたことです。まるで、見つけてもらいたかったみたいじゃないですか」

アグネスが真犯人。考えたことのない可能性を頭に思い浮かべ、いろいろシミュレーションする。今日の公判を見る限り、彼もかなり精神が疲弊しているようだった。すぅー、はぁーっと不規則な呼吸をする、修道女姿の華奢《きゃしゃ》な男。

「あの人には無理じゃないかな」

自然と、悠太の口をついて出た。

「前回、四号さん自身がおっしゃった、体格の差の問題があります。アグネスさんは野添被告人よりさらに細いじゃないですか。あの人に、ヤヨイさんの背中に馬乗りになって、首を締め上げることができたでしょうか？」

普段あまりしゃべらない悠太が言い出したので、四号は意外そうな顔をした。

「それは、そうですね……」

「おばさん、こっちのピザ、食べてなくない？」

六号が二切れ重ねてきたキノコのピザの一つを、四号の皿に載せる。

「あ、はい」

「ちょっと難しく考えるのやめて、楽しく食事しようよ、ね」

「そのヒプシジグス・マルモレウスは賞味する価値があります」

「もー、教授、キノコを学名で呼ぶのやめてくんない？」

六号はいつの間にか、二号に「教授」というあだ名までつけていた。正確には、研究職だが教授ではないはずだったが。

「やっぱり、野添が犯人だってほうが合理的だと、俺も思うっす」

三号もへらへら笑いながら正面の四号をなだめる。他の裁判員たちにやんわり自説を反対され、四号も立つ瀬がなく座った。

ちらっと木塚裁判官を見ると、彼は悠太の顔を見ながら、うなずくようなしぐさをしていた。

悠太は、初めて自分から話し合いに参加できた気がした。何か、胸の中にすっきりしたような感情が生まれていた。

# 10　深夜のメール

会社の近くにあるセルフうどん屋は、二時を過ぎるとだいぶ客が少なくなる。昼休みが遅い悠太たちは、テーブル席を占領していた。

「しかしびっくりしたよな、アグネスのこの病気！」

スポーツ新聞をばさばさと広げながら、隣に座った小野《おの》という同僚が、無遠慮な大声で叫ぶ。いくら客が少ないとはいえ、公の席で裁判関係のことを大声でしゃべるのはやめてほしい。

悠太には、彼らがなぜそんなことをするのかわかっていた。悠太と知り合いであるということを周りにアピールしたいのだ。サイケデリックコートの裁判員になってからというもの、どこへ行っても声をかけられたり、ヒソヒソ話をされたり、無断で写真を撮られたりすることが多くなったから、できれば昼休みも会社から出たくない。それを、最近よく悠太に絡むようになった二人の同僚と一人の後輩が「おごるから！」と無理やり外へ引っ張り出し、ことさら大声で裁判のことを話してバカ笑いをし、「あれ、裁判員五号じゃない？　一緒にいる人、テレビに出ている人と同僚なんだ、いいなー」と思われることの、ささやかな優越感を楽しんでいるのだ。

はっきり言ってうんざりだった。新規の登録者の業種希望面接をしても、現れた登録者が「あれ、裁判員五号さんですね」と番組のことばかり聞いてきて面接どころではない。古くからの登録者も仕事を探すのは二の次で悠太に番組の裏話を聞くために面接に来ているような節がある。

同僚の小野は、スポーツ新聞に報じられているアグネスの記事について喚《わめ》き散らしていた。

それは先日の公判を受けて、ネクストパープルの紫亭すぱろう社長が会見を開いて発表したことだった。アグネスは充電期間中、ヤヨイの脱退騒ぎを聞いて少し鬱《うつ》気味になっていたのだという。しばらく家で引きこもるうちに、社会対応性がなくなり、人とうまく話せないような状態になってしまい、事件が起こってから状態は悪化、現在も通院中だというのだ。スポーツ新聞ではこれを「病気」という言葉を使ってはやし立てていた。先日の放送での不可解な行動はこれが原因であり、芸能界復帰は難しいかもしれないとまで書かれていた。

「お前、生で見てて、何にも感じなかったの？」

「いや」

「またまた、まほっちのことばっかり考えてたんじゃないですかー？　こんなにイケメン風の髪型にしたのも、まほっちを意識したからでしょー」

二つ年下の吉木《よしき》というおちゃらけた後輩がニヤニヤしながら尋ねると、悠太の正面に座っている、横峰《よこみね》という太った同僚が箸《はし》をおいてため息をついた。

「まほっち……」

彼はCSB法廷8、特に川辺真帆の大ファンなのだ。初めて悠太が公判に出たあと、思いつめた様子で悠太の頬を触ってきたのは彼だ。今朝も仕事が始まる前、今日発売のマンガ週刊誌の川辺真帆のグラビアをただならぬ目で見ていた。いつも東京地裁で会う時と違って目の覚めるような白い水着姿で、背が小さい割りに胸が意外と大きいようだったので、ちらりと盗み見た悠太も興奮した。

「お前、二十五にもなって裁ドル追っかけてる場合じゃないだろ。まほっちだって、陰でやることやってるよ、なあ、生野《いくの》」

「か、彼女はそんな子じゃない！」

横峰は頬の肉をぶるぶる震わせながら小野に食ってかかった。

そうだ。彼女はそんな子じゃない。

とはいえ横峰だって、川辺真帆のひそかな寂しさをわかっていない。福井の元カレのことだって、何も知らないのだ。悠太は先日の、川辺が自分の肩にもたれかかってきた重みと髪から漂っていたにおいを思い出していた。

「あのすみませんが、相席してもよろしいですか？」

うどんを載せた盆を持ったスーツ姿の男が話しかけてきた。こんなにガラガラなのに相席なんて、と、その顔を見て悠太は背筋が寒くなる。

「へへへ、どうも、生野さん」

島田プロダクションの大隅だった。有無を言わさず悠太の隣に座ると七味唐辛子をつかんだ。天ぷらの上に赤が模様を作っていく。

「ちょっと、誰ですか？」

訝《いぶか》しげな吉木に大隅は自己紹介をし、あろうことか悠太をスカウトしようとしていることまでしゃべってしまった。

「えー、生野さん、芸能人デビューですか？　スゴイな」

「だから、俺は断ってるんだって」

「なんでですか、もったいないっすよ」

「いいんだよ、せっかくお世話になってる会社なんだから」

「生野さん、それ、本気で言ってるんすか。尊敬できる上司もいないし、女子社員はブスばっかじゃないすか。おまけに登録者は能力も資格もないくせに好条件ふっかけてくるゴミみたいなやつらばっかりだし。俺、今すぐにでも辞めたいっすよ」

吉木の登録者たちに対する考え方は悠太とはまったく違う。しかし今はそれについて議論するほどの元気はなかったし、もとより大隅の前だ。

「吉木、お前、声がでかいんだよ」

「俺は生野さん、芸能人に向いてると思うけどなー、まあ、一時期ネット上ではひどい言われようでしたけど、最近ではイケメンだイケメンだって褒めてる人も多いっすよ」

本当に、余計な情報ばっかりよく知っている。大隅はうどんをずるずるすすりながらご満悦だった。

「ほら、こう言ってくれてるじゃないですか。生野さん、考え直してくれませんか？」

「いや」

と言いながら、まだうどんは半分くらい残っているにもかかわらず、悠太は立ち上がった。

「俺、先帰ってるから」

「ちょっと、生野さん」

と止めようとする大隅を、吉木が押さえた。

「まあ、生野さんはああいう風に、外にわぁーって出るタイプじゃないんで。俺なんかどうすか？」

「いや、あなたは……」

「一応、名刺渡しといていいすか？　ケータイの番号も教えるんで、ってか、今日仕事終わった後とか時間あるんすけど」

天性の馴《な》れ馴れしさを発揮し始める吉木の声を背中に悠太は店を出て、足早に会社へ戻った。

途中、コンビニの前を通りかかった時、川辺真帆の水着グラビアが載っているマンガ週刊誌を買おうと思ったが、やめておいた。

＊

紘奈とは相変わらず連絡が取れない。

大学も就職活動もあるだろうからいつまでも岩手の実家に引きこもっているわけにはいかないはずだ。あの懐かしい西武線沿いの学生マンションに戻っているかもしれないが、それでもマスコミ関係者や島田プロダクションの大隅にマークされている自分がのこのこと出向くことに抵抗があった。

以前は一日に一度はメールを送っていたが、それも二日に一度、三日に一度になり……返信は一通もない。考えたくはないが、「自然消滅」という言葉が頭に浮かんだ。

高田馬場で開かれた合コンで知り合った、四つ下の彼女。後になって考えれば、二十代のうちに経験した恋愛の一つになる相手だったのかもしれない。それにしても、法学部の彼女と他人の裁判がきっかけで別れなければならないなんて、強烈な皮肉だ。裁判員に選出されていなければ、今でも続いていたかもしれないのに。

本当に必要なのだろうか、裁判員制度は。

十一月二十二日。第四回公判まであと四日。一人暮らしの部屋で寂しい夕食を終えた後だ。

携帯電話が震えたので出ると、サイケデリックコートのAD、栗原の声だった。

「あ、五号さんですか？」

「はい、栗原さん」

「えっと、今決まったことなんですけど、今週の土曜の公判も、前回同様昼間のリハーサルになりますので、九時集合ということでよろしいでしょうか」

悠太はもうこういう事態にはなれっこだ。職場でも有名人になった悠太に気を使って土曜には無理に仕事を入れられなくなった。それどころか平日も気を使ってくれているのか、登録者の面接や派遣先へのあいさつ回りも減ってしまった。まるで芸能人になりつつある自分を避けるようになってしまったようだ。遠藤さんは完全に登録も抹消してしまった。あの人に仕事を探してあげようとしていた自分が本当に遠い過去のようだ。

「それから、前々からオファーを出していて昨日返事があったのですが、デイジーさんとワッフルさんが検察側証人として出廷することになりました。一応、裁判員のみなさんにはこちらから連絡を入れているんです」

栗原は続けた。ストロベリー・マーキュリーのギターとベースだ。

「はあ、そうですか」

「証人って言ってもですね、まあ証言することはそんなにないんです。要は、新曲のお披露目っていうのがメインで」

「新曲？　ヤヨイさん抜きでですか？」

言った直後、当たり前だろと自分で思う。

「ええと、アグネスさんも抜きだそうです。あの、例の精神的なものが影響しているみたいで、もう少し様子を見るそうです」

デイジーとワッフルが二人で新曲を……。本来、悠太にとってはまったく興味のないはずの話題だったが、何か、ひっかかるものがあった。

「じゃ、よろしくおねがいしまーす」

栗原は一方的に電話を切った。釈然としない気持ちのまま、テレビをつける。

歌番組の特番だった。

どこかの野外特設会場で行われており、生放送だ。すでに歌い終わっているアーティストの中に、見覚えのある八人組が座っている。ＣＳＢ法廷８。ピンクを基調とした、ブレザー型制服のような恰好《かっこう》をしている。

冷蔵庫から発泡酒を取り出して、少しずつ飲みながらぼーっと見ているうちに、時間はどんどん過ぎて行った。

『それではいよいよ、新人賞の発表です』

これを聞いて悠太はやっとわかった。毎年十一月の下旬に表彰が行われるレコード新人賞だ。

『それでは発表いたします。……栄えある、第二十四回、ＪＢＳレコード新人賞は……』

司会者が間をあける。客席が静まり返る。

『CSB法廷8、〝未必の恋 〜振られちゃってもかまわない〟に決定です！』

「おお」

悠太も自然と声を出してしまっていた。彼女たちはもはや、国民的アイドルの名に恥じない。

『おめでとうございます！』

照明がくるくる回り出す。ステージ中央に八人が、信じられないという顔で現れた。周りでは他の候補だったらしいアーティストたちが惜しみない拍手を送っていた。

『おめでとう、まほっち』

『あ、ありがとうございます』

司会者にマイクを向けられた川辺真帆は、涙ぐんでいた。

『今の心境はどうですか？』

『私たちみたいな、普通の裁判員をここまで育ててくれたのは、応援してくれるファンのみんなと、日本の司法のおかげです』

『さすがリーダー。さあ、最年長いずみん。ファンのみんなにメッセージはありますか？』

司会者は川辺の隣にいる寒川《さむかわ》いずみにマイクを向ける。

『みんなー、新人賞、獲《と》ったよーっ！　これからも一緒に、法律のこと、知っていこうねーっ！』

わぁぁっと、割れんばかりの声援が飛んだ。どこの会場だかはわからないが、東京地裁の法廷スタジオの傍聴席とは比べ物にならないくらいの人数だ。「まほっちー」「いずみーん」「ゆいゆーい」と、声援が飛ぶ。やっぱり彼女たちは、テレビの向こうの人間だ。

再び川辺真帆の、ぼろぼろと涙を流している顔がアップになる。その瞬間、悠太ははじかれるように立ち上がり、クローゼットを開けてジャケットをハンガーごと引き出した。先日の第三回公判の時に着ていったものだ。ポケットを探ると、一枚の赤い紙が出てきた。川辺真帆の名刺。携帯のメールアドレスが書いてある。

悠太は携帯電話を取り、そのアドレスを打ち込んだ。

――JBSレコード新人賞、おめでとうございます。

送信してしまおうかどうか迷って、川辺が自分のアドレスを知らないことを思い出す。タイトル欄に「裁判員五号です」と打ち込んで、またしばらく逡巡《しゅんじゅん》したが、最終的に本文の最後に「二十六日の公判でお会いできることを楽しみにしています」と付け加えた。何やっているんだろう、と思いながら、あまり迷うのも気恥ずかしくて、そのまま送信する。テレビ画面では、特番が終わるところだった。

返信があったのは、それから四時間ほど後だった。

――ありがとうございますぅ。私も信じられない気持ちでいっぱいです。そして私も、早く五号さんに会いたいです。今、打ち上げやってるんですけど、五号さんもどうですか？

悠太はベッドに入って今まさに眠りに落ちようとしている時だった。芸能人たちの打ち上げ？　そんなのに付き合っていられない。

——せっかくなのですが、明日、朝が早いので、ごめんなさい

するとすぐに返信があった。

——こちらこそ急に誘ったりなんかしてごめんなさい。そう言えば、五号さんって、本当の名前、なんていうんですか？　よかったら、教えてください

なんでそんなことを聞くのだろうかと思ったが、悠太は素直に、

——生野悠太（いくのゆうた）っていいます

と読み仮名つきで送った。

——ありがとうございました。いい名前ですね。また会えるの、楽しみにしています

なんだか、幸せだ。あんな子がそばにいてくれたら……。悠太は川辺真帆の顔とかなうはずもない願いを思い浮かべながら、眠りについた。

# 11　第四回公判

前回同様早い時間に家を出たのにもかかわらず、今回はしっかり待ち伏せされてしまっていた。

「五号さん、島田プロダクションから芸能界デビューをするという噂がありますが、本当ですか？」

黄土色の冴《さ》えないコートを着た、雑誌記者風の男。その背後には、別の会社の記者らしき人たちが三人ほどいて、悠太の顔を朝っぱらから興味深げに見ながら、レコーダーを差し出してくる。

「いえ……」

「裁判員は公判の様子などにまったく興味を持たず、芸能関係者にアピールするためだけにテレビに映っている、との声もありますが」

まったくもって心外だ。

「すみません、急ぎますので」

全然急がないのだが、悠太は足早に大通りへ出て、タクシーを拾った。

運転手に「東京地裁」と告げ、顔を見られないようにマフラーを口元まで上げる。車内に入ってから防寒を強化するという奇行に運転手は首をかしげたが、そのまま滞りなく東京地裁まで送り届けてくれた。今日も朝からファンたちがわんさか陣取って傍聴席チケットのくじ引きを待っているのを横目に、裏の通用口付近まで行ってもらう。

「五号さん、おはようございます」

タクシーを降りると、すぐに声をかけられた。

また報道陣かと身をこわばらせてそちらを見たが、そこにいたのは、ピンクのコートに身を包んだ小篠裁判官だった。肩からはエルメスのバッグをかけていて、恰好だけなら本当に女の子らしい。

「あ、おはようございます」

「タクシーでいらしたのですか」

「ええ、ちょっと、マスコミが……」

と言いつつ、連れ立って、建物のほうへ向かう。

「大変でしょう。お仕事に響かないですか」

「まあ、なんとかやっています」

「たしか、人材派遣の会社にお勤めでしたよね」

ファッションセンスとは裏腹に、あいかわらず真面目な口調だ。

「どうして、現在のお仕事を選ばれたのですか?」

警備員に通行証を見せて建物の中に入るなり、彼女はこんなことを尋ねてきた。

「どうしてって……」

別に志などない。普通に普通だ。大学三年の後半に就職活動をはじめ、説明会やセミナーに通い、面接のノウハウなどをなんとなく学び、数社受けて数社落ちたのち、内定をもらったのが偶然、今勤めている人材派遣の会社だった。資格も何もなくても入れ、スキルアップも求められない、中流もしくは下流の会社。

「別に。就職できれば、それでよかったので。大それた夢なんて特にないし」

「そうですか」

小篠裁判官は悟ったのか、それだけ返答した。仕事柄、多くの一般人を見てきただろうから、悠太のような、人畜無害に目立たず生きていきたいと思う人間にも理解があるはずだ。それとも、頭がよく、志も高く、裁判官という社会的に地位のある職業に就いている彼女は、やっぱりどこかで悠太のような一般市民を見下しているのだろうか。

悠太はそれでも尋ねたくなった。

「小篠裁判官は、どうして裁判官になろうと思ったのですか？」

彼女は立ち止まった。長い廊下には誰もいない。

「受かった大学の学部が、法学部だったのです。漠然と法職の授業を取って、ゆくゆくは行政書士か司法書士になろうと思っていたのですが」

ともに、あまりなじみのない職種だった。

「大学三年の夏休み前の試験の勉強中、そう、暑くて窓を全開にして、氷を浮かべたジンジャーエールを飲みながら勉強していたあの夜、とある条文に出会ったんです」

「条文？」

「はい。日本国憲法の、第九十七条です」

彼女はエルメスのバッグに手を入れると「ポケット六法」を取り出し、慣れた手つきた。


であるページを開いた。

「どうぞ、読んでみてください」

突然のポケット六法の登場に悠太はたじろいだが、ここは法治国家の中心地、東京地裁。いつ法の話が始まってもおかしくない。すぐに覚悟を決めてその条文に目を落とした。

『〈日本国憲法　第九十七条〉

この憲法が日本国民に保障する基本的人権は、人類の多年にわたる自由獲得の努力の成果であって、これらの権利は、過去幾多の試練に堪え、現在及び将来の国民に対し、侵すことのできない永久の権利として信託されたものである。』

文章が下手なくせにやたらと難しい言葉を使いたがる人間が書いたような印象を受ける。川辺真帆の口から聞いたら、これも魅力的に聞こえるのだろうか。

「この条文は、『基本的人権の本質』と呼ばれていて、実は第十一条後段にも同じ内容が書かれているので、法学の試験などではあまり重視されない部分なのです」

悠太の手にポケット六法を預け、自分は両手を胸の上に置く小篠裁判官。

「ですがあの暑い夏の夜、学生時分の私の目には、この条文こそ、法というものの真髄を表しているように見えました。私はジンジャーエールを一気に飲み干して、もう一度その感覚を味わおうと、何度もこの条文を読み返しました」

彼女は口調こそ変わらないものの、ひそかにヒートアップしているようだった。

「人類の多年にわたる自由獲得の努力の成果。――三権分立と革命権を認めながら長らく国内に対立を抱え続けた、アメリカ合衆国憲法の煩悶《はんもん》。人民主権を認めながら激化する革命の波に飲まれて消えた、フランス一七九三年憲法の無念。世界で初めて社会権を認めながらヒトラーとナチスの暴走を止められなかった、ドイツ・ワイマール憲法の悔恨。それまで試験のための知識としてしか頭の中になかった歴史的事象が、法をよい方向へ導こうとしてきた人類の苦悩として、一介の法学部の学生に過ぎない私の全身に訴えかけてきたのです」

高尚すぎる憲法の歴史については何もわからなかったが、情熱だけは伝わってきた。彼女が大学生だったころと言えば、もう十年以上前になるはずだ。まだ刑事裁判がテレビ放送されておらず、今ほど一般人の中に司法への興味がわいていなかった時代である。このピンクのコートの女性裁判官は根っからの法学女子大生だったのだろう。

「私もまた、自分の時代で法を生きたものにしたい。生きたものにできなくても、せめて法とはどうあるべきかということで悩みぬきたい。そう思ったのが、裁判官を目指したきっかけです」

裁判官という、社会の中で率先して法に血を通わせることのできる職業は、彼女にとってたしかに天職のように思えた。

そしてそれに比べて、自分はなんてつまらない人間なのだろう。何かにここまで熱くなったことなど……。

悠太の暗い表情をどういう風にとらえたのか、小篠裁判官は口元に笑みを浮かべた。

「勝手にまくしたてて申し訳ないです。ここまで自分のことをしゃべる気はなかったのですが」

「いえ」

「そのポケット六法、去年の版のものなので、よければ差し上げます」

「けっこうです」

「これを機会に、少しでも法というものに触れてみてください」

悠太の返事を待たないまま小篠裁判官は、十一月下旬の朝の寒い廊下を、第一評議室へ向かって歩き出した。ポケット六法を持ったまま、すぐに悠太もそのあとを追った。

*

今日、十一月二十六日は、その語呂《ごろ》合わせから「イイフロ」、すなわち「いい風呂の日」だそうだ。

サイケデリックコート、第四回公判のスタジオセットは、銭湯のようになっていた（大手入浴剤会社の提供を取り付けることができたらしい）。

背後に大画面を控えた裁判官・裁判員席は番台のように板張りで、裁判員は全員、浴衣姿で参加させられている。アリーナはタイル張りで、弁護側机、検察側机が、今回はともに湯船（もちろん、お湯は張られていない）の中に設置されており、クロコダイルと野添被告人、それに蜂室検察官だけがいつも通りの恰好《かっこう》をして、それぞれの空の湯船の中に座っていた。

ＣＳＢ法廷８の全員は、刺激的な衣装だった。全員がバスタオルを胸の上で巻いて、肩から上を露出させているのだ。下に何をつけているかはわからない。しかしとにかく、バスタオルをひらひらさせて素足の太ももを見せながら、銭湯風タイルの上でいつも通りの激しいオープニングテーマを歌って踊るのだから、視聴率が跳ね上がるのは当たり前だろうと思われる。光をはじく川辺真帆の肩から背中、振り返った時のバスタオルの下の豊かな膨らみを眺め、やっぱりあのマンガ週刊誌を買えばよかったと悠太は考えていた。紘奈とは事実上終わっている。咎《とが》める恋人はもういない。

やがて柴木アナウンサーが、上半身裸で腰にバスタオルを巻いたままの恰好で登場した。

「それではお待たせしました、本日の検察側証人、久しぶりのテレビ出演になります。登場していただきましょう。ストロベリー・マーキュリー、ギターのデイジーと、ベースのワッフルです！」

照明が落ちて色つきのライトが回り出す。

前回同様スモークが焚《た》かれた入り口に、二人のシルエットが浮かぶ。傍聴席のストロベリー・マーキュリーのファンが騒ぎ出した。

登場したのは、オレンジ色の花柄のメイド服に身を包んだデイジーと、水色のセーラー服に身を包んだワッフルだった。髪をストレートに伸ばし、二人とも中性的な顔をしているので女装の違和感を漂わせていない。悠太も二人の姿を何かで見たことはあったが、印象よりだいぶ痩《や》せているように見えた。

「それでは検察、証人尋問を始めてください」

「はい」

蜂室検察官はずっと食べていた生ローヤルゼリーの瓶のふたを閉め、ハニービーホイップをつかむと、検察側湯船からひょこっと出てきた。

このあと蜂室検察官は、二人から野添被告人が社内でヤヨイについての愚痴を言っていたことなどを引き出した。

「お二人は、ヤヨイさんの脱退についてはどう思われていたのでしょうか?」

証言台に立っている二人は、顔を見合わせたが、すぐにワッフルが答えた。

「アタシたちはまた、一緒にヤヨイと音楽をやりたかったんです」

ワッフルは口調まで女性風で統一していた。化粧を施した中性的な顔と相まって、本当に女性が話しているような感覚がある。本当は、三十路《みそじ》に手が届いたいい大人の男性のはずだった。

「新しい衣装も考えようって言ってて、デイジーはもともと服飾関係の専門学校を出ていますので、デザインもほら、こんなに」

メイド姿のデイジーは何もしゃべらないまま、手に持っていたスケッチブックをカメラに向けてめくってみせた。どのページにも、色彩豊かな衣装のデザインが描かれていた。がっしりした体型のデザインが多く、他の三人がやせ型なので、ヤヨイを想定して描かれていることは明確だった。

「いくつかはもう、知り合いのデザイナーさんに作ってもらっていて、衣装合わせもしようね、って言っていたのに……こんなことに……」

声を詰まらせるワッフル。デイジーも目を伏せながらスケッチブックを閉じた。傍聴席は重い沈黙を守っている。

野添被告人の顔が映し出された。放送を重ねるごとにやせ細っていくようなその顔は、悲痛な面持ちになっていた。

「それで、今回はファンのみなさんに聞かせたい歌があるということなのですが」

蜂室検察官が言うと、ＡＤ栗原がそそくさとスタンドマイクを運んできた。他のスタッフたちがギターを持ってきてデイジーに渡す。証言台もすぐさま撤去された。

「はい。ご迷惑をおかけした関係者のみなさん、それからファンのみなさん。ストロベリー・マーキュリーは、とりあえずアタシとデイジーだけで活動を再開することにします」

ワッフルが高々と宣言すると、傍聴席のファンたちは最高潮に盛り上がった。

「前途多難な再開となってしまいましたが、アグネスもそのうち復活すると思いますし、ヤヨイの魂も私たちとともにいます。ファンの皆さんとともに頑張っていきたいと思いますので、どうぞこれからもよろしくお願いします」

巻き起こる拍手。

「それでは聴いてください。〝ＹＡＹＯＩ〟」

照明が落ち、デイジーがギターを弾き始めた。バラード調のメロディーだった。「イイフロ」のセットが妙におかしい。

〈凍りついた街の底の　ライブハウス
　寄せ集めの俺たち　寄せ集めの歌詞　〉

その時悠太は、なんとなく目をやった傍聴席の最後部に、見覚えのある顔を見つけた。和服ではなくセーターを着て、ニット帽を被《かぶ》っているためににわかにはわからない。だが確実だった。四週間前の第二回公判、この法廷に証人として呼ばれたネクストパープルの社長、紫亭すぱろうだった。先日の落語家然とした雰囲気はみじんもなく、目を細めてデイジーとワッフルの様子を見ている。ビジネスの文字が頭に浮かぶ。

きっと、二人の新曲発表を見守りに来たのだろう。傍聴席のチケットは番組サイドに用意してもらったのかもしれない。

〈からっぽの客席に　夢浮かべ
雪の中鮮やかに　トケイソウ

暗闇の時間を　どう過ごせばいいの
最果ての曲を　どう歌えばいいの
お前のいないステージ

初めてのファン　握り締めた夢
満員の熱狂　栄光の道
あの夜突然　奪われた未来
ただ見ていたのは　トケイソウ

消えてしまったことが　当たり前に
なってしまうことが、とても怖い
お前の書かないメロディー

届けたかった思い
広げたかった世界

もう愛せない　もう奏でられない
〝安らかに〟なんて　素直に言い得ない
ただ立ち尽くす　ただ立ち尽くす
涙も流せず　ただ立ち尽くす

お前のいないステージ〉

しばらく、東京地裁は余韻の底に沈んでいた。

セーラー服姿のワッフルの歌唱力は、一体今までなぜ彼が歌っていなかったのかと思えるほどだった。野太い男の声でもなく、不快感を与えるほどの甲高い声でもなく、かといって完全なる女性の声でもなく、それでいてセーラー服を着ている彼の口から出るのが自然な、聴くものの心に抵抗なく入ってくる声だった。

やがて、まばらに拍手が始まり、渦が巻くように増加していった。

悲しい曲ではあるが、たしかに、ストロベリー・マーキュリーここに復活、といった感じだった。

照明が元に戻り、柴木アナウンサーが歩み寄り、インタビューを始めようとした。

その時だった。

「うわぁぁっ！」

泣き崩れる声。

それはまさに、すべての流れを断ち切るような、場違いな号泣であった。すぐさま、三台のカメラがその声の主に寄る。

三方向から大画面に映し出されたその姿。

被告人、野添彦次だった。

「裁判長」

彼は頭を抱えてうずくまったまま泣き声まじりに言った。

「発言を……発言を、お許しください……」

「弁護人のご意見は？」

梁川裁判長が尋ねると、クロコダイルはしばらく不満そうに指をくるくると回していたが、ワニ柄のキャスケットに少しだけ手をやり、

「Do as he likes」

と答えた。

「被告人、そのままで結構です。何をおっしゃりたいのですか？」

蜂室検察官も、バラードを歌い終わってあとは軽くインタビューを受けて退散するだけだったはずのデイジーとワッフルも、傍聴席の千人の観客も、突然泣き出した野添被告人が何を言い出すのかと、沈黙して待っている。

野添被告人は目の前にやってきた音声スタッフのマイクを手繰り寄せ、はっきりとこ

う言った。

「今までご迷惑をおかけしまして、申し訳ございませんでした。私が、ヤヨイを……殺しました」

そして、タイルの貼られた床に崩れ落ち、がっくりと頭《こうべ》を垂れると、大きな声を漏らしながら、涙を流した。

弁護人・クロコダイル坂下は、そんな彼の様子に唖然《あぜん》としているのか、それともそれを通り越して落ち着いてしまっているのか、とにかく弁護側湯船の中から一歩も出なかった。

悠太は傍聴席の最後部に再び目をやったが、先ほど紫亭すぽろうらしき人物が座っていた席はすでに、空席になっていた。

＊

第一評議室に裁判官・裁判員の九人が集まったのは、それから一時間後のことだ。

「どうするー？　きっと今頃ネット上、大騒ぎだよ」

六号が腕組みをしながら一同の顔を見回している。その顔はニヤニヤとしていて楽しそうだ。

というのも、彼女にもついに芸能関係のスカウトが来たのだ。稲山夏夫《いなやまなつお》という世界でも注目されている演出家がぜひ自分の劇団にと、東京地裁に電話をかけてきたのだと言う。当初の志望であったテレビに強い芸能事務所とは違ったが、「世界のイナヤマなら舞台女優も悪くないかも」などと六号は乗り気で語っていた。そんな彼女にとって、今日の公判の視聴率が跳ね上がることは嬉《うれ》しいこと以外の何物でもないのだ。

「決まりだろ」

一号が大して面白くもなさそうに、つっけんどんに言い放つ。

「だってよ、自白しちまった」

「待ってください」

遮ったのは二号だ。彼は、三人の裁判官のほうに顔を向けた。

「自白は任意の場合のみ、認められる。そうでしたよね？」

小篠裁判官と梁川裁判長の二人がうなずいた。

「今日の被告人の自白は、任意だったと言えるでしょうか？」

「任意だろ。だって、誰も強制してねえのに、勝手に自分から発言を求めたじゃねえか」

裁判官たちの意見を聞く前に、一号が食ってかかる。それに対して二号は首を振った。

「今日の、ストロベリー・マーキュリーのお二人の歌は素晴らしかった。傍聴席も、おそらくテレビの向こうの視聴者も全員、聴きほれてしまったに違いありません」

「だからどうしたんでぇ？」

「野添被告人は、雰囲気にのまれて自白してしまった、ということはありませんか？」

「なんだと？」

みな、二号の顔に注目した。知的なメガネをかけてループタイを締めた、あまり身近にいないタイプの男性だ。

「五年ほど前、私が籍を置く大学で学会の発表が行われたことがありまして、私も観客席で見ていたのですが、発表者の中に一人、台湾で発見された新種のアガリクスの研究をしている若い学者がいましてね」

一号はごましお頭をぽりぽり掻《か》きながら黙って聞いている。難しげな話になったので口を挟めないのだろう。

「アガリクスは有効成分を含むことが有望視されている反面、厚生労働省の検査による健康被害の指摘もあるのですが、その研究者はアガリクス信奉者とも言えるほど、その健康に対する効果を謳《うた》いあげる発表をしたのです」

二号は一人でうなずきながら話し続けた。

「会場にいるのも日本全国から集まった、いずれ劣らぬキノコ好きたちですから、アガリクスはやっぱりすごい、日本人の健康を救うのはこのキノコに違いないというような一種の祝賀ムードになってしまって、調子に乗ったその研究者は、資料に記載されていない成分の実験の結果を発表し、それによって見込まれるアンチエイジング効果を提言してしまったのです」

「別にいいんじゃねえのか？　自分のやった実験の結果だろ」

「それが、実はそんな実験は行われていなかったのです」

「何？」

「三十分にわたる追加発表はすべて、彼の妄想だったのですよ」

信じられない話に、誰もが沈黙した。

「つまり、学会で、嘘を？」

梁川裁判長が身を乗り出して尋ねた。

「そうです。あとで発覚して、大変な騒ぎになりました。彼がその後どうなったかはわかりませんが、それ以来彼の名を所属大学の研究要綱でも見なくなりましたので、しかるべき処置が取られたのかと思います」

学会のことは何もわからない悠太にも、その厳格な処罰はしっかりと想像できた。

「私はあれ以来、雰囲気に流されて物事を判断することにことさら注意を払うようになりました」

「そう言えば自己紹介の時、流れで自分が名乗らなきゃいけない雰囲気を避けて、実名を名乗らないことを提案したのも、二号さんだったっすよね」

三号の言葉に、悠太も裁判員に選出された日のことを思い出していた。二号はうなずいて、続ける。

「人間は雰囲気にのまれやすい生き物です。そんなことをしてはいけないと肝に銘じている学者ですらそうなってしまうのです。野添被告人はこの裁判番組のために、八月から身柄を拘束され、しかも隔週でこの高視聴率番組の法廷スタジオに引っ張り出され、傍聴席のストロベリー・マーキュリーのファンたちから白い目で見られるという特異な状況に置かれています。悲劇の中から復帰した二人の歌手が、亡くなった被害者への追悼歌を大勢のファンの前で発表したあとというあの状況での自白は『任意』とは言えない。これが、私の持つ『市民感覚』というものです」

「二号さんのおっしゃる通りです」

信念を感じさせる声で同意を表明したのは、小篠裁判官だ。

「あの状況下の同意は『任意』性が欠如していると思います。また、自白の証拠については、憲法第三十八条第三項に、『補強証拠の原則』というものがあります。自白を裏付ける証拠がなければ、任意でも証拠とは認められないのです。私たちは、法廷に提出された証拠から客観的に事実を見極めなければなりません」

整然とした主張に、今朝、彼女が日本国憲法の第何条かについて熱く語っていたことを悠太は思い出す。

「にしてもさ教授、形勢逆転っていうのは否めなくない？」

六号が二号の顔を指差しながら聞いた。

「今まではなんとなくクロコダイルものらりくらりと蜂室さんの攻撃をかわしてきた感じがあったけど、被告人自らカメラの前で『自分がやった』って言っちゃったわけだし」

「おうおう、その通りだ！」

クロコダイル嫌いの一号も口添えをする。

「だいたいあのオーストラリア帰りの弁護人もよ、被告人自身が『やった』って言っちまったんだから、いけしゃあしゃあと無罪を主張することはもうねえだろう！　せいぜい、殺人罪じゃなくて傷害致死罪にしてくれって言い出すくらいじゃねえのか」

傷害致死罪とは殺人罪とは違って、被告人が「殺すつもりはなかった」ことが認められた場合の、ワンランク下の罪であり、懲役刑でも数年違ってくるらしい。悠太も、かつて紘奈にぼんやりレクチャーされたことがあったので知っていた。

「殺人罪か傷害致死罪かが争点だってのに、無罪っていう評決が出るのはおかしいんじゃねえのか」

「理論上は可能です。『名古屋・女子大生ドンペリパーティー殺人事件』では、検察側の求刑より重い死刑判決が出されました。となれば、弁護側の主張する罪より軽い無罪判決が出てもおかしくないのです」

「あんまり聞かないけどね」

と小篠裁判官に茶々を入れるように木塚裁判官が笑う。

その時、机の上に置いていた悠太の携帯電話が震えはじめた。紙コップの中のお茶まで波立つ。

「ちょっと五号、今、真面目な話の途中なんだから、ケータイ切っといてよ」

「すみません」

と六号に向かって謝りつつ、誰からのメールなのかとディスプレイを見て、瞬間的に幸せになった。

――川辺真帆
内容は、あとで見よう。とはいえ、チューリップの絵文字付きのタイトルが気になる。

――水曜日
水曜日がどうしたのだろう？ サイケデリックコートの放送日は隔週の土曜日と決まっており、次回、第五回公判は十二月十日だ。平日の水曜日に、一体、何が？

「五号さんは、どうお考えですか？」

小篠裁判官が、急に話を振ってきた。いつになく期待に満ちた顔をしていたので、川辺真帆とあらぬことを想像している自分が恥ずかしかった。

「えーっと」

小篠裁判官から顔をそらし、逆側の三号を見る。ナポレオンフィッシュのように突き出た額を、親指でゴリゴリと掻いていた。

「僕はやっぱり、前々から四号さんが主張している通り、体格の差の問題があると思います。被告人が犯人であるというのには無理があると……」

そんなに深く考えていたわけではない。だが、何度反対されても自分の意見を言ってみたり、そのために公判資料を漁《あさ》ったりする四号の姿を素直に尊敬し、ひそかに応援していたからだった。

「あんたマジでそう思うの？」

六号がかみつきはじめる。

「忘れてないと思うけど、血の付いたトロフィーとバスローブの帯は、野添の部屋から見つかってるんだよ。これぞ補強証拠じゃん」

「でも、その部屋の鍵《かぎ》は開いていた。誰かがその部屋に持ってきた可能性もあるし、それから、兄のアグネスが犯した罪をかばうために被告人自ら持ち帰ったという可能性も、こないだ出たじゃないですか」

自分の口からここまでスムーズに言葉が出てくることに、悠太はびっくりしていた。なんだかんだ言って、けっこう真面目に話を聞いていたものだ。

「アグネスが真犯人でも、体格の差の問題は出て来るじゃないのよ！　だいたい誰なのよ、真犯人って！」

「あの、それについてですが……」

このタイミングで、四号がいつも通り切り出してきた。六号ですら黙る。彼女の言うことはいつも突拍子もないが、誰しも注目しなかったところから意外な可能性を指摘してくるからだ。

「五号さん、申し訳ないのですが、今日の、デイジーさんがスケッチブックを出したシーンを再生していただいてもよろしいでしょうか？」

「え？　あ、はい」

悠太はすっかり映像再生担当になっていた。

リモコンを手繰り寄せ、テレビのスイッチを入れる。映像選択画面を出し、「検察側証人喚問　デイジー&ワッフル」の項目を選択して再生させる。上半身裸の柴木アナウンサーの呼び出しがあり、二人が出てきた。そのまま早送り。やがて、ワッフルの証言とともにデイジーがスケッチブックを取り出した映像になったので、通常スピードに戻す。

『デイジーはもともと服飾関係の専門学校を出ていますので、デザインもほら、こんなに』

「ストップです」

四号に言われるままに一時停止させる。

「今のところ、少しずつ逆戻ししてもらっていいですか？」

スロー逆戻し。さまざまな衣装デザインが描かれているスケッチブックのページが、一枚一枚戻されていった。

「ここです。よく見てください、この衣装」

画面に映し出されたのは、燃えるような赤い布を使ったデザインの衣装の絵だった。首には長い、スカーフのようなマフラーのようなものが垂れ下がっている。

「何がおかしいの？」

六号が尋ねると、四号はやや興奮気味に、

「このマフラー、見てください。何周も首に巻かれています」

「ああ」

と、しばらく沈黙。

そして、誰もが、四号の言いたいことをなんとなく悟った。

「ひょっとして四号さん、ヤヨイさんは、バスローブの帯ではなくこのマフラーで絞殺されたのだと、そうおっしゃりたいのですか？」

「その通りです」

梁川裁判長に向かって、しっかりとうなずく四号。

「このあとワッフルさんは、この衣装のうちのいくつかはすでに知り合いのデザイナーさんに作ってもらったと証言しましたよね。あの夜、二人は現場のマンションに出向き、衣装合わせと称してヤヨイさんにこの服を着せたのではないでしょうか？」

首をひねる。しかし、悠太にはこの四号の言う光景が頭の中にまざまざと展開された。

「あの部屋、ベランダ近くの棚の脇に立派な姿見がありましたよね。あそこの前に立たせ、衣装を着せ、マフラーを首に巻いて、油断したところを二人で締め上げたという可能性はどうですか？　一人はトロフィーで殴るほうを担当したのかもしれない。あの二人は、トロフィーには執着心はなさそうでしたから」

三人の裁判官は口をあんぐりさせている。あまりにも突飛な意見だと言わんばかりに。

「そんなこと、ありえねぇ」

一号がテーブルを平手で叩《たた》く。

「無実の人間に罪を着せることになるんじゃねぇのか。そんなもん、不自然だ」

「トロフィーで一度殴った後、わざわざリビングを出てバスルームまで足を運び、帯だけを抜き出して再びヤヨイさんに馬乗りになり、後ろから首を締め上げた、ということのほうがよっぽど不自然だと、私は思うのですが」

四号は、驚くほど明快に言ってのけた。

「たしかに、マフラーってのは首に巻くもんだから、ヤヨイさんもまったく警戒しなかったでしょうね」

三号が腕を組みながら同意する。初めは突飛に思えていた四号の言い分が、だんだんと目の前で形になっていく。

「二人が去った後、現場に帰ってきたアグネスさんはあの精神状態だから、死体を見て取り乱す……そして警察に電話する前に、弟の野添被告人に電話したのではないでしょうか？　野添被告人は死体を前に震える兄を見て、アグネスさんがやったと思った。かばうためにトロフィーと帯を……」

「ちょ、ちょっと待ってください」

梁川裁判長が四号を止める。

「大変興味深いお話なのですが、もしそれが真実だとしても、それはどうでもよいのです」

「……え？」

「初めにも申し上げました通り、我々の仕事は、検察官が主張する起訴事実について、法廷に提出された証拠から正しいか否かを判断するということなのです。これは、事件の真相を明らかにすることとは違います」

　たしかにそうだ。四号はバツが悪そうに俯《うつむ》く。また、猫背に戻ってしまった。

「被告人は自白していますが、今日の自白に任意性が認められない。たとえ次回の公判で任意の自白をしたとしても、検察の提出する証拠は補強証拠とは言い難い。そうなれば、被告人はやっていない。そこまでの結論でいいのです」

「納得しねぇな」

　一号は、ふてくされたような口調になっていた。

「やっぱり、被告人が無実だっていうなら、真犯人が誰かっていうのを明らかにしねぇと」

「ですからそれは、私たちの仕事の範疇《はんちゅう》外……」

「かっちり嵌《は》まんねえんだな」

　一号は、腕を組んで口を曲げた。

「なんですって？」

「おいら、指物師だからよ、こんなちっこい箱一つ作るにも、板材の出っ張りと溝と、しっかり作りこんでから嵌めるわけだろ。これがかっちり嵌まんねえってことになると、お得意さんに申し訳がたたねえ、いや、そんなものを世に出しちまうことが、おいらの恥ってことになる」

江戸の職人の顔になっていた。

「被告人が無実だってことは、誰か別に真犯人がいるってことだろう? 傷のことも、凶器のことも、動機のことも、全部かっちり嵌まる真実が一つ、あるはずじゃねえか。それがはっきりしねえうちは、納得できねえ。どっちにしても判断を下すわけにはいかねえ。これが下町の職人の、『市民感覚』ってやつでぇ!」

勢いよく机を叩く一号。迫力があった。

それにしてもまた、悠太の考えたことのない『市民感覚』だ。

——一体、『市民感覚』とはなんだろうか。

兄が獲《と》ったトロフィーで弟が人を殴るわけがないという四号の市民感覚。風邪薬とアルコールを一緒に飲んではいけないことは常識とは言い難いという三号の市民感覚。雰囲気に流された者の発言は信じるべきではないという二号の市民感覚。すべての証拠がかっちり嵌まる事実がなければ判断を下すわけにはいかないという一号の市民感覚。

それじゃあ、と悠太は思う。

それじゃあ、自分みたいなつまらない人生を歩んでいる人間の市民感覚って、一体なんなのだろう？　裁判員なんかやりたくないということ？　今さら、違う気がする。人を殺す人間の感覚などわからなくて当たり前だということ？　そんなことを言っても仕方がない。審理に参加できている気がしていたが、やっぱり自分は何の役にも立てていないのではないか……。

「判決も来月に迫ったことですし」

梁川裁判長が場をまとめにかかる。

「ここで、現時点での有罪か無罪かだけでも、意見を整理しておくというのはどうでしょうか？」

かくして、有罪か無罪か、裁判員の六人の意見を挙手で整理することになった。裁判官三人の意見はいまだ伏せておくようだ。

「無罪だと思う方」

四号のみ手を挙げる。

「やはり、有罪だと思う方」

こちらは六号だけだった。

「他のみなさんは？」

「さっき、あんなこと言っちまったからよ、どっちかに納得するまでは、手、挙げらんねえな」

「結構です。二号さんはいかがでしょう？」

「私は今の段階では決めかねます。が、有罪に近い、と申し上げておきます」

「なるほど、三号さんは？」

「俺も、正直どっちか決めかねてるんす。家に持ち帰ってもうちょっと考えさせてください」

「わかりました。五号さん」

「あの」

悠太は他の三人とは違って明確な返事をせず、梁川裁判長ではなく小篠裁判官の顔を見た。

「もし、全員一致しなかったらどうなるのでしょうか？」

小篠裁判官は悠太の顔を見つめなおし、瞬《まばた》きをした。脇から、梁川裁判長が答える。

「有罪・無罪の判決ならびに量刑については、全員一致させる必要はありません。決め方があるのです」

「え？」

「公判資料の二ページ目くらいに書いてあったと思いますが」

と、梁川裁判長が説明を進めたので、悠太は慌てて資料を取り出し、ページをめくる。

事件内容に執心するあまり、肝心の量刑決定の手続きに関しては読み飛ばしていた。

開いたページには有罪・無罪の決め方、量刑の決め方について、詳細な解説図が書いてあった。

九人のうち過半数、すなわち五人以上が有罪判決を下し、かつその中に少なくとも一人、裁判官がいれば有罪。それ以外は無罪。今の状態では裁判員一人が有罪、一人が無罪を表明しているので、宙ぶらりんの裁判員四人と裁判官三人のうち、裁判官を含む四人が賛同すれば被告人は有罪ということになる。

ちなみに有罪ということになればさらに量刑を決めなければいけないのだが、これについては、重い刑を主張している順に九人を並べ、過半数までの上位第五位をピックアップする。その上位五位の中に裁判官が一人でもいればその第五位の主張する刑を採用するというルールだった。もし重い刑を出している上位五人が全員裁判員の場合は六位の意見。六位も裁判員の場合は、七位の裁判官の意見を採用するのだ。一見裁判官が優遇されているようにも見えるが、裁判員の意見もしっかり酌まれたシステムになっていた。

「ふーん、複雑なんですね」

顔を上げると、五人の裁判員が白けたような目つきで悠太を見ていた。

もう公判が始まってから二か月も経つのに、そんな基本的なところも読んでいないのかと責め立てられているようで、肩身が狭くなった。

# 12　裁判員五号、惑う

十一月の末、気温は低いが天気は快晴だ。快適なスピード。窓外を流れていくのは、高速道路の光景である。千葉方面へ向かっている。

レンタカーであるというコンパクトでオシャレな軽自動車。悠太は助手席に乗ってシートベルトを締めたまま、気分が高揚して仕方がなかった。今すぐにでも手足を全開にして、叫びたいような気持ちである。

「福井にいたころは毎日自分で運転して会社まで通勤していたんですけど、この仕事をするようになってから、全然、そんな時間なくなっちゃって」

ハンドルを握っているのは、川辺真帆だった。赤いセーターを着て、同じく赤いチェックの帽子を頭に載せており、赤いプラスチックフレームのメガネをかけている。

「普段は、メガネをかけてるんですか？」

「はい。だってコンタクトは疲れるし、なんてったってこれ、鯖江《さばえ》のメガネフレームですから」

しっかり福井をアピールしながら彼女は嬉《うれ》しそうに笑った。

カーラジオからは先日ストロベリー・マーキュリーが東京地裁の法廷スタジオで初お披露目した〝YAYOI〟というバラードが流れている。あの日の放送を境に再活動を始めたストロベリー・マーキュリーは各メディアに引っ張りだこ。〝YAYOI〟は「犯行の否認をし続けてきた野添被告人を落とした名曲」というセンセーショナルな触れ込みとともに日本中に広まっていった。

「配信開始から三日で百万ダウンロードですって。すごいですよねー」

今を時めくCSB法廷8のリーダーが言うのだから間違いなかった。

それにしてもいまだ信じられない。川辺真帆と二人でドライブなんて。

すべての始まりは先週土曜日の公判直後、第一評議室で話し合っている時に受け取ったメールだった。帰りのタクシーの中でこっそり開いてみると「水曜日、午前中から夕方の六時まで珍しくオフになったので、久しぶりに車の運転をしてみたいのですけど、もしよかったら、つきあってもらえませんか？　お仕事もあるでしょうから、無理にとは言いません」と絵文字満載で書いてあった。悠太は思わず、後部座席の背もたれに頭をつけ、タクシーの天井を仰いだ。

川辺真帆とドライブ！

悠太は週明け、すぐに休暇申請を出した。裁判の関係で休むのかと聞かれ、そうですと言ったらすんなり通ってしまった。

かくして、今日という日だ。悠太は指定された郊外の駅まで電車で行き、そこにレンタカーで川辺真帆が迎えに来た。マネージャーには、友人とドライブと言ってあるそうだ。悠太は自分が運転することを申し出たが「私、運転好きですし、これを逃すと次いつ運転できるかわからないから」と彼女は言うので、助手席に乗り込んだのだった。

「そう言えば、JBSのレコード新人賞、おめでとうございました」

「ありがとうございます。夜遅くにメールしてしまって、ごめんなさい。あの日はちょっと打ち上げで、珍しくお酒、飲んでたから」

川辺はフロントガラスの向こうから目を離さず、頰を染めて笑う。

「お酒、飲むんですか」

「本当に、たまーに、ですよ。あの日は事務所だったんですけど、なんかみんな盛り上がっちゃって。いつも静かなもえがキス魔になっちゃうし」

永沢萌香《ながさわもえか》。CSB法廷8の中でも異色の「文芸キャラ」だ。とある電子書籍端末で発表している、ケルト神話をモチーフにしたファンタジー小説はダウンロード数二百万を超えているほど人気であり、夏には日本文芸の未来を考える会から「電子書籍時代のパイオニア賞」を与えられ、裁ドルが別ジャンルでその才能を発揮した一番の例となっている。

「ひーちゃんなんか、男の人もたくさんいるのに、シャツ脱いじゃったんですよ」

「えっ?」

あの、黒髪の美しい演技派キャラの笹崎眸が。やっぱり川辺のメールの誘いに乗って、あの夜行ってみてもよかったかもしれない。

「あ、そうそう。終盤になって、だてりりが調子に乗ってゆいゆいを怒らせちゃって」

だてりりは、クイズ番組でイクラは何の卵かという問題に「ちょうちんあんこう」と珍答した、CSBきってのおバカキャラだ。確かに、調子に乗ってメンバーを怒らせそうでもある。ゆいゆいというのは緑川唯、空手の有段者らしくその男気溢《あふ》れるキャラで熱狂的なファンを持つ。なんだかんだ言って、悠太もここのところ、CSB法廷8のメンバーに詳しくなっていた。

「結局部屋の中、めちゃめちゃになって、いただいたトロフィーも……あ、これは秘密です」

川辺真帆はごまかし笑いをした。

「今しゃべったの、全部内緒ですよ。いろんなところに迷惑がかかるかもしれないし、国民審査にも影響あるかもしれないですから」

国民審査というのは、毎年一月に開かれるCSB法廷8へのファン投票だ。クリスマスに合わせて発売されるCDについている用紙を送ることによってファンであることをアピールできるのだ。投票といっても、最高裁判所の裁判官に対して行われる国民審査と同じく、「やめさせたほうがよい者の上の欄に×を書き、そう思わない場合は何も書かない」という方式で行われる信任投票である。当然、CDを購入するほどのファンが×をつけるはずはなく、何も書かずに用紙を送ることがファン愛の証《あかし》となっているのだそうだ。

楽しい話をしながら一時間ほど高速を走り、インターチェンジで降りた。まばらな住宅街と畑。その向こうには山が見える。のどかな光景に、滋賀の故郷を思い出しそうになる。

「このあたり、『ボアソナードの庭で』の、成田新法の回の時にロケで来たことがあって。昼食のお弁当を食べた公園があるんです」

川辺は嬉々《きき》として話し続けている。

「いい雰囲気の公園だったから、時間とれる日があったら来ようと思ってて。もう半年も経っちゃいましたけど」

「やっぱり、忙しいんですね」

「はい。でも、嬉しいことです。あ、今度私たちのゲームが出るんですよ」

「ゲーム?」

「はい。まだ企画段階ですけど、『CSB法廷8のトキメキ★法科大学院《ロースクール》』っていうんです。プレイヤーはロースクールの学生になって司法試験合格を目指していくんですけど、その間に、私たちCSBが誘惑するんですって。私たちを全部振って、見事合格するっていうシナリオなんだそうです」

本当にこういう業界の人は、いろいろなことを考える。ゲームになるくらいだから司法関係の資格を取りたがる者もますます増えていくに違いない。

「その他も、年末年始は特番の仕事もいっぱいだし。だからこの数時間は、年内最後のオフになるかもしれません」

「芸能人って、やっぱり大変ですよね」

「でも、楽しいですよ。いろんな人に出会えます。生野さんも、デビューしましょうよ」

島田プロダクションの大隅の顔が頭に浮かぶ。

「契約関係なんかで、トラブルになったりしませんか」

「ははは。私たちの場合、一人ずつに法務省が選任してくれた専門の代理人がついてるし、ちゃんと事務所とも定期的に契約の内容確認をして更新しています。新しい契約の時は代理人同席の上、ビデオを回してもらってますし、それとは別に私個人で、ポケットの中で録音装置を作動させているんです」

法律をこよなく愛する裁ドルに対して、とんだ愚問をしてしまった。

「どことは言わないけど、関西の大きなお笑いの事務所のタレントさんたちは、会社と契約書すら交わしていないんですって。だから若手の芸人さんなんか、ほとんどただ働きみたいなことをさせられても文句ひとつ言わないんです。信じられないですよね。もっとアメリカやヨーロッパを見習って法律的なところ、ちゃんとしないと。そうじゃなきゃ、韓国のアイドルみたいに突然訴訟を起こして、ファンに余計な心配をかけることになるかもしれないじゃないですか」

そんな事件もあったかもしれない。ＣＳＢ法廷８には無縁の心配なのだろう。もし訴訟沙汰《ざた》になっても、ファンは心配するどころか、その行く末を期待の目で見るに違いない。悠太は同意を表現するように軽く笑って、窓外へ目をやった。

結局、目的地の公園に着いたのは午後二時過ぎぐらいだった。アスレチックコースや池、山林ハイキングコースなどもある自然公園で、二百台は収容できそうな色あせたアスファルトの駐車場には、車は数台しか停まっていなかった。

運転席から降りた川辺真帆は思いっきり伸びをした。そしてトランクから引っ張り出した大きめのカバンを肩から掛け、ゆっくりと階段を上って行った。

上りきったそこは広場になっており、平日の昼間なので、ベビーカーを押した母親が一人と、老人グループが数人、遠くのベンチで談笑しているだけで、悠太たちのほうに気を払う様子すら見せていない。まさか、ＣＳＢ法廷８の川辺真帆がこんなところに来ているなんて、誰も思わないだろう。

今上ってきた階段のほうを振り返ると、冬の晴天の下に町が一望できた。川辺は短い芝に直に腰を下ろす。悠太も隣に座って景色を眺めた。

「なんか、こういうゆっくりした時間、久しぶりです」

うーん、と気持ちよさそうな声を上げて、川辺真帆はそのまま大の字になって寝転がった。悠太が体を支えている右手のすぐ近くに、彼女の左手が投げ出された。

鳥が三羽、飛んでいく。川辺真帆と同じ景色を見ている。

「先週、福井地裁に帰った時、あの元カレに会ったんです」

川辺真帆は、突然言った。

「え？」

「会ったっていうか、特設ステージでトークしてたら、客席の最前列に座ってたんですよね、その……奥さんと。もう、辛《つら》かったり寂しかったりとかはないんですけど、生野さんにしか話してないから、この話」

「ああ……、それは、ありがとうございます」

なんで礼を言っているのか、自分でもわからなかった。

「生野さんは、彼女、いるんですか？」

寝転がったまま、悠太の顔を見上げて彼女は尋ねた。

写真週刊誌で一時期記事になったことを、川辺は知らないのだろうか？　それとも知っていて……？

いずれにせよ、裁判がきっかけで別れたことを話せば、境遇が同じだという共感も生まれる気がしたが、悠太はそれを選択しなかった。

「いないです」

初めから、いなかったことにした。

「じゃあ」

と言いながら彼女は身を起こす。赤いコートに芝がついていた。

「私のこと、抱きしめてもらってもいいですか？」

「え？」

何を言われているのかわからなかった。彼女の目は、うるんでいるようにも見えた。

「どうして？」

「どうしてもです」

川辺真帆はそのまま、腕を伸ばして悠太に体を預けてきた。驚きのあまり、いつ自分が芝の上にあおむけになったのかわからなかった。とにかく、川辺真帆が自分の体に覆いかぶさり、悠太の両肩をつかんで体を密着させている。躊躇《ちゅうちょ》のない柔らかな胸の感触。呼吸で上下する。この壊れそうな心音は、自分のものだろうか。悠太はその背中に手を回した。信じられないほど細い体が熱かった。

「私……」

悠太の肩に顔をうずめたまま、川辺はまた何かを話し出した。悠太の指の下で、彼女の体が震えはじめる。

「私、あの夜、生野さんからメールもらって、なんて返信していいかわからなかった。でも、なんだかとっても会いたくなってラジオとか雑誌のインタビューとか、仕事の合間、いっつも生野さんの顔、思い出しちゃっ……」

涙声。

自信も、とりえも、誇れるものも何もない。うぬぼれる要素なんて何もない。だがそんな悠太にだって、分かっていた。トップ裁ドル、ＣＳＢ法廷8の川辺真帆が、中流会社員の生野悠太に、恋をしている！

「私、謝らないですからね。謝っちゃったら、法律上、こっちの非を認めることになりますから」

そして川辺真帆は悠太の肩にうずめていた顔を上げると、至近距離から涙目で悠太の顔を見つめた。そしてそのまま目を閉じ、口を閉じ、心持ち顎《あご》を突き出した。

「生野さんの、任意でお願いします」

そして川辺真帆は、悠太の意志を待った。

こんなに強制力のある状況はない。しかしあとでどう責められたって構わない。川辺真帆が、恋する一人の女性として、気持ちをぶつけてきたのだ。

悠太は川辺真帆の頭に手を添え、顔を自分のほうに引き寄せ、そのつややかな唇に自分の唇を重ねた。瞬間、川辺が唇を少し開いたので、緊張は一気にほどけた。悠太は彼女の気持ちに応《こた》えた。

そして今度はさっきよりも強く、彼女の体を抱きしめた。

＊

それからあとの時間は、ルーレットを回すかのようにあっという間に過ぎ去った。

川辺真帆は悠太のために昼食のサンドイッチを用意してくれていた。二人でそれを食べ、ゆっくり話をしているうちに日はだいぶ傾き、四時を過ぎていた。

「もう帰らなきゃ」

川辺が心底残念そうに芝を払う。

川辺のほうの提案で、二人で頰を寄せ合って携帯電話で写真を撮った。悠太もその画像を送ってもらった。そのまま連れ立って駐車場まで下りた。運転好きの川辺に押し切られ、帰りも悠太が助手席だった。

車内でも話は尽きることなく、かといってとりとめもなく、悠太はそれでも幸せだった。相手も幸せだろうと、何の押し付けもなく思えることもまた、幸せだった。恋人とはこうあるべきだと思った。

「じゃあ、また今度の公判の時に」

少しでも長くいたいと言って、川辺真帆はなんと悠太のマンションまで送り届けてくれた。五時半。彼女の仕事の時間まであと少しだ、大丈夫だろうか？

車が走り去るのを見届けてから、悠太はマンションに入る。

二階の自分の部屋まで階段をのぼりながら、悠太は本格的に芸能界入りのことを考えていた。

自分に向いている仕事だとはいまだに思えない。だが、人材派遣会社だって一緒だ。結局、遠藤さんにも満足してもらえる仕事を紹介できなかったし、登録者を見下す後輩にもガツンと言えないし、自分がいなくったって会社は何も困らない。

芸能界に入れば、川辺真帆とまた仕事ができる。それに、裁判員出身のタレントとして法の大切さを広めていけるのは、素晴らしい社会貢献になるではないか。大学を卒業して三年、とにかく社会にしがみついて生きていかなければと思ってきた自分が、社会貢献のことを考えることができるなんて、素晴らしい契機だ。それに……裁判員番組やCM出演を果たしてから入ってくる収入は、今勤めている会社とは比べ物にならないくらいいい。もっといいマンションに引っ越すことだってできる。そこで、あわよくば、川辺真帆と……。

——と、気持ちが高揚していたからだろう。

自分の部屋の扉の前に膝《ひざ》を抱えて座り込んでいる人影に、近づくまで気づかなかった。

「あれ？」

自分でも意外なほど頓狂《とんきょう》な声が出た。

「久しぶり」

彼女は告げながら、手に持ったビニール袋を掲げた。

そのしなり具合から中に何が入っているかすぐにわかった。悠太の好きなたくわんだ。

だけど……と、一気に背中に嫌な汗をかく。

「入ってもいい？」

一か月半ぶりに悠太の目の前に現れた尾崎紘奈は、恥ずかしそうに笑った。会っていない間に、少しやせたようだった。

# 13 第五回公判

薄青い照明の中を、紙で作られた芝居用の雪が舞い散る。

大石内蔵助《おおいしくらのすけ》の恰好《かっこう》をした柴木アナウンサーがアリーナ中央に歩み出て、陣太鼓を叩《たた》きはじめる。頭を覆う頭巾《ずきん》。白と黒のぎざぎざ模様の羽織。

傍聴席、証言台、弁護側机、検察側机、その他スタジオセットは、江戸時代の武家屋敷のような仕様になっていた。時は十二月十日。セットは季節柄の「忠臣蔵」に合わせたものだ。

三人の裁判官たちはいつも通りの法服だが、悠太たち六人の裁判員たちはそれぞれ赤穂浪士の恰好をさせられている。空調はしっかりしているが、雰囲気からして寒々しかった。最終公判は次回であるにせよ、日本人の心になじみのあるクライマックスにふさわしい舞台ではあった。

「おのおのがた、開廷でござる！」

いつものオープニングテーマが流れ始めた。扉から、裁判員たちと同じく赤穂浪士の衣装に身を包んだCSB法廷8の面々が登場して、いつも通り踊り出す。

悠太の目は自然と、川辺真帆を追っていた。つい十日前、自分の体に身をよせて来た彼女。目を閉じて、悠太の唇を待っていた彼女。……その日の夜、終わったと思っていた紘奈ともキスとその先のあれこれをすることになったのだが。

紘奈はしばらく実家に戻っており、悠太に迷惑をかけてはいけないと思ってわざわざ着信拒否設定までしていたが、サイケデリックコートの放送で頑張っている悠太を見て、自分も就職活動をしなければならないと一念発起してまた東京に戻ってきたのだという。地元に帰っている間に商店街の福引で当てたという、六本木の有名レストランの「高級フレンチペアチケット」を手土産に。

あのタイミングで帰ってきたのには正直戸惑ったが、とにかく元気でまた姿を見せてくれたのは素直に嬉《うれ》しかった。だがやっぱり、揺れている。紘奈にはたしかに愛があるし、気兼ねしなくていいし、くじ運はいいし、たくわんはうまい。しかしルックスやスタイルなら川辺真帆のほうが断然上だし、料理も得意だと言っていた。紘奈が料理らしい料理をしているところなど見たことがない。裁ドルの川辺真帆に本気になってもいいのだろうか？　現に、彼女の唇と、胸の感触はここに残っているわけで……。

いけない、いけない。忠臣蔵のセットで何を考えているのだ。今は裁判に集中しないと。

やがてオープニングテーマも終わり、本プログラムが始まる。

「今回は被告人に、事件当夜何があったかから詳しく説明していただきたいと思います。被告人、前へ」

よれよれのシャツに身を包んだ野添被告人が、人工の雪を踏みながらアリーナ中央の証言台に歩み寄る。心もち足を引きずったような歩き方。それはまさに、庭の隅の小屋から引きずり出されてきた吉良上野介《きらこうずけのすけ》のようだった。

「それでは弁護人、始めてください」

クロコダイル坂下は今日の公判で衣装をいつもと変えてきた。キャスケットとサングラスはいつもと変わらないが、ワニ柄の紋付き袴《はかま》を身に着けているのだ。今日のセットに合わせたのだろう。蜂室検察官がいつものスーツ姿であるのと対照的だ。

彼は証言台に近づいた。

「では被告人、事件当夜、何をしたのか、思い出せる限り話していただけますでしょうか？」

「はい」

証言台に据え付けられたマイクに向かい、小さな声でポツリポツリと話し始める野添被告人。

被告人は前回カメラの前で証言した通り、自分がヤヨイを死に至らしめたことは認めたが、初公判の冒頭陳述時に蜂室検察官が流した「起訴事実VTR」とは一部食い違う証言をした。

すなわち、「計画性があったわけではない」と主張したのである。

あの夜、説得のために、メンバーの会合の場としても使っていた現場マンションにヤヨイを呼び出し、酒をすすめながら脱退を思いとどまるようにと説得しているうちに口論になり、思わず棚にあったトロフィーをつかんで殴ってしまった。気が立っていたためにそのままバスルームへ行き、バスローブの帯だけを抜き出してきて首を後ろから締め上げた。

こと切れたヤヨイを見て我に返り、取り返しのつかないことをしてしまったと思い蘇《そ》生《せい》を試みたが無理だった。トロフィーと帯を持ち帰ったが、気が動転して布団の中でぶるぶる震えていた。朝になって警察が来た時にはすべてが見つかってもいい気がしていた。なぜ自室の扉に鍵《かぎ》をかけなかったのかは覚えていない。

「被告人は自分が何かに追い込まれていたとは思いますか？」

「……私は、今の会社に兄のコネで入れてもらいました」

野添被告人は自分の経緯について語り出した。

高校中退後、港湾作業員や警備員などをして細々と暮らしていたが長続きはせず、そんな中、兄の彦一がアグネスとしてミュージシャンデビューを果たした。そして「ネクストパープル」に入社できたものの、今までとはまったく違う仕事でうまくいかず、上司や同僚にも疎まれる日々が続いた。兄の励ましによりなんとか仕事を続けてきたが、ストロベリー・マーキュリーの休業で事務所の収入は激減、真っ先に解雇されそうになったのは野添だった。会社は彼に最後のチャンスとしてヤヨイをなんとか引き止めるようにと迫った。つまり、ヤヨイの脱退問題は、野添自身の進退問題でもあったわけだ。

「ヤヨイは、そんなのは知ったことではない、お前の能力のなさの責任だと罵《ののし》りました。それで……カッとなってしまったのです」

他の裁判員がどう感じたかはわからない。しかし悠太は、心が締め付けられる思いだった。仕事柄、正社員をクビになってしかたなく派遣登録をしている人間を何人も見ている。いなくなった遠藤さんの顔が、また頭にちらつく。

「それで、トロフィーで殴ったのですね」

「はい」

「その時、ヤヨイさんはどういう状態でしたか？」

「苦しそうにのたうち回っていました。でも、私の怒りはおさまらなかった。もう少し苦しませてやろうと、首を絞めることにしたのです」

「確認しますが、その時、殺意はなかったのですよね」

作り物の雪が寂しく舞い散る静寂の中、クロコダイルは尋ねた。

「はい。殺すつもりはありませんでした。もう少し苦しませてやろうと思っただけです」

「計画性があったなども言いがかりですね」

「もちろんです」

「ではなぜ初公判の罪状認否の時に、覚えていないなどと？」

俯《うつむ》き、声を震わせる被告人。

「警察や検察の取り調べが強引だったから、仕返しをしてやろうと思ったのです」

法廷中が唖然《あぜん》とする。野添被告人は、自分の席で生ローヤルゼリーを食べ続けている蜂室検察官へ顔を向けた。

「聞き捨てなりませんね」

「私は満足に眠らせてもらえませんでした。食事を与えないと脅されたこともありました。会社の上司はお前のことを必要となんかしていないと罵倒《ばとう》されたこともありました。あんなに強引な取り調べがまかりとおっていいのか」

「大変な苦労をなされたようですね、被告人」

クロコダイルは憐《あわ》れむように言った。

今まで被告人に辛《つら》い態度を取っていた傍聴席も、騒ぐことなく見守っている。

「基本的人権の尊重という観点に関する限り、日本の司法はまだ幼稚だと言わざるを得ないでしょうね」

と、クロコダイルは蜂室検察官を一瞥《いちべつ》する。

「ともあれ、私としましては、被告人の置かれた状況をかんがみ、また『殺すつもりはなかった』という言葉を信じ、殺人ではなく傷害致死を主張いたします。以上です」

いつもの英語まじりではなく、流暢《りゅうちょう》な日本語で締めくくり、彼は自分の席に帰って行った。

東京地裁第一法廷スタジオはいつになく真剣な空気に包まれている。大画面には蜂室検察官の冷たい表情がアップで映し出された。

「それでは検察、反対尋問をどうぞ」

蜂室検察官が小さな体を起こし、跳ねるように登場する。

「まず法廷中のみなさん、そして、視聴者のみなさんに明言しておかなければならないことがあります」

雪を踏みしめ、証言台に歩み寄る。

「私はあなたを勾留《こうりゅう》中、取り調べのために睡眠を阻害したり、食事を出さないと脅したり、会社の上司の話を引き合いに出して罵倒したり、そんなことはまったくしていません」

「嘘です」

「取り調べの様子はすべてビデオに撮影してあります。冗長でテレビ的ではなく、放送時間も限られているのでオンエアでは遠慮させてもらっていますが、必要ならば証拠として見せることができます」

「それだって、そちらで編集……」

「これ以上話し合っていてもらちが明かないのでこの話はここでストップ！」

ささっと両手を広げ、蜂室検察官は一方的に遮った。

「あなたは殺意がなかったと主張していますが、なぜ、トロフィーで殴った時点でやめなかったのでしょうか？」

「それは……」

「殴られて苦しんでいるヤヨイさんを見てなお、わざわざバスルームまで行ってバスローブの帯を取ってきて、首にかけて締め上げた。これは殺意のあったことの証明ではないですか」

「異議あり！」

真っ赤な扇子を開いてひらりと上げ、弁護人のクロコダイル坂下が異議を唱えた。今日は「Objection!」ではなかった。

「被告人はそのあと、蘇生を試みていることを忘れないでください」

「疑わしいですね」

梁川裁判長が口を挟む前から、蜂室検察官はカメラを意識しながらそう応酬した。

「本当に蘇生を試みようとしたならば、救急車を呼ぶはずではないですか。被告人はそれをしなかった。これは、ヤヨイさんを殺してしまおうと思った証拠足りえます」

ハニービーホイップの先端が、被告人に向けられた。

「ヤヨイさんが何者かに殺されたということになれば、あなたはヤヨイさんを引き止める必要もなくなる。つまり、任務そのものがなくなるので会社をクビにならなくてすむのです」

そのまま蜂室検察官は人差し指を傍聴席のほうへゆっくりと動かした。野添被告人もつられてそちらのほうへ目をやる。アリーナをぐるっと取り囲む傍聴席。ストロベリー・マーキュリーのコスプレファンたちが騒ぎ立てることもなく、じっと審理の行く末を見守っている。

「ここにいらっしゃるみなさんはストロベリー・マーキュリーのファンたちです。活動再開を今か今かと待ち望んでいた、あなたの会社にとっても大事なファンたちです。あなたは彼らからヤヨイさんを奪った。ヤヨイさんがこの先書くであろう曲の数々を、その曲に込められたであろう夢や希望や勇気を奪った」

ぶるぶると震える被告人。

「ここで本日の、蜂室チェック！」

びぃん、びぃん。久しぶりの決めポーズ。

蜂室検察官は、ぴょこんぴょこんと飛び跳ねるように検察側席に戻ると、ハニービーホイップを置き、代わりに黄色の巻物をつかんだ。そしてそのままひもをほどくと一気に開き、カメラに向かって見せつけた。

「刑法第百九十九条！　人を殺した者は、死刑又は無期若《も》しくは五年以上の懲役に処する！」

毛筆で、そう書かれていた。

小さいながら不気味なその立ち居振る舞い。悠太は彼の目の奥に、鋭利な蜂の毒針を見た。

「検察は、正義の名のもとに、依然、この罪状を主張するものであります」

　CMがあけ、裁判員質問の時間だ。前々回、四号が突然質問したことが全国の視聴者の反響を呼んだようで、番組側が急遽《きゅうきょ》設けたのだ。とはいえ、持ち時間は全員あわせてたったの五分しかない。

「裁判員のみなさんの中から、何か、質問のある方はいらっしゃいますか？」

〝ボワピニョーン〟

　初めに光ったのは、意外にも二号の席に設置されている電飾だった。

「裁判員二号です」

　あの知的なメガネに少し手をやってから、彼は話し出した。赤穂浪士の羽織の襟にはしっかりと「裁判員二号」と書かれている。

「われわれ裁判員が気になっていることの一つに、あなたとヤヨイさんの体格の差の問題があるのです」

　悠太はハッとして彼の顔を見る。まさか二号が、この点を聞き出すとは思わなかった。

「痩《や》せ型のあなたが、がっしりしたヤヨイさんの背中に乗って首を締め上げるのは無理ではないかと、そういう意見があるのですが、実際、あなたはそれをやってのけたのですよね？」

「ええ」

「ということは、トロフィーで殴った時点で、ヤヨイさんは昏倒《こんとう》していたということになると思いますが」

「ええ」

機械のように答える被告人。

「ところが先ほど、あなたは『のたうち回っていた』と。つまり、多少は動き回れる状態です。ヤヨイさんは抵抗してこなかったのでしょうか」

「よく覚えていません」

「そうですか、ありがとうございます」

〝ボワピニョーン〟

「えー、初めまして。裁判員三号ですが」

みな、だんだんと積極的になってきた。

「ちょっと細かいことになるんすけど、あの夜、あなたとヤヨイさんが話していた時、部屋にクーラーはつけてたんですよね？」

意外な質問だった。

「クーラー、ですか？　ええ、夏だったのでつけていたと思います」

「たしかに、遺体が見つかった時はクーラーはつけられていたって資料にも書いてあったんすけど、被告人さん、現場から立ち去る時、電気は消していったんすよね？」

「よく、覚えていません」

「第三回公判の時、アグネスさんが、部屋が暗かったことを証言してくれてるんすよ」

「では、そうしたのだと思います」

「なんで、電気は消してったのに、クーラーはつけたままだったんすか？」

野添被告人は不可解だと言わんばかりに三号の顔を見つめ、

「そんなの、覚えてませんよ……あの場から立ち去るのに必死だったんですから、忘れたんでしょう」

と、哀れな声でつぶやいた。

カメラが三号の顔をアップで映しだす。そのまま、変に居心地の悪い間があった。三号は、急に緊張してきたようだった。

「そうすか、すみませんでした」

彼は恥ずかしそうに言って、質問を終えた。

＊

丈の短い着物を着た緑川唯が「証人喚問」のプラカードを掲げてしずしずと歩く。

この裁判では二回目の登場となる、新生ストロベリー・マーキュリー、デイジーとワッフルの登場である。今日はステージに合わせたのか、二人とも和服姿で、髪も和風に結い上げ、かんざしや笄《こうがい》、櫛《くし》がこれでもかというくらい刺さっていた。

「それでは検察、始めてください」

蜂室検察官は立ち上がり、そのまま証言台に歩み寄ることもなく、「ヤヨイさんに対する思いがあるとのことですが」と言う。

ワッフルがうなずき、

「ヤヨイを思って作った曲です。みなさんの応援のおかげで、ダウンロード数一位に輝くことができました」

と傍聴席に向かって手を振る。歓声で応《こた》える傍聴席。

何のことはない。彼らはまた、二週間前にこの番組で放映されてヒットしている〝YAYOI〟という曲を歌いに来ただけなのだ。一応裁判番組なので「証人」という体裁を取らないと呼べないのだが、番組サイドが正式にネクストパープルにオファーを出して喚問したのである。

暗かった照明の中に、やがて青い光の筋が何本か差してきた。デイジーがそれに合わせてギターを弾き、ワッフルは右手につかんだハンドマイクに向かって歌い出した。

傍聴席のファンたちが、いつの間に配布されていたのか、発光性の棒をゆっくりと振り出した。人工の雪がそぼ降る中、緑の蛍光色が揺れる。それは〝YAYOI〟の調べとともに心にしみていく光景だった。

やがて曲は終わり、法廷中は拍手に包まれた。

「以上で、検察側の尋問を終わります」

と蜂室検察官が言うまで、検察側の尋問だったことを誰しも忘れていた。

「では、弁護人はいかがですか？」

梁川裁判長に聞かれたが、クロコダイルは首を振った。

「それでは、裁判員のみなさんの中から……」

〝ボワピニョーン〟

梁川裁判長の言葉が終わる前からあの音が鳴った。光っているのは悠太の隣――やはり、彼女だった――裁判員四号の席だった。

「四号さん、どうぞ」

「はい」

四号は長い前髪を耳にかけながら、歌いきってもう控え室に帰るだけのつもりのデイジーとワッフルを見据えた。

「お二人は事件後、現場のマンションには行かれたのでしょうか？」

多くのファンを持つミュージシャンに向かって、四号はまごつくこともなくはっきりと質問をした。

「いいえ……」

デイジーとワッフルは顔を見合わせてほぼ同時に答える。四号は再び、質問をした。

「先ほどの歌の歌詞はどちらがお書きになったものですか？」

「わ、私です」

法廷では自分からしゃべることがあまりなかったデイジーのほうが手を挙げる。

「『雪の中鮮やかにトケイソウ』という歌詞があるのですが、ここは何をイメージして書かれたのでしょうか？」

二人は顔を見合わせ、数秒沈黙したが、やがてワッフルが答えた。

「ヤヨイの好きだった花ですので」

「そうですね。その、事件現場にもヤヨイさんが持ってきたトケイソウの花があったことはご存じですか？」

「え……いえ、知りませんでした」

「ヤヨイさんがトケイソウが好きだというのは、いつ知ったのですか？」

「えー……ヤヨイはトケイソウに限らず、花を育てるのが好きで」

それは、資料にも書いてあったことだ。

「まだ売れていない頃、部屋でトケイソウを育てていたことがあって、その……窓際に置いたトケイソウ、外に雪が降っていたのが印象的だったので、それを表したものです……」

ワッフルは目をきょろきょろさせ、肩を不自然にゆすりながら証言する。先ほどまで美声を披露していたのが嘘のように挙動不審になっていた。

〝ボワピニョーン〟

ボタンを押していたのは、二号だった。

「それはおかしいのではないでしょうか？」

彼は四号の質問が終わっていないにもかかわらず割り込んできたのだ。

「トケイソウは熱帯アメリカ原産の植物で、日本での開花時期は夏です。室内鉢植えとはいえ、雪の時期に花を咲かせるとは思えないのですが」

彼の専門はキノコだが、やはり植物一般には強いようだった。

急にそのような事実を突きつけられて面食らったのか、ワッフルは何も答えないまま目をむき出し、額から汗をダラダラ流し、「ええと……」と言いながら着物の胸をせわしなくこすり始めた。デイジーはその横で立ったまま、貧乏ゆすりのように膝《ひざ》をガタガタと揺らしている。傍聴席のファンたちが異様な空気に戸惑い始めている。

「えー、裁判員の方々の質問はこれくらいにしていただきたいと思います」

蜂室検察官がハニービーホイップをびしっと二号に向けて突きつけ、毅然《きぜん》と割り込む。素人《しろうと》どもにはこれ以上口を出させたくないというような威圧的な態度を感じた。

「待ってください、まだ質問は……」

と四号が訴えようとした時、けたたましく番組テーマ曲が流れた。

「はい、ＣＭ入りましたー！」

ＡＤ栗原の声が、アリーナに響き渡った。

# 14　仮説

川辺真帆との間にはいつもより交わす言葉が少なかった。生CMという緊張したシチュエーションもそれを手伝ったのだが、もちろんそれよりもこの間の秘密のドライブデートが響いている。加えて悠太には、あの後、紘奈とやり直し始めたという二つ目の秘密の引け目があるからだ。

とにかくいつも通りナカミードスポーツのスノボウェアの生CMを終え、衣装を着替えてドーランを落とし、第一評議室に帰る。悠太以外の一同はいちはやく支度を整えてテーブルについており、六号が頬杖《ほおづえ》をついてムッとしていた。聞くと、二号や三号や四号がボタンを押してまで質問をしたことに不満らしい。

「ちょっとみんな、出しゃばりすぎじゃない？　あんまりおかしなこと言わないでほしいんだよね。私、もう稲山先生のところでレッスン始めてるんだから、変なイメージつけないでほしい」

「六号さん、それとこれとは話が別でしょう。まずは裁判員としての職務を全うしなければならない」

「そんなの、わかってるわよ！」

六号は不機嫌な様子で腕を組み、二号に対してそっぽを向いた。

「五号さんも帰ってきたことですし、始めましょうか」

梁川裁判長がまとめ、悠太も席に着く。

「みなさんご承知の通り、二週間後の十二月二十四日をもってこの裁判は終わります。ゆえに二週間後、私たちは判決を下さなければならない。話し合いができるのは、今日を含めてあと二回です。しかも、次回は検察側の論告求刑と弁護側の最終弁論のみ。証拠は今日までにほぼ、出そろったと言っていいでしょう」

穏やかな調子はいつもと変わらないが、ついに判決という言葉が存在感を増してきた。

「最終的な結論は次回ということになりますが、現時点での裁判員のみなさんの考えをお聞きしたいと思います。まずは、有罪か、無罪か」

「やったことは争ってないんだから、やっぱりおかしいよ」

前回の議論を蒸し返すようにぼそりとつぶやく六号には、誰も反応しなかった。

「ではまず、一号さん」

「まだよ、かっちり嵌《は》まんねえんだ」

一号はごましおの坊主頭をさすりながら答える。

「先に、教授、言ってくんねえか？」

いつのまにか一号まで、二号のことを「教授」と呼んでいる。

「けっこうです、では、二号さんいかがでしょう？」

二号も、少し困惑した表情をしていた。

「私も科学者の端くれなので、憶測でものを言うのは避けたいのですが……仮説、という言い方なら科学者にも許されるでしょう」

と自問自答すると、

「まず、トケイソウの件に関して、ワッフル証人は非常に不可解なことを口にしました。おそらく虚言です。さらに、あの落ち着きのない態度。目をきょろきょろさせ、そんなに照明が強いわけではないのに不自然なほどの発汗。第三回公判の時のアグネス証人の様子に非常に似ている。あの時は木塚裁判官にたしなめられて言うのを憚《はばか》ったのですが、あれは……」

と一同の顔を眺めた。

「クスリの禁断症状ではないでしょうか」

「なんすか？」

一号と三号が両側から二号の顔を見つめる。

「以前、とある自治体の要請で幻覚性キノコの成分分析をしたことがあり、その関連で覚せい剤の禁断症状についても調べ、過去に常用者だった人物にも会ったことがあるのですが……先月のアグネス証人といい今日の二人といい、ある種の薬物を服用している可能性が強いのではないかと。芸能界、特にロックなどの音楽関係者にはそういうものが蔓延しやすいというのも、自治体の報告で見たことがありますので。詳しいことはもちろん、検査をしなければわからないのですが」

あまりの可能性に悠太は驚いたのだが、三人の裁判官はさして驚いてもいないようだった。二号と同じことを思っていたのかもしれない。

「待ってよ」

六号が資料を開き、あるページを見ながら止めた。

「ヤヨイの遺体からはそんな薬物反応は出てない。『薬物反応なし』って書いてある」

「ええ、私が言いたいのはまさにそれなんです、六号さん」

「え？」

「アグネス、デイジー、ワッフルの三人は薬物を常用していたと仮定します。一人、服用していないヤヨイさんがそれを知ったとしたら？」

六号は眉根《まゆね》を寄せた。

「止めようとするね」

「でも三人、少なくともデイジー、ワッフルの二人は薬物を止めなかった。それどころか自分たちの薬物常用を隠したがった。ストロベリー・マーキュリーとして共に活動している間はヤヨイさんは口外しないだろうが、他事務所に移籍した後、言わないとは限らない。……これは、殺人の動機になりえませんか？」

言葉を失う六号。一号は腕を組みながら思考しており、悠太の横では四号がしきりにうなずいていた。

「トケイソウの名前はきっと、事件当夜、ヤヨイさん本人から聞いて知ったのでしょうね」

デイジーとワッフルには、動機があった……。悠太の心も次第にこの可能性に傾きつつある。

「何度も申し上げる通りこれはすべて仮説ですので、私はまだ、被告人の無罪に手を挙げるわけにはいかない。ぜひ、これに真実味をつけてくれる意見を伺いたいものです」

二号は自分の話を締めくくった。今のところまだ、有罪0、無罪0だ。

「では三号さん、どうぞ」

三号は二号の話に圧倒されていたようで、目を点にしていたが、

「えっと……俺バカで話も下手なんで、何から話したらいいすかね？」

といつもの調子で梁川裁判長の顔を見返した。

「本日の公判で、クーラーのことについて、被告人にお尋ねになっていましたね。あれはどういう意図だったのでしょうか？」

「あー、あれは、おとといの夜、寒さで目がさえちゃって眠れなくって裁判のことを考えていた時に、ふと思いついたんす。犯人は電気を消したのに、どうしてクーラーを消し忘れたのか……じゃなくて、ホントに聞きたかったのは、もっと別のことなんすよ」

「別のこと、とは？」

三号は恥ずかしそうに、出っ張った額のあたりをぼりぼりと掻《か》いた。

「俺、あの夜、初めはクーラー、ついてなかったと思うんすよ」

また突拍子もないことだ。梁川裁判長も怪訝《けげん》な顔で尋ねる。

「なぜ、そう思うのですか？」

「だって、ヤヨイさん、クーラー嫌いじゃないすか」

「一体、どうしてそんなことを知っているのですか？」

資料にはそんなことは書いていない。悠太は細かく読み込んでいる自信はないが、梁川裁判長がこう聞き返すのだから間違いないだろう。

「いやいや、だって、あいつが言ってたじゃないすか」

「あいつ？」

彼の顔を見つめる一同よりさらに不思議そうな顔をして、三号は言い返した。

「何て言いましたっけ？　あのミュージシャン気取りっすよ」

「トチロックさんですか？」

「ユメちゃん、正確にはナイトメア＋ザ＋トチロックだからね」

小篠裁判官に六号が補足する。三号はうんうんとうなずき、その一秒後、全員の目が悠太に注がれた。悠太は反射的に立ち上がり、部屋の片隅のブルーレイプレイヤーに近寄り、リモコンを取る。

やがて再生された「第三回公判・被害者遺族証言」。画面の中で栃尾が証言台についた。

『誠兄ちゃんは、俺にギターを教えてくれた』

蜂室検察官に発言を促され、彼はつぶやく。

『とても優しい兄ちゃんだった。歌もうまかった。夏休みは一緒に過ごした。兄ちゃんはクーラーが嫌いだ。クーラーはロックじゃねえ、夏は汗を流して歌うもんだって』

――たしかに言っていた。

「だからあの夜、ヤヨイさんがあの部屋にいたってことは、クーラーはつけないで窓を開けていたと、俺はそう思ったんすけど、被告人は今日、ヤヨイさんと話をしていた段階からクーラーをつけてたって……やっぱ、被告人の言うことは信用できねえっす」

「あの、三号さん」

今度は、ずっと黙っていた四号だ。右手を軽く挙げている。

「もし、初めは窓が開いていたのだとしたら、犯人はヤヨイさんを殺害後、窓を閉めてわざわざクーラーをつけて現場を後にしたことになりますよね？」

「そうすね」

「どうしてそんなことをしたとお思いなのですか？」

「それがわかんないんで、むしゃくしゃしてるんす」

ふん、と六号が鼻で笑う。

「結局全部、想像じゃん。クーラーだって、初めからついてたんだよ。夏よ？　東京よ？　ヒートアイランド現象、知らないの？」

「でもヤヨイさんは……」

「トチロックがヤヨイと交流があったのはもう十年も前の話！　ヤヨイだって都会暮らしでクーラーに慣れるって！」

　ヒートアップする六号を小篠裁判官が手で制する。

「結局三号さんのご意見は、有罪ですか？　無罪ですか？」

「あ、無罪っす」

　三号は意外なほど軽く言ってのけた。有罪0、無罪1。

「なんでよーっ！」

「被告人はなんか、無理やり有罪になりたがってるっつーか、そんな感じがしました」

「そんな」

「わかりました、では次、四号さん」

　恨めしそうな顔をする六号を遮るように梁川裁判長が促す。四号はこっくりとうなずくと椅子を引いて立ち上がる。

「前回から申し上げている通り、私は無罪を主張します」

「だろうね」

　端《はな》からあきらめているように漏らす六号。有罪0、無罪2。

　四号は顔に垂れた長い前髪をすくいあげて耳にかけた。そして、傍らに置いてあったカバンから、何枚かのコピー用紙を取り出した。

「中学生の長男に手伝ってもらってプリントアウトしたのですが」

と、一同に配り出す。

それは、ネクストパープルの公式ホームページに発表された、社長である紫亭すぱろうのメッセージだった。

日付は十一月二十一日、月曜日。要約すると、「本日、拘置所の野添被告人に会ってきた。かなり憔悴している様子。関係者にはご迷惑をおかけして申し訳ない。近々、ストロベリー・マーキュリーは復活する予定なので応援してほしい」という内容だった。

「この週の土曜日、第四回公判が放送され、証人として出廷したデイジーさんとワッフルさんの二人は〝YAYOI〟を披露し、現在の大ヒットにつながっているのです」

一同は顔を上げて四号を見つめ、うなずく。まだ意図は読めないが、この地味な主婦が、誰しもが気づかなかったことを独自の切り口で言い出すのはもう承知だった。一体これから何を証明しようというのか。

「私はこれが、野添被告人が供述を覆した本当の理由ではないかと思うのです」

「どういうことですか？」

「第四回公判の直前、デイジーさんとワッフルさんが証人として出廷するという内容の電話が、ADの栗原さんからあったのですが、私、その日、二人の息子を塾に送り届けて夕食を主人と二人で食べていたんですよ。息子が二人とも塾に行くのは火曜日しかないので、十一月二十二日の火曜日、つまり、紫亭すぽろうさんが野添被告人に面会に行った次の日ということになると思うのですが」

「たしかに」

四号の話の途中から、ポケットから薄汚い携帯電話を取り出して着信履歴を確認していた三号が間《あい》の手を入れる。

「十一月二十二日の、夜の七時二十八分っすね、俺んとこに電話きたの」

「みなさんも、その日ですよね？」

たしかに。悠太も思い出していた。ＪＢＳレコード新人賞の生放送があった日のことだ。

「だから何だっていうのよ？」

六号は腕を組んだまま、きつい目つきで四号をにらむ。

「デイジーさんとワッフルさんがあの日披露した曲〝ＹＡＹＯＩ〟が、ここまで人気になったのは、あの日、この曲を聴いた被告人が、今までの供述を覆して『自分がやった』と自白したからです」

――野添被告人を「落とした」名曲。確かに、〝ＹＡＹＯＩ〟がもてはやされている理由だ。

「これが仕組まれたものだったとしたらどうでしょう」

四号は背筋を伸ばして、一同の顔を眺めまわした。

「つまり、社長である紫亭さんが面会で被告人に迫ったのです。二人の新曲を公判でお披露目するから、その時に、供述を覆して自白せよと。そうすれば二人の曲に話題性がつくことを見越して。被告人がそれを約束するや否や、紫亭さんは番組サイドと連絡を取り、二人の出廷オファーを承諾した。それで次の日、私たちにその旨の連絡がきたのでは？」

たしかに、タイミングが合う。それに紫亭すぱろうがかなり強引なやり口で業界での業績を伸ばしてきたのは周知の事実だ。悠太の脳裏に、第四回公判で野添被告人が供述を覆す直前まで、傍聴席で一部始終を眺めていた紫亭すぱろうの姿が浮かんだ。あの、人を見下すような目。野添被告人は〝ＹＡＹＯＩ〟のヒットのために、彼にいいように利用された……。

「あのさオバサン。被告人は逮捕された時点ですでにネクストパープルをクビになってるのよ？　なんで自分をクビにした会社の社長の言いなりになるのよ！」

「いや、それは……」

四号は迫りくる六号の勢いに負けそうになる。

「それは、言いなりになってしまいますよ」

サポートしたのは、悠太だった。

「気の弱い人は、辞めた会社の上司に対しては引け目を感じてしまうものです。たとえ無理に自分が辞めさせられたとしても。僕の所属する人材派遣会社の登録者の人には、そういう人が多いものですから」

　今まで幾度となく面接をし、仕事を紹介したにもかかわらず、派遣先でいいように使われた上に切られた登録者たちの顔を思い浮かべながら、悠太は自然にしゃべり続けた。

「悲しいですが野添被告人はコネ入社で、経験もなく、お世辞にも有能とは言えない社員だったみたいですよね。直々に面会に来た社長に、今まで何の役にも立たなかったんだから、これくらいはしろ！　って頭ごなしに言われたら、自分が無罪になることに何の価値があるのか、それよりは一度お世話になった会社のために役に立てたほうがいいんじゃないのか……って、そんな風に思っちゃいますよ」

　と、裁判官たちのほうになんとなく目をやると、三人とも真剣なまなざしで悠太の顔を見つめていた。

「それは、一般市民の感覚ですか？」

　梁川裁判長が意外そうに尋ねた。悠太はうなずいた。

「自分の価値に自信が持てなくて、希望っていうのがなんなのかを見失って、それでも必死に生きてきた人たちの感覚です」

　家事手伝いにはなおさらわからないだろう。六号に向かって言ってやりたかったが飲み込んだ。家事手伝いの六号にこそ、人に見せないもどかしさがあるかもしれないからだ。

「五号さんも、無罪だと思われますか？」

小篠裁判官がまっすぐに目を見つめながら聞いてきた。

「えーと」

そう言われると、自信はなくなる。確かに今までは頭の中で野添被告人に同情していたようだが、それは勤め先の登録者たちの姿に重ねたからであって、審理とごちゃ混ぜにするのはよくない。

「その、拘置所での面会で、被告人と紫亭さんが何を話したかという記録は見ることができるのでしょうか？」

「拘置所の面会に、話の内容の記録というものはないのです」

小篠裁判官がすぐさま説明を始める。

「係官が立ち会うことにはなっておりますが、変なものを差し入れたりしないように見張ることや、決められた時間内に面会を済ませることを目的としているためで、係官が話の内容まで覚えていることは期待できません」

悠太は自分の眉《まゆ》が中央に寄っていくのを感じた。

いつの間にか、審理に真剣に取り組むようになっている自分がいる。一体いつからだろう？　そして、何のためだろう？　被告人のためだろうか？

「無罪です」

そう思った瞬間、口を衝《つ》いて出た。

自分でもわからないほど突発的だったが、少なくとも被告人が自供を覆させられた可能性があるとしたら、それは追及しなければならない。追及できなくても、無罪にしなければならない。

　有罪0、無罪3。

「それでは六号さ……」

「有罪。殺人罪。懲役十五年」

　梁川裁判長が言い終わる前に、六号は量刑まで一気に言った。

「量刑はまだです。理由は？」

「コメントなし」

　そう言ったっきり、六号はふてくされたような表情で天井を見上げる。もう何も言いたくないようだ。

　有罪1、無罪3。

「前回と今回の話し合いで出た仮説を、総合整理してもよろしいでしょうか」

　二号が言った。いまだ結論を出さない彼の手元の公判資料の裏表紙には、ボールペンによる細かい字がびっしりと書き込まれていた。

「まず、デイジーとワッフルは何らかの薬物の常習者であり、ヤヨイにそれを知られており、事務所移籍後に、それを口外されるのを恐れ、殺意を抱いた。あの夜、以前から打ち合わせ場所として使用していたアグネスのマンションでヤヨイと落ち合う約束を取り付け、三人でウィスキーを飲んでいた。そのうち、デイジーのデザインした衣装を着てみろとヤヨイを姿見の前に立たせ、長いマフラーを首に巻きつける。トロフィーを持ち出してヤヨイの後頭部を殴打し、二人でマフラーを使って首を締め上げ、ヤヨイを殺害。トロフィーはその場に残してマフラーを持ち去り、二人は逃走。その後、夜中になってアグネスが帰宅、ヤヨイの遺体を見て取り乱し、弟の野添被告人に連絡。野添被告人はマンションにやってきて、震えたまま口がきけないアグネスを見て、兄が殺したものと勘違いし、自分が罪を被《かぶ》ることにしてトロフィーとバスローブの帯を持ち出して帰宅。アグネスはその後警察に連絡。朝になって野添被告人の部屋に警察が押し寄せ、逮捕となった」

ここで二号は一度、言葉を切った。

「警察・検察の取り調べで野添被告人は自白をした。にもかかわらず公判で無罪を主張し始めたのは、おそらく弁護人・クロコダイル坂下氏が無罪にする自信があると言って押し切ったからでしょう。あの人は今までも様々な裁判番組で無理やり無罪を勝ち取ってきたような人ですから」

「そこだけは、同意だね」

六号が天井を見上げたまま、皮肉っぽくつぶやいた。

「しかし、十一月二十一日の月曜日にネクストパープルの紫亭すぽろう社長が拘置所の被告人を訪ね、デイジーとワッフルの曲に心を動かされたように見せかけて自白を覆すように迫り、被告人はこれに従ってしまった……うん、筋が通っていますね」

二号はそのまま梁川裁判長のほうを向いた。

「では私は、無罪です」

有罪1、無罪4。

「1」の六号がはぁーっとため息をつく。一号もしかめ面のまま、隣の二号の顔を見つめた。

「教授はそれで結論を出すのか？」

「科学の世界では何百年も定説だったことが、ある日新参者の研究者によって簡単に覆されることもある。つまり、科学者の言うことはいつまでたっても仮説にすぎないのです。われわれはどこか、仮説でも結論を出さなければならないことがある。完璧《かんぺき》主義の職人とは違ってね」

二号は誇らしげに言ってのけた。しかしそこには、自分と生き方を異にする者への見下した感情は一切なく、どちらかと言うと職人に対する尊敬の念すらこもっているようだった。

一号はへっ、と笑うと身を乗り出し、

「やっぱり、かっちり嵌まんねぇなあ」

と言ってのけた。

「一番納得できねえのはよ、結局残っちまった、傷と傷との五センチの間隔の謎だ。それによ、頭頂部じゃなくて後頭部ってとこもよ、四号、言い出しっぺのおめえさんは納得できたのか？」

「いえ……それは……」

四号は猫背のまま、消え入りそうな声で返答した。

「おかしいよなぁ、やっぱり、頭殴る時、同じとこ殴るよなあ」

「二本でいっぺんに殴ったんじゃないすか、両手で、こう」

三号が両手を振りかぶって殴るしぐさをした。

「それか、角柱状のものが五センチ間隔に二本並んでいる凶器を使った、とか」

「何よそれ、そんなもの、この世にある？」

角柱状の金属の棒が五センチ間隔で二本並んでいるもの……悠太は目をつぶっていろいろ考えた。そんなもの、あるわけがないと思ったが、何か、出てきそうだった。さらに強く目をつぶる。どこかで……法廷スタジオで、見たことがありそうだ。第何回公判の、何か……。

「うわあぁっ！」

閃《ひらめ》きという言葉を、ここまで物理的に頭に落ちるくらいに感じたことはない。

「あれだったのか」

悠太には、あの傷が何によってつけられたものか、はっきりとわかった。のみならず、デイジーとワッフルが二人がかりで、特殊な方法でヤヨイの首を絞めている映像が、頭の中にはっきりと浮かんで見えた。

……凶器は、トロフィーなんかではない！

悠太はブルーレイプレイヤーのリモコンを握り、震える指で、あの公判の時の映像を選択した。

## 15　推定無罪

悠太が映像の中のそれを示しながら興奮気味に説明を終えると、一同はあんぐりと口を開けて画面を見ていた。

リモコンの電源ボタンを押す。画面は暗くなり、そのまま悠太の仮説を残りの八人が判定するのを待つ、気恥ずかしいような沈黙になった。

「……わりぃ、六号」

ごまし頭をせわしなくさすりながら、突然、一号が六号に謝った。

「このあんちゃんが、かっちり嵌《は》めてくれたぜ。オイラも、無罪だ」

裁判官の三人も顔を見合わせている。悠太の推理が認められたということだ。

有罪1、無罪5。

被告人を有罪とする条件は、「九人のうちの過半数が『有罪』と判断し、かつ、そのうち一人は裁判官を含んでいること」である。裁判員六人のうち五人が「無罪」を主張した今、たとえ三人の裁判官が「有罪」を主張したとしても有罪チームは合計四人。もしこのまま次回十二月二十四日の最終公判まで誰も意見が変わらなければ「九人のうちの過半数が『有罪』と判断し」の部分に反しているため、有罪判決を出すことはできない、つまり「無罪」になるのだ。

野添被告人は、無罪。もうこの結論は揺るぎないように思われた。

「ちょっと待ちなさいよ！」

六号がついに机に手を叩《たた》きつけ、他の裁判員たちをにらみ回した。

「私は、イヤだからねっ！」

「六号さんは、あくまで有罪にこだわり続けるわけですね？」

「当たり前でしょ」

「一体、なぜ？」

「私、舞台女優として、デビューするのよ！」

すごい剣幕で返された二号は、きょとんとしている。悠太にも、六号の言っている意味が分からない。

「あの〝ＹＡＹＯＩ〟って曲は今、すごく人気があるんだから。デイジーとワッフルが音楽界に復活ってことでマスコミもネットも世間も大注目してるし。そんな中で、ヤヨイを殺した凶悪犯だと日本中に信じられている野添被告人に無罪判決を出そうなんて、よく考えられるね、あんたたち。特に、五号！」

　急に名指しされた悠太はびくっと背筋を伸ばす。

「あんたもどうせ、芸能界デビューするんでしょ？　野添を無罪にしたら、すごい叩かれるわよ。ぼーっとした顔して、考えてないでしょ」

「そんなことは、まったく……」

「あんたはいいとしても、私は……私は、イヤだからね」

と、最後は涙声になりながら、六号は顔に両手を当てた。

「私は、短大を卒業してから、何の職業にもつかないで家にばっかりいた」

　手の脇から見える頰も額も真っ赤だ。急に身の上話が始まってしまった。今までの強気なイメージと真逆の弱々しい告白。

「父親が貿易会社で成功してたから、親のすね齧《かじ》り放題で。毎日買い物したり、ネットしたり、テレビ見て遊んで暮らして……何の疑いもなくあくせく働いている同年代の奴ら、バカだと思ってた。大した給料ももらえないくせに偉そうな社会人ヅラして働いて何の希望があるんだよ、どうせそのまま年取って捨てられて結局歯車と一緒だよって、そう思ってた。そんな考え方のまま裁判員に選ばれて、私なんにもしてないのにテレビに出れるじゃんって、有頂天になった」

　手を顔から離すと、彼女はカバンからハンカチを取り出し、涙を拭《ふ》いた。

「それで、テレビで私のことを見た稲山先生に舞台女優にならないかって声かけられて、ますます調子に乗っちゃって。初めて参加したレッスンは、すごく厳しくて……一瞬でくじけそうになった。でも、一緒にレッスンやってる年下の子たちが、どんなに稲山先生に怒鳴られても頑張ろうとしている姿を見て、こういうのも悪くないなって……どんなにバカにされても、不安につぶされそうになっても、必死で夢を追いかけるの、ステキだなって、やっと思えたの」

美しい話だ。だが、これが「有罪」とどうつながるのか。

「せっかく見つけた夢だから、ちゃんと向き合って、どうしようもなくダメでも逃げないでやってみたいの。だからさ、『ヤヨイを殺した野添被告人を無罪にした、無能な裁判員』っていうイメージを持たれたまま、舞台になんか立てないよ。稲山先生にも悪いし……」

「しかし、それはあなたの事情でしょう。これは、野添被告人が起訴されている裁判です」

「わかってるけどさ……こういうのも、『市民感覚』って言えないの？」

諭そうとした二号に、涙目を向ける六号。

気持ちはわからなくもない。だがやはり、あまりにも身勝手だ。こんな理由で、被告人が有罪になっていいはずがない。

するとと意外な人物が、彼女をサポートし始めた。

「どうやら、裁判のテレビ放送の本質を一番理解しているのは、六号さんみたいだね」

頬杖《ほおづえ》をついたまま言ったのは、木塚裁判官だった。

「どういうことでぃ？」

木塚裁判官は腕を組み、一号の顔を見返しながら、ゆっくりと背もたれにもたれかかった。

「刑事裁判がこうして面白おかしくテレビ放映されるようになったのは、国民の司法への関心を引くことと、法教育のことが理由だと思われがちですけどね、実は検察庁による裏の理由があるんですよ」

「木塚さん」

「いいんだよ、小篠。この六人は俺が今まで見てきた中でも、ものすごく頭がよくて自覚のある裁判員さんたちだ。俺が裁判官を辞める前に、教えておいてあげたい」

ひょこっと腰を上げた。自信すら感じさせる不遜《ふそん》な態度に、梁川裁判長も咎《とが》める様子もなく、その姿を見守っている。

「誰かこの中で、『マイアミ疑惑』を知っている人は？」

「知ってるとも、有名な事件じゃねえか」

「あ、それはさすがに、俺でも知ってるっす」

すぐさま反応する一号と三号。悠太もうっすらと、名前くらいは聞いたことのある事件だった。

その後、木塚裁判官が確認するように説明した事件の概要はこういうものであった。

三十年ほど前、若くして財を成した青年実業家Aが元レースクイーンの女性Bと結婚して、新婚旅行へ出かけた。事件は、旅先であるアメリカ・フロリダ州のマイアミで起こった。結婚相手の女性Bがホテルから誘拐され、身代金を請求されたのだ。通報を受けたアメリカの警察はBの救出並びに犯人逮捕に全力を挙げたが、二日後、Bの絞殺死体が川に浮かんでいるのが発見された。

事件は当初、「悲劇の新婚旅行」として日米で大々的に報道されたが、その後、地元の警察によって夫のAに疑いが向けられるようになった。というのも、Aはフロリダの大学に留学経験があり、その頃地元のゴロツキと付き合いがあったのだ。さらに、犯行に使われていたと思われるレンタカーの会社の防犯カメラにAと背恰好《せかっこう》の似ている男が映りこんでいたことなども根拠として挙げられた。にわかに濃くなる疑惑。そんな時、日本のある週刊誌により、Aが事件後、Bにかけていた八千万円もの保険金を受け取っていたことがわかったのだ。マスコミは手のひらを返したようにAを犯人扱いする記事を乱発するようになったが、Aは逆にこれを名誉棄損で訴え、次から次へと賠償金を勝ち取っていった。この傲慢《ごうまん》さから、かつては悲劇の実業家とされていたAは、日本中から疑いの目を向けられることになったのだ。

「……で結局、その後、この青年実業家は保険金と賠償金を持って渡英。現在は元スーパーモデルの女とロンドンで同棲《どうせい》しながら、道楽で映画を撮っているらしい」

そのまま木塚裁判官はなぜか、悠太の顔を見つめた。

「だけど、あの事件は確実にあいつが裏で糸を引いている保険金殺人なんだと、今では言われている。新たな証拠もいくつか見つかって、今アメリカで裁判を起こせば絶対に有罪にできると、アメリカの検察はいきまいているが……まあ、彼は二度とアメリカの地は踏まないだろうね。いずれにせよ、これが、代表的な『推定無罪』の例」

「推定無罪？」

「疑わしきは、被告人の利益に」

悠太がつぶやくと、いつも通りの表情に戻っていた六号が隣で補足した。

「クロコダイルが言ってたでしょ？　どんなに疑わしい被告人でも、証拠による合理的な疑いがない限り無罪と推定されるのよ」

「そうそう。第一次裁判員制度が始まってからというもの、この『推定無罪』判決が多くなってね。みなさんみたいに積極的に被告人が無罪である論理を導き出そうとしてたどりついた結論ではなく、自分の意見で無罪かもしれない人間を有罪にするのが怖いっていう裁判員も多かったようなんだ」

「それは、そうでしょうね」

深くうなずく二号。

「これを苦々しく思ったのが検察庁だ。せっかく証拠をかき集めて起訴しても、市民感覚で無罪にされてしまう。これじゃあ検察の意味がない。その上、焦った特捜部のエリートが証拠のパソコン記録を改竄《かいざん》して無理やり有罪に持ち込もうとしたというバカな事件まで起こってしまって、検察の威厳は地に堕《お》ちたとまで言われた」

「あー、あったかもしんねえな、そんな事件」

一号が天井を見上げた。

「刑事裁判がテレビ放映されるという話が持ち上がった時、検察庁は喜んだ。被告人の罪の深さを視聴者に印象付けることができれば、視聴者の声が裁判員たちに影響を与え、厳罰が下される可能性が高くなるだろう？　忌まわしき『推定無罪』を一掃できる」

木塚裁判官は意地悪く笑う。

「もちろん、殺人や傷害致死、放火の疑いで起訴されて公開放送の裁判にかけられて無罪になった被告人もいないわけじゃない。だが、日本中の視聴者の中に生まれた被告人への憎悪は簡単には拭《ぬぐ》い去れない。結局、被告人の社会復帰は難しくなった。解放された後も自分に付きまとう悪人のイメージを拭い去れず、就職はおろか外を出歩くことすらできなくなって自殺してしまった被告人もいると聞く。公にはされていないけれど」

「そんな……」

裁判員たちは重苦しい沈黙に包まれた。誰も、被告人が無罪になった後の人生まで考えてはいなかったのだ。今まで何をやってもうまくいかず、やっとコネで入れたネクストパープルでもうだつが上がらず、殺人事件に巻き込まれた上、テレビで罪を認めてしまった野添被告人。あの気の弱そうな男が、敵意の目がそこらにある社会に戻され、一体どうやって生きていけると言うのか。

「明治維新による近代法施行以来、この国の裁判の歴史には証拠が不完全であるのに検察の強引なやり方で有罪判決が下った暗く不名誉な事件がいくつもあります。現代の司法に携わる私たちは『推定無罪』の原則を、しっかり守らなければならない」

小篠裁判官が、いつもにも増して真面目な口調で語り出す。

「しかし、それによって新たな人権侵害が生まれているのもまた、事実です」

「ぶっ壊れちまったんだよ、この国の司法は！」

ぐるりと裁判員たちの後ろを周り、自分の席に戻ってきた木塚裁判官は机に両手をついた。

「俺は、現行の裁判員制度を憂う裁判官として、みなさんに聞きたい。野添被告人に無罪を言い渡せば、今後のあなたたちの社会的な評価にも影響が出る。確実に出る。それでもあなた方は本当に、無罪判決を主張する勇気がありますか？」

勇気。

サイケデリックコートの裁判員に選出されてからずっと付きまとっていたかに思われる言葉だった。

一般市民として、テレビで放映される裁判番組に参加する勇気。市民感覚を持って審理に参加する勇気。

そして、今問われているのは、日本中から犯罪者と思われ、自らそれを認めてしまった男を、無罪として再び社会に戻し、そして自らもその社会に帰っていく勇気だ。そんな重責と辛苦の前に、言葉が見つからない。

重苦しい沈黙。

その時、咳《せき》ばらいが聞こえた。

「はなはだ異例ではありますが」

黙って話し合いを見守っていた梁川裁判長だった。

「最終公判で、こちらから何らかの証拠を番組に提出しますか」

「裁判長」

「木塚裁判官。あなたの言うように、この国の司法は壊れてしまったのかもしれない。しかしそんな中でも、いや、それだからこそ、司法に携わる我々は、戦う姿勢を忘れてはいけないと思いませんか？」

穏やかなベテラン裁判官が初めて見せた、何者かへの挑戦の言葉だった。彼は、六人の顔をゆっくりと眺めまわした。

「テレビ放送の裁判の裁判長は初めて続きで、私も戸惑うことばかりでした。しかし、私以上に戸惑っているはずのみなさんがここまで真剣に向き合って結論を導き出したのです。無実かもしれない人間がこうしてやり玉にあげられ有罪にされてしまうのを見過ごしては、裁判官とは言えない」

「しかし、最終公判のプログラムはもう決まっているはずです」

「だから私から、プロデューサーに掛け合ってみるのです」

白髪のその老裁判官が、悠太にはにわかに頼もしく見えてきた。

＊

「ふーん、なるほどね」

すべてを聞いた中林プロデューサーはぶるぶるんと唇を動かしながら空気を出した。

「まあ、筋は通ってるかな……」

面倒くさそうだ。いつも通り横にくっついて入ってきた松尾ディレクターはスマートフォンをいじりながらひゃひゃひゃひゃと傍若無人に笑っている。

「どうでしょうプロデューサー、最終公判のタイムスケジュールのほうを変えて、これらに関する証拠を提出するというのは」

「無理でしょうね」

梁川裁判長のほうを一切見ず、彼は切り捨てた。

「だってもう決まってるもん。論告求刑と最終弁論、今までのダイジェストと、ストロベリー・マーキュリーの歌、そしてＣＳＢのクリスマス新譜の初お披露目でしょ。ＣＳＢ国民審査用紙付きのＣＤ用の曲だから、まあ、みんな釘付《くぎづ》けになるよね」

いやらしく笑うと、彼は続ける。

「みなさんにはその間に評議してもらっていよいよ判決と。それだけでスケジュール、キッキッでしょ。二時間って長そうに見えて短いのよ。それにね、あなた方の推理？っての、よくわかんないけど。ロングマフラーが凶器っていうことなんだけど、それはまずいでしょ」

「なぜです？」

「だって、ナカミードスポーツさん、この秋からカジュアルブランドにも進出したじゃない。今冬イチオシのアイテムがロングマフラーだって、ねぇ、松尾」

「そうすねえ。こないだ広報の戸川《とがわ》さん、言ってましたねえ」

「メインスポンサーさんの押しているファッションアイテムが凶器だなんて、放送できないよ」

何ということだ。スポンサーを持つ裁判番組ならではの障害がこんなところに。しかも、初公判の時から悠太が川辺真帆とともに宣伝を担当してきたナカミードスポーツ。

「しかし、われわれの出した結論は……」

「あんまり正義、正義って、肩肘《かたひじ》張らないの」

反論しようとした二号の発言を、プロデューサーはすぐさま摘み取るように打ち消した。

「視聴者が何を見たがっていると思う？　真実？　そんなものじゃないでしょ。アニキのつてで入れてもらった会社で、あろうことか看板ミュージシャンを殺して、しかも一度は言い逃れまでしようとしたゴミみたいな犯罪者が、どれだけの刑になるか、っていうことでしょ？　どうすんの？　十五年？　三十年？　イブだしいっそのこと死刑いっちゃってくれても、こっちは全然オッケーだけどね」

「ネット上アンケートでは無期が一番人気みたいですけど」

笑いながら、松尾ディレクターはスマートフォンを見つめている。

「わかったでしょ？　あんたたちの言う無罪説は確かに筋は通ってるかもよ。でも、わかりにくいし、スポンサーにも角が立つかもしれない。ＪＢＳはわざわざムエタイとイスラエル柔術のチャンピオンを呼んで対決させるし、テレ月のＴ―１も思ったより注目されてるみたいだし。ウチとしても負けるわけにはいかないのよ。最後の最後に話をやこしくしたあげくの無罪じゃ、視聴率《スウジ》取れないでしょ」

「しかしそれでは、私たちがこうして話し合いをしている意味がないではないですか。テレビによって事実が曲げられてしまっては、裁判の意味がなくなってしまう。司法の邪魔にしかならない」

プロデューサーに圧倒されつつも、梁川裁判長は言い返した。

「はっはー。じゃあ言わせてもらいますが、あなた方司法に、何ができたっていうの？」

ぎろりと、ふてぶてしい目で梁川裁判長を睨《にら》み付ける中林プロデューサー。

「法務省のお役人さんたちが作った、あのつまんない裁判員制度が、国民の目を司法に向けさせることができましたか？　テレビの力を借りずに、国民が積極的に裁判員になりたいと思えるように改革できましたか？　検察官や弁護士に憧《あこが》れる子供を増やすことができましたか？」

梁川裁判長は何も言い返す言葉がないようだった。やはり、裁判番組に関する限り、裁判長よりプロデューサーのほうが優位のようだ。

「傲慢《ごうまん》に聞こえるかもしれないけどね、みなさん。俺に言わせりゃ、人間が人間を裁いてる時点で、すでに傲慢なんだよ！」

中林プロデューサーは一同を威圧的に睨み付けた。

「この傲慢さが、われわれテレビの持つ本質と合致してうまくいったんだよね。そりゃそうだ。日本人は本質的に傲慢にできてる。こいつなら公然といじめてやっていいんだっていう相手が出てくるのを、心の底から望んでいる。そのお手伝いができるのがテレビでしょう。この国の正義を作るのは、テレビなのよ。ねー、わかるでしょ？　みんな、テレビ大好きなんだから」

「日本国憲法第七十六条第一項」

その時、静かな声が遮った。

「すべて司法権は、最高裁判所及び法律の定めるところにより設置する下級裁判所に属する」

声の主は、小篠裁判官だった。

中林プロデューサーは少しの間きょとんとしていたが、また意地悪く顔を歪《ゆが》め「司法権の独立？」と聞き返した。

「いいですよ、もちろん無罪判決でも」

「逆にアリかもしれないっすよね。逆に」

松尾ディレクターもニヤつきながら、顔をシェイクさせるように必要以上にうなずいた。

「ただ世間的にはみんな野添がやったって思ってるから、野添の社会復帰はまずむりー。そしてあんたがた裁判員も、世間からバカ扱いされてしゅーりょー。怖いよ、テレビの作ったイメージを信じ込んでいる一般人ってのは」

「うんうん、逆にアリっすよ。意外性があるもの」

「せっかくＣＭに出させてもらったビッドルシリアルさんには申し訳が立たないかもしれないけどね。ナカミードさんから訴えられた場合は五号くん、番組サイドは一切無関係ってことになるんでヨロシク」

「え……」

悠太は背筋が凍りつく思いになった。無罪判決を出すことでスポンサーへの迷惑がかかったとしたら、この三か月間自分がＣＭ出演をしてきたナカミードスポーツにも迷惑をかけることになり、最悪の事態も考えられるということだ。

「ま、いずれにせよ、そっちからの独自の証拠提出の時間はとれませーん。判決はご自由に。身の振り方もご自由に」

ふんふん、と満足げに笑うと、中林プロデューサーはもうこちらの言い分など聞かないというようにさっさと部屋を出て行こうとした。

「あ、そうだ」

立ち止まり、一同のほうを振り返る。

「バラエティ班の三宅Pからオファー受けてたんだった。君たち裁判員六人、『新生！ソーマ帝国』年末特番のゲストに決まったから。来週土曜の収録日、予定空けといてね」

## 16　いざ、芸能界へ

焼きそばの具はキャベツと玉ねぎ、それになぜか魚肉ソーセージであり、しかもキャベツは芯《しん》がこれでもかというくらい入っていてソースの味はやたら濃い。紘奈は料理が下手くそだとつくづく思う。例のたくわんだけがやっぱり、悠太の心を満たしてくれた。

実家から東京に帰ってきてからというもの、紘奈はすっかり普通の大学三年生らしく就職活動に精を出し始め、エントリーシートなども気合を入れて書いているようだ。法学部なのでその合間にも授業に出て単位を稼がなければならず、慌ただしい生活にだいぶストレスが溜《た》まってきているようだった。悠太は悠太で先日の公判以来、テレビ業界に対するうっぷんが溜まっているが、もとより口外もできないし、その上仕事での悩みはいつも通りあるし、さらに紘奈の「私って、何の役にも立てないのかなー、自信なくしちゃうなー」という就職活動に伴うネガティブな弱音を聞かされて精神が参りそうになっていた。

今日は久しぶりに、西武線沿いの紘奈の学生マンションで夕食だ。一時期は多く待ち構えていた記者のような人影も、今はすっかり消え去っていた。

紘奈はさっきからずっと、テレビに見入っている。

スコココーンというういかにも安っぽいゲームのような電子音がした。エアホッケーで、ＣＳＢ法廷８の永沢萌香が裁判員三号を破った音だ。

『あーっ、もえちゃん、意外と強い！　これで三人抜きです』

ヨーロッパの王侯貴族のような恰好《かっこう》をした司会の相馬《そうま》ユキヲという人気男性タレントが興奮して進行する。そして、画面の中には悠太が出てきた。

「がんばれ、裁判員五号！」

紘奈はインスタントみそ汁の入った器に手を添えたまま、わざとらしく叫んだ。恥ずかしい。

「やめろよ、どうせこの後……」

「ちょっと、先に言わないでよ！」

悠太は肩をすくめる。

さくらテレビ月曜七時から放映中のこの人気番組は「新生!ソーマ帝国」というバラエティ番組だ。毎回六人一組の一般人チームが二組、アトラクションゲームを通じて対決し、勝ったほうがボーナスゲームに挑戦して商品をもらえるというよくあるスタジオをテーマパーク化したような番組である。

今回は年末の特別回ということで、赤いジャージのCSB法廷8チーム(朝霧ともなと伊達りりこは観客席で応援)と白いジャージのサイケデリックコートの裁判員チームが対決することになり、先週の土曜に悠太も参加して収録されたものが、今まさに、テレビで放映されているのだった。

第一ゲーム「耐久、泥まみれぐるぐるイントロクイズ」ではテレビ慣れしているCSBチームが勝利、第二ゲーム「日本一周、ビリビリ電気ショック名物あて」では二号の博識さと四号の抜群の勘で裁判員チームが逆転、第三ゲーム「からくり! 忍者屋敷ボウリング」でCSBチームが追いつき同点、いよいよクライマックスの「勝ち抜けギャラクシーエアホッケー」である。宇宙空間を模した、さまざまな障害物が散在する巨大な台の上で先鋒《せんぽう》から順にエアホッケーを戦い、負けたら選手交代、最終的に相手チームの大将を負かしたチームが勝利という勝ち抜き戦だ。

序盤は裁判員チームががんばっていたが、CSBチームの副将、文芸キャラの永沢萌香が意外と上手《うま》く、二号、三号、四号と負け続けてしまった。それで、副将(単純に番号順でそうなってしまっただけなのだが）の悠太が出てきたのだ。

　――それにしても、こないだ中林プロデューサーに頭ごなしに言われてテレビ業界に反発心を抱いたというのに、その一週間後にみんなでこんなお祭り騒ぎのバラエティ番組に出場し、結構いいチームワークを見せながら楽しんでいる……。

　永沢に弾《はじ》かれたパックが、ぴこん、ぴこんと冥王星《めいおう》、土星にぶつかって悠太のもとへすべってくる。無我夢中でそれを弾くと、緑色のぶよぶよした火星人にぶつかってスピードが緩み、永沢のもとへ。永沢はチャンスとばかりに勢いづいてスマッシャーを振る。と、不規則な動きをしているパックはすっと右へずれ、そのままＣＳＢチームのゴールに入っていった。

　スコココーン！

『あーららららら、ここでもえちゃん、自滅。残念、もっと見たかった』

　画面の中で悠太はガッツポーズをしていた。ＡＤにあおられ、観客席が拍手をする。

永沢萌香は「むーん」と、残念そうに唇をかんで退き、次のチームメイトとハイタッチをして交代した。

　出てきたのは、ＣＳＢチームの大将。もちろん、川辺真帆だ。

『ついにまほっち登場！　あっ、まほっちと五号さんと言えば、サイケデリックコートの生ＣＭでも抜群のコンビネーションを見せているお二人ですが、どうですか、こんな対決をすることになるなんて』

『ははは、五号さんはちょっと本番に弱いところがあるんで、負けないです』

赤いジャージに身を包んだ川辺真帆は悠太の顔を見据えながら意味ありげにそう言ってのけた。今や視聴者の間でも常識になっている、初公判での悠太の失態について「イジって」いるのだ。

『そんなことないですよ』

『コロラド州で開発された、新時代撥水《はっすい》技術の名前は？』

『えーっと、TPフェリメ……』

『フェメラリン・ディワール加工、です。もう、しっかりしてください』

悠太は自然と答え、わざと間違えていた。見守る観客席から笑いが漏れる。……いつのまにか、テレビ番組向けの自分を作る技術を身に付けているようだった。川辺真帆からのネタフリという状況が、より安心感を生み出しているのかもしれなかった。二人で顔を見合わせ、胸のあたりが熱くなる。そのまま、先日のドライブデートと、彼女と唇を重ねた事実が悠太の頭によみがえる。そんな収録だった。

そして今、恋人と二人でこの収録のことを思い出しながらオンエアを見ているというのは、なんとも特異な経験だ。

『えー、お二人とも。そのメーカーはこの番組のスポンサーではないので、そこらへんで』

相馬ユキヲが茶化しながらまとめて、二人のエアホッケー勝負となった。

川辺真帆がすっとパックを滑らす。悠太は思い切り打ち返した……はずが、先ほどと同じぶよぶよの火星人にぶつかり、もう一度ふらふらと自分のほうにもどってきた。ああ、もう一度打ち返さないと、と思った瞬間、台の脇からキュイーンキュイーンと出てきたアダムスキー型ＵＦＯにぶつかり、パックの軌道が不意に変わった。あまりに不規則な動きに対応しきれず焦っているあいだに、パックは悠太の手元をするりと抜け、ゴールへ入ってしまった。

スコココーン！

『裁判員五号、痛恨のミース！　やっぱり本番に弱かったーっ！　これで大将戦となります』

収録中は自分でも気づいていなかったが、カメラを意識して顔をぐしゃっとさせて頭を抱えている。無意識のうちに大げさなリアクションを取ってしまっていた。

「あーあ、ふがいない」

紘奈は笑いながら、焼きそばをずるずるとすすった。

「けどホント、タレントみたい」

＊

その「新生！ソーマ帝国」の収録があった日のことだ。

収録後、悠太は『裁判員チーム様』との紙が貼られた楽屋で他の五人と弁当をつつきながら話をしていた。六人の他には誰もいない。

「先日の放送以来、ちょっと下の子がクラスでいじめられるようになったのですが」

四号が俯《うつむ》いたまま、暗い話を始める。

先日の放送というのはもちろん、第五回公判のことであり、裁判員質問の時に、デイジーとワッフルに詰問して焦らせたシーンが、一部の視聴者から反感を買ったらしいのだ。

新生ストロベリー・マーキュリーとして新しい一歩を踏み出そうとしている二人に、素人《しろうと》の裁判員が何を強い口調で質問するのだ、自粛しろ、という空気がファンの間でも立ち込めている。

そして、四号の息子の通う小学校でもその影響が出た。もともと四号は地域でも目立たない地味な主婦だ。それがサイケデリックコートの裁判員に選出されて隔週でテレビ出演することで周囲の主婦グループからは羨望《せんぼう》とねたみの目で見られるようになった。そこへきてこのあいだの裁判員質問。「あの子のお母さんがデイジーとワッフルをいじめた」という雰囲気をキャッチした主婦たちは自分の子どもたちにそのイメージを叩《たた》きこんだのだろう。放送のあった翌週から、四号の息子がいじめられるようになったのだという。

「この番組で挽回《ばんかい》できたでしょうか?」

「まあ、大丈夫でしょ。ＣＳＢ法廷８のみんなもああ言ってくれたんだし」

六号が笑いながら励ます。

結局、川辺真帆と六号のエアホッケー大将戦は、六号の運動神経の悪さが災いしてあっさりと負けてしまった。しかし司会者の相馬ユキヲも「惜しみない拍手を」と言ってくれたし、ＣＳＢ法廷８のメンバー全員が「裁判員さんたちは頑張っていますので、みなさん応援してあげてください！」と声をそろえてくれた。

「本当に、ありがたいことです」

四号はうなずいた。ＣＳＢ法廷８がテレビで「応援してあげてください！」と言っているのを見たら、いくらいじめっこの小学生たちでもコロッと態度を変えてしまうに違いない。この国の子どもたちに対するテレビの影響力は、半端じゃないのだ。

「でもほら、野添に無罪判決を出したらまた、叩かれるんじゃないすかね」

面白くなさそうに言ったのは、三号だ。

「こないだの放送の次の日、アニキに呼び出されて『お前ら裁判員は、証人をいじめるのが仕事じゃねえだろ』って頭ごなしに言われて、俺、頭来ちゃって『何にもわかってないくせに！』ってアニキに言い返してやったんすよ。それで、大ゲンカしちゃって」

「三号さん、事件についてわれわれが考えていることを漏らしたりはしていないでしょうね？」

「それはわきまえてるっす。でも俺、あんなに世話になってるアニキに口答えしたの、初めてで……この上、野添を無罪なんかにしちゃったら、もう次の仕事に誘ってもらえねえんじゃねえかって、心配してるんすよ」

この悩みは一号や二号にも共通するものであるらしかった。

一号は得意先の家具職人に「あんまりでしゃばるんじゃねえ」とお叱りを受けたようだし、元来テレビなどという俗物にあまり興味を示さないはずの二号の学会仲間も、何人も電話で意見を言ってきたらしい。

悠太の職場の同僚はそんなに態度は変わらなかったものの、あの吉木という下品な後輩だけが「生野さんのお仲間っつーか、裁判員の人たち、勇気ありますよねー。テレビの人気者をあそこまで追い詰める素人、俺、見たことないっす。俺なんかは、デイジーだとかワッフルだとか気持ちわりいくせに調子乗ってるバカミュージシャンが、あんなふうにたじたじになっちゃうの、ザマーミロって楽しく見てるんですけど、世間的にはそうはいかないっしょ。生野さんも気をつけてくださいねー、へへへ」と興奮気味につばを撒《ま》き散らかしながら、いつものうどん屋で喚《わめ》き散らしているのを苦々しく聞いていた。……自分にも影響があるかもしれないのは事実だ。

そんな中ただ一人、ここへきて無罪判決に乗り気なのが、意外なことに六号だった。

彼女は自分を見出《みいだ》してくれた演出家、稲山夏夫に、話し合いの内容は一切語らないまま「世間から嫌われたままの初舞台になるかもしれない」と相談したのだそうだ。すると稲山から「舞台女優は客に好かれようなんて思ってはいけない」という強烈な言葉が返ってきた。「私は、君を好かれる存在にしたくてスカウトしたのではない。嫌われたならそれが君の持っている性分なのだ。嫌われて嫌われて嫌われぬきなさい。そこに、君の女優としての光がある」。いかにも舞台人らしい激しくひねくれたアドバイスだったが、これが六号の心を撃ち抜いたらしい。一週間ぶりの六人集合となったこの楽屋に現れるなり、彼女は「やっぱり私もむざーい！」と上機嫌で言い放ったのだった。

「とにかくさ、自分たちの結論に自信、持とうよ」

弁当のおかずのハンバーグの最後の一切れを食べてしまうと、彼女はケタケタと笑った。

「だいたいさ、オバサンが初めに言い出したんじゃん、トロフィーは怪しいって」

「それは、そうなのですけど」

「六号さんはそれでいいかもしれないっすけど、俺らは、裁判員終わったらまた、日常が待ってるんすよ」

三号の弁当はまったく手つかずのままだ。本番中は白ジャージに身を包んでかなりハッスルしていたのだが、こうしていつものアロハシャツに戻ってため息をついている彼を見ると、何ともいたたまれない。

真実よりも視聴者の期待。正義よりも視聴率。

――ぶっ壊れちまったんだよ、この国の司法は！

重苦しい沈黙の中、悠太の脳内に木塚裁判官の声が響いた。

その時、扉がノックされて開いた。

「いやー、お疲れさまお疲れさま」

入ってきたのは先ほどまできらびやかな王侯貴族のマントを羽織っていた相馬ユキヲである。スタジオでは若々しく見えていたが、四十代も後半のいい中年だった。

「ちょっと、五号さんいい？」

相馬は手招きをした。悠太は不思議に思いながらも、誘われるままに廊下へ出た。

そこに、見知った顔がいた。

「拝見させていただきました、今日の収録」

島田プロダクションの大隅だ。相馬もにこにこしている。

「うちの相馬も、ぜひ五号さんをタレントにと言っています」

「え？」

「あ、俺、島田プロ所属なのですよ。大隅にもいろいろ世話になっててさ、ほら、いくらスカウトしても五号さんが契約してくれないって、嘆いていて」

そういうことだったのか。

「うちの事務所はいいよお。保障もしっかりしているし、給料も固定給にプラス出来高だし、なんてったって、いろんな業界に強い。その気になりゃ、音楽方面に進出もできるし、裁判員出身ならワイドショーのコメンテーターもありだ」

相馬は笑顔を固定したまま、話し続けた。

「俺なんかさ、もう十五年前か、オーディションでモノマネして入れてもらって、そのままいろんな番組に出させてもらって、気づいたらもうお茶の間の顔だもの。とにかく営業部に任せておけば間違いないから。ね、入っちゃおう五号さん。女性受けする顔だからうまいこと売り出してもらって、ハリウッド狙っちゃおうよ」

大隅は必死にうんうんとうなずいてる。

悠太も迷いながら、半分以上覚悟を決めつつあった。

これから出そうとしている判決により、世間が自分たちに与える評価を和らげる方法は、悠太が芸能界デビューをして人気を勝ち取る他にないのではないか。一号や二号、三号、四号が世間の色眼鏡を逃れて日常を取り戻すためには、自分が芸能人として「あの判決は間違っていなかったのだ」と言い続けるしかないのだ。

「あ、生野さん」

思わぬ癒やしの声が、廊下の奥から聞こえた。私服に着替えてあの赤いフレームのメガネをかけた川辺真帆が、角から顔をのぞかせて手を振っていた。

「相馬さん、今日はありがとうございました。ずっと出たかった番組だったので嬉《うれ》しいです。しかも、裁判員さんたちに勝てたし」

「いやいや、僕もね、CSBのみんなとは仕事したいなと思ってたから。これからもがんばってね」

「どうもありがとうございます」

川辺は相馬に愛嬌《あいきょう》を振りまきながら近づいてきた。そして悠太の肩にぽん、と右手で触れると、

「あとで楽屋に来てください。ちょっとお話、しましょうよ」

そのままくるっと回れ右をしてすたすたと去っていき、「お疲れ様でした」と角を曲がっていった。

「可愛くなったよね、まほっち。彼氏、いんのかな？」

見送りながらつぶやく相馬。悠太は背筋から汗が出そうになった。

「JBSの賞、獲《と》っちゃってからますますハクがつきましたよね」

「ねえ、それにしても偶然だよね。あのストロベリー・マーキュリーも二年前に獲った賞だよね、JBSレコード新人賞って」

「え？」

悠太は思わず、相馬の顔を見つめた。

「どうしたの？」

そうか……あのトロフィー！

その瞬間、悠太の頭の中に一つの可能性が浮かんだ。

「すみません、失礼します」

悠太は頭を下げ、川辺真帆の楽屋を目指して歩き始めた。

「生野さん」

背後から大隅が呼び止める。

「最終公判の日、契約関係の書類をそろえて東京地裁にうかがいますから。どうぞ前向きに考えておいてください」

最終公判にはハンコを持参しなきゃと、悠太は思った。

＊

悠太の目の先には紘奈の部屋の棚。法学の教科書と、ポケット六法が並び、その脇には会社資料の封筒がいくつも乱雑に差し込んである。この部屋で、「読んだだけで元気になれるような法律はないのか」などというバカな質問をしていたのがはるか昔だ。

「紘奈」

悠太はテレビにかじりついている紘奈に声をかけた。

テレビの中では川辺真帆が作り物の馬に乗っている。ボーナスステージ、「流鏑馬《やぶさめ》回転アーチェリー」。動くボードの「１００万円」に刺さるかどうか……。

「ちょっと待ってよ」

川辺真帆の放った矢は、「キジの剥製《はくせい》」に刺さった。

「なーにー？　キジの剥製ってー。だっさー、いらなーい」

なっはは、と笑い出す紘奈。

「紘奈、ちょっと聞いてほしい話があるんだ」

「何？」

悠太の真面目な口調に、紘奈もようやく顔をテレビから離した。

「俺、裁判終わったら、転職する」

「転職？」

「島田プロダクションと契約しようと思ってるんだ」

えっ、と紘奈は目を瞠《みは》った。

「それって、芸能人ってこと？」

「ああ」

「ふーん」

紘奈はさして問いただすようなつもりはないように見えた。

「私がこんなに苦労してシューカツしてるのに、悠太はそうやって簡単に、次のステップに行っちゃうんだね」

「え……？」

「なんだか、やな感じ」

法学に詳しいとはいえ、やっぱり、社会人経験のない学生だ。そう思ってしまった。

「そんな言い方、ないだろ？　俺だって真面目に裁判に取り組んで……」

慌てて言葉を飲み込んだ。このままいくと、野添を無罪にすることをしゃべってしまいそうだ。

「裁判に真面目に取り組んでるのと、芸能界入りと、どう関係あるの？」

「それは……裁判員は独立して職務を遂行しなきゃならないから、言えない」

「ふん、偉そうに」

テレビに帰っていく紘奈。

その背中との間に、壁が見えた。せっかく戻りつつあった関係も、もう決定的に終わりかもしれない。

自分には川辺真帆が待っていると、本気で考えてもいいのかもしれない。いや、そう考えるべきなのだ。

——生野さん、クッキー好きですか？

この間、収録後、楽屋に行った時に川辺真帆が尋ねてきた言葉。CSB法廷8の楽屋は、悠太たちとは違って一人ひとり別だった。

——私、焼いていきますから。

それまで衣装ケースの上に置かれた「キジの剝製」に目をやりながら恥ずかしそうに話していた彼女だったが、顔を上げて悠太を見つめた。

——最終公判が終わっても、また生野さんと仕事できること、楽しみにしています。

そして悠太の顔に自分の顔を近づけ、頰にキスをしてくれた。

これが決定打だったのではないか。

始めたばかりの就職活動にもうイライラしている甘ったれ学生の紘奈に比べ、高校を卒業後すぐに就職して社会経験を積み、その後裁判員に選ばれて芸能界入り、裁ドルとしてさまざまな現場でろくに休みも取らず働いて、それでもまだ笑顔と法教育の使命を忘れない川辺真帆のほうがずっと魅力的だ。裁判員出身芸能人カップルなんて、シャレているかもしれない。

今のうちに民法の婚姻に関する部分を勉強しておこうか。

「じゃあ、俺、帰るわ」

悠太は立ち上がった。こたつの上には、食べ残した焼きそばが載っていた。

「ふーん。じゃあね」

紘奈は、泊まっていけば、とは言わなかった。

もとより、悠太には帰ってやるべきことがあった。こんなことなら、わざわざこの部屋に来ずに、家で作業を進めていればよかった。

その後、代々木の自宅に帰った悠太はノートパソコンを立ち上げると、使い慣れていないワープロソフトであるテキストを打ち込み始めた。

途中、学生時代のレポートを思い出し、小篠裁判官の話を思い出した。彼女が勇気をもらったのは、日本国憲法の第何条だっただろうか？　もらったポケット六法を引っ張り出し、思い出しながら条文を探す。

第九十七条だった。

難しい条文。だが、小篠裁判官のように勇気をもらった気になる。そしてまた、キーボードを叩《たた》きはじめる。

すべてが完成したのは深夜三時のことだった。

## 17　イブの朝

クリスマスイブのその朝、悠太はタクシーを使った。膝《ひざ》の上にはコンビニで買ってきた大きな荷物がある。

大きく深呼吸。いよいよ、今日だ。川辺真帆に頼んでおいたことは大丈夫だろうか？東京地裁正面玄関に陣取っているCSB法廷8ファンたちとストロベリー・マーキュリーのファンたちを横目に、通用口まで乗り付け、いつも通り通行証を見せて中に入る。

長い廊下を抜けて第一評議室の扉を開けると、そこには想像しなかった奇観が待ち受けていた。裁判官の三人はおらず、悠太以外の五人の裁判員がそろっている。

「うわ、あつっ。跳ねる！」

六号が叫んでいる。その前には携帯ガスコンロが用意され、その上に載せられた鍋《なべ》の中では熱せられた油がぴちぴちと音を立てていた。

「思い切っていかないと」

「だって私、こういうのやったことないんだから」

二号にせっつかれて、六号は不満げにふくれっ面をした。その横では四号が手際よく、小麦粉を溶いた液に何かを浸している。

「おはようございます」

「おお、メリークリスマス、五号さん」

「なんですか、それ？」

「グリフォラ・フロンドーサですよ。今季は非常に出来が良かった」

二号はすかさず、学名を返してくる。

「マイタケです……」

四号が笑いながら口添えした。

「まあ、皆さんとお会いするのも今日で最後ですしね。キノコを研究していた変な男と裁判員をやったクリスマスイブの思い出を残してもらいたいと思ったものですから持参させていただきました。天ぷらでいただきましょう」

「二号さんらしいっすよね」

まな板の上に載せた立派なマイタケを切りながら、三号がうひひと笑った。それにしても、「今日で最後」というフレーズには、どこか寂しいものがある。

「なんでイブにマイタケの天ぷらなのよ！」

六号はそんなことは全然気にしていないようだ。

「いやよっ！　やっぱりイブはケーキじゃなきゃっ！」

ビッドルシリアルのコマーシャルのフレーズをもじって六号が叫んだので、一同は大笑いした。

「あの」

と、悠太はコンビニで買ってきた袋を顔のあたりまで上げる。

「僕、買ってきましたよ、ケーキ」

その後裁判員たちはマイタケの天ぷらと悠太の買ってきたケーキでささやかなクリスマスパーティーを開いた。悠太はその間、自分の立てた計画について話した。

「そんな計画が、成功するかな？」

「生放送ってのは、やったもん勝ちなんですよ」

初公判で失態をした自分に中林プロデューサーがかけた言葉を自虐的に使ってみたが、誰も気づいてくれなかった。

「だいたいあんた、いくらまほっちと生CM一緒にやってるからって、こんなお願い、聞いてもらえるの？」

悠太はためらったが、思い切ることにした。どうせ今日で最後なのだ。

「実は僕、彼女と付き合っています」

あまりの発言に、全員、きょとんとした。そして、大騒ぎした。

付き合っているというのは、今のところ、まだ嘘だ。だが彼女の唇は知っている。もう付き合っていてもおかしくない関係である。

それに、紘奈とは事実上、終わったと言っていい。

あの日以来何往復かメールのやりとりはしたが、どうも心が通じ合っている感じがしないし、昨日の夜、ついに紘奈のほうから「もう、私たち、無理かもね」という一文が来たのだ。悠太はこれには何も返信をしなかった。

裁判に忙しくなって彼女の就職活動の悩みを聞いてあげられなくなった自分のほうが悪いのかもしれない。慣れない就職活動でイライラして気持ちを通じ合わせようとしない彼女のほうがいけないのかもしれない。とにかく、タイミングが合わなかったのだと思う。恋愛は、付き合い始めも別れるのもタイミングなのだ。特異な状況にせよ、自分と紘奈はタイミングが合わずに別れる運命にあったのだと悠太は思っていた。

案の定、六号が根掘り葉掘り聞いて来ようとしたが、とにかく、メールアドレスを交換し、忙しいスケジュールの合間を縫って一回デートをし、そういうことになった、と結末だけフィクションのストーリーを話し、最終的に携帯電話に残された川辺真帆のメールと、千葉の自然公園で二人で頰を寄せ合って撮った画像を見せて納得させた。

「五号、あんたすごいね……」

六号は口をあんぐりと開けて首を振っている。

「こうなったらよぉ、五号の言うとおりにするしか、ねぇんじゃねぇか？」

一号は乗り気のようだった。

「俺も、賛成っす」

うひひと笑いながら、三号も同意した。他の二人もうなずいている。

考えてみれば、不思議な縁で集まった六人だった。共通点は東京に住む二十歳以上の男女ということだけだ。

この三か月、戸惑いながらも世間が注目している裁判に向き合い、世間に左右されることなく一つの結論を出した。国民の中から無作為に選ばれた裁判員が、刑事裁判に参加し、判決に市民感覚を反映させる……裁判員制度の本来の目的は、確実に果たせつつあるように悠太には思えた。

まさか自分がこんなに真面目に制度のことを考えることができるなんて、以前は考えられないことだった。

裁判員になって、よかったのだ。

そしてこれを、人生を変える契機にするために、必ず成功させないと。

「じゃあすみません、少しの間、席を外させていただきます」

悠太はそう言い残し、第一評議室を出て行った。

まだ九時前だった。悠太にはまだ、本番前に大きな仕事が残っている。

＊

「おはようございます。ごめんなさい、遅れて」

誰もいない衣装室で待っていると、川辺真帆がやってきた。悠太がメールで呼び出したのだ。

いつか、彼女の福井の元恋人のことを聞いた長椅子に、また二人で腰かける。

「例のものは、持ってきてもらえましたか？」

「はい。だけど、どうして？」

悠太は答えず、家でプリントアウトしてきた「計画書」を彼女に渡した。

川辺真帆はしばらく不思議そうにそれを読んでいたが、

「これは……」

と、絶句し、怒ったように悠太の顔を見た。

「違法です！」

計画書を悠太に突き返す。

「残念です。生野さんがこんなことをするなんて。それに、私たちの秘密まで」

「これは、ＣＳＢのみなさんにしか、できないことなんです」

「裁判員法第九条第二項に、『裁判員は、第七十条第一項に規定する評議の秘密その他の職務上知り得た秘密を漏らしてはならない』って書いてあります。そしてこの、『第七十条第一項』っていうのは、『構成裁判官及び裁判員が行う評議並びに……』」

法の遵守にこだわる川辺のこの反応は、悠太も想定内のことだった。

「わかっているんです。でも、おかしいと思いませんか？　潔白の人がきちんと無罪になったのに、犯罪者扱いされたまま社会に戻っていかなければならないなんて」

川辺は裁判員法の暗唱を止め、悲しそうに俯《うつむ》いた。

「裁判員に選ばれて戸惑っている頃、法律に詳しい友人に、僕、聞いたんですよね」

紘奈の顔を明確には思い浮かべない。

「小難しいだけじゃなくて、人を元気にさせるような法律はないのかって。だけど、法っていうのは国家が国民に制裁というプレッシャーを与えて、社会がうまく回ることを目的にしているものだから、別に人を元気にさせる必要はないんだって、そう返されちゃって……司法っていうのは人を元気にはできないんだって、僕はそう思ったんです。でも川辺さんたちは違う。CSB法廷8はこんなに国民を元気にして、それどころか、法教育まで推進している。司法が人を元気にさせられないはずはないってことを僕に教えてくれたのは、みなさんなんですよ」

悠太は体勢を変えて、川辺の顔を見た。

「この紙は、僕が勝手に書いて、僕が勝手に落として、川辺さんが偶然拾って見ただけ。これなら違法にはなりません」

「だけど、悪意です」

「そんなに悪いことじゃないと思います」

「あ、いや、法律での『悪意』っていうのは……」

「被告人を救えるのは、僕たちしかいないんです」

再び法律の話を始めようとする川辺真帆を無理やり遮る形で、悠太は自分が吐いたとは思えないような強い言葉で押し切り、川辺の両肩をつかんだ。

「僕だけじゃなくて、六人全員が同意しています」

かつて自分も裁判員だったことのある川辺真帆の心が傾いていくのを、悠太は感じた。裁ドルたちだってもとは一般人だったのだ。司法に巻き込まれ、法の大切さを知り、これによって人を救いたいというように変わっていった過程は、誰よりも理解してくれるはずだった。

「もし私が協力したら」

川辺真帆は涙もこぼれそうな瞳《ひとみ》だった。

「生野さんは私の気持ちに応《こた》えてくれるんですか」

悠太はとっさに彼女を抱きしめた。

その瞬間なぜか、さっきは浮かばなかった紘奈の顔が浮かび、両手には紘奈の体温がよみがえった。

悠太の腕の中でこわばる川辺真帆。しかし悠太の気持ちとは逆に、固い体は信頼へと溶けていく。

「……大丈夫です。私に任せてください」

悠太の肩に押し付けるように、川辺真帆はそう言った。揺れた。どうしてここまで揺れてしまうのだろうと悠太は不思議だった。紘奈。その名前、その顔が頭にちらついてしょうがない。

……今はとにかく、裁判員として自分ができることをするまでだ。

「テキストデータも川辺さんのケータイに送っていいですか？」

川辺は口元に笑みを浮かべ、こっくりとうなずいた。

## 18　最終公判

舞い落ちる雪。レンガ模様の傍聴席にきらめくイルミネーション。関係者の登場扉の脇には大きなモミの木がそびえ、長靴をはじめとしたクリスマスの飾りを纏《まと》っている。

サイケデリックコート「ストロベリー・マーキュリー殺人事件」、最終公判。

裁判官・裁判員の席。九人はもちろん、サンタクロースの恰好《かっこう》をして座らされていた。

アリーナ中央の証言台近くに歩み出た柴木アナウンサーはトナカイの着ぐるみを着込み、鼻を赤く塗っていた。

「それでは本番参りまーす！」

ＡＤ栗原の声が響き渡り、悠太は背筋を伸ばす。煌々《こうこう》と照りつける照明。千人の傍聴席の観客たち。最前列にはストロベリー・マーキュリーのコスプレファンたちが陣取り、一段高い位置にはＣＳＢ法廷８のファンたちがうちわ片手に出演者たちを待っている。

この緊張も、今日で最後だ。

シャンシャンシャンと、静かな鈴の音が法廷中に響き始め、柴木アナウンサーが傍聴席を煽《あお》る。

やがて、朝霧ともなが「検察官・論告求刑」と書かれたプラカードを掲げてアリーナを回り始めた。

「それでは検察官、はじめてください」

蜂室検察官は気合が入っていた。

「被告人は身勝手な理由により、自分の勤めていた芸能事務所の所属ミュージシャンであるヤヨイさんを、計画的に殺害しました。現場、および被告人の自宅から発見された証拠品はすべてそれを裏付けております！」

クリスマス仕様に赤と緑の縞《しま》模様にデコレートされ、柄に鈴のつけられたハニービーホイップ。先端に取り付けられたミツバチの狂暴な羽音に鈴の音が混じる。

「よって検察は被告人を殺人罪として訴えます。ズバリ求刑は」

と、カメラを睨《にら》む。

「懲役三十年！」

おおーっ、とクリスマスイルミネーションの点滅する傍聴席からどよめきが漏れる。

「傍聴席並びに視聴者の皆様の中には、厳しいと思われる方もいらっしゃるかもしれません。しかしながら、数か月前の『名古屋・女子大生ドンペリパーティー殺人事件』を思い出していただきたい。もはや被害者の人数は刑には影響しません。細沼基準は過去の遺物と化したのであります。今年は殺人罪の刑罰の量刑に関する基準に一石が投じられた、この国の司法にとって記念すべき年でありました。そんな年の締めくくり、今宵《こよい》クリスマスイブに被告人に与えられる求刑として、懲役三十年は軽いものではないと思われます」

ぴょんと飛び上がったかと思うと、体を半回転させ、裁判員席のほうを向いた。

「どうぞ裁判員の皆様、私が、ヤヨイさんの御霊に胸を張って結果を報告できる聖夜にしてくださいますよう」

そして深々と頭を下げると、いつものように跳ねるような足取りでクリスマスリースの飾られた検察側机に帰って行った。

「それでは弁護人、最終弁論をどうぞ」

弁護側机からはクロコダイルがゆっくりと歩いてきた。

ブランド物のサングラスこそ変わらないものの、恰好はいつもとちがっていた。黒のスーツを着込み、ワニ柄のキャスケットを被《かぶ》っていない髪の毛はぴっちりと整髪料でなでつけられていた。彼だけではない。弁護側机の前に座らされている野添被告人も同じようにスーツなのだ。最後に清潔なイメージで参加させようとしたのか。

「まずは皆様、Merry Christmas」

しっかりした発音だ。法廷スタジオが一瞬にして、彼の雰囲気に飲まれる。

「皆様ぜひ、思い出していただきたい。被告人が置かれていた立場を」

クロコダイルは証言台には向かわず、傍聴席の前を歩きながら話を始めた。

「被告人は芸能事務所『ネクストパープル』で慣れない仕事に奮闘し、それでも成績不振に悩んでいました。そこへ、ヤヨイさんの他事務所への移籍の話です。彼がストロベリー・マーキュリーを脱退するのは、ファンの皆さんにとっても残念なことだったでしょう」

しかし、傍聴席のファンたちの反応は冷ややかなものだった。クロコダイルはそれを悟ったのか、さっと身をひるがえし、裁判員席のほうを向く。

「被告人は彼を止めたかった。しかしヤヨイさんは思いを変えることはなく、それどころか被告人や事務所のことを馬鹿にしたのです。被告人は少し懲らしめるつもりで行為を犯したのであり、殺すつもりなどまったくありませんでした。だって、殺してしまったら、事務所に迷惑がかかるではないですか。これくらいのこと、冷静になればわかります」

「ふざけるなーっ！」

突然、傍聴席から怒号が飛んだ。

「首を絞めたら死んでしまうことくらいわかるだろーっ！」「そうだー、今さら言い訳するな！」「蜂室ー、懲役三十年なんてなまぬるいぞー！　死刑にしろ！」「死刑だ、死刑だ！」

ストロベリー・マーキュリーのファンたちが今までにないくらいに叫び出す。

「静粛に！　静粛になさってください！」

梁川裁判長がたまりかねてマイクを通じて訴えるが、収拾がつかないくらいの騒ぎになってしまった。クロコダイルに向け、ボールペンやらペットボトルやら、さまざまなものが飛んでくる。

「とにかく、傷害致死！　よろしくお願いします」

今までの自信などみじんもなかった。クロコダイルはさっさと最終弁論を終え、弁護側机に逃げるように帰る。

対する蜂室検察官は満足そうに生ローヤルゼリーを口に運んでいる。

しーけい！　しーけい！　しーけい！

死刑コールが始まる傍聴席。死んだような白い顔をし、俯《うつむ》いたままじっとしている野添被告人。

しーけい！　しーけい！　しーけい！

そこには、悠太が紘奈の家の60型ワイドテレビで見た、全国民が一人の人間に対して「お前なんか死ね」と宣告する世界が広がっていた。

「CM入りましたー！」

ＡＤ栗原が叫ぶ。収拾のつかないときはＣＭだ。しかしこれが余計に、この異常な番組の視聴率を上げるのだ。中林プロデューサーのぶるんぶるんと動く唇が目に浮かぶようで、悠太は気分が悪くなった。

傍聴席の後ろのほうから屈強な警備員が何人かやってきて、暴れて騒ぎ続けるストロベリー・マーキュリーファンを抱え、外へ連れ出していく。さすがに騒がしすぎるのは番組の進行の妨げになるからだろう。

結局、ＣＭがあけるのに数分かかった。

「さあ、ここ東京地裁、第一法廷スタジオはただならぬ熱気に包まれていますが」

アリーナ中央でトナカイの恰好をした柴木アナウンサーが、心持ち嬉《うれ》しそうな興奮口調でまくしたてる。

「裁判官と裁判員のみなさまには一度退廷していただいて、判決を出していただきます。三か月、計六回の公判の結果がいよいよ出るわけです。なおこの後番組プログラムは今までのダイジェスト、ストロベリー・マーキュリーのお二人の歌、そしてＣＳＢ法廷８のクリスマス新譜のメディア初登場と目白押しとなっておりますので、まだまだチャンネルは替えないでくださいねー」

　不意に画面が切り替わる。

　悠太たちと同じくサンタクロースの衣装に身を包んだ渡辺小雪と寒川いずみが手を振っていた。

「本日サイケデリックコートでは、特別に、テレビをご覧のみなさまからのＦＡＸを受け付けております。今回の裁判に関するご意見ご感想など、お待ちしておりますのでどしどし送ってくださいね」

　番組テーマ曲がかかり、渡辺小雪のアップになり、再びＣＭになった。

　今日はなんだかめまぐるしい。まだ、番組が始まってから二十分しか経っていなかった。

＊

「イカレた判決だ」

　木塚裁判官はこれ以上面白いことはないというようにクックッと笑い出した。

「木塚さん、裁判官がそういう言葉を使うのはどうかと思いますよ」

とたしなめた小篠裁判官まで、口元に笑みを浮かべている。そして、両脇の後輩裁判官の顔を交互に見ながら、梁川裁判長まで困ったような笑顔だった。

そして三人が笑い出したので六人の裁判員たちはあっけにとられた。

「どうしたんすか？」

「だってそうだろう。検察の主張は殺人罪、弁護人は傷害致死。双方、被告人が被害者を殺害した点では争っていないのに、我々九人は、全員一致で無罪という結論に至った。こんなバカな話があるか？」

有罪0、無罪9。裁判員六人はこの間のスタジオ収録の楽屋での意見を誰一人変えることなく全員無罪。そして今、三人の裁判官もみな無罪という結論を出したのだ。

「だけど、この間確認した通り、大きな問題はまだ残っています」

梁川裁判長が、すぐさま真剣な表情に戻る。

「我々が無罪判決を出したところで、先ほどの傍聴席の騒ぎでもわかるとおり、世間は被告人がやったと信じている。それに、無罪判決を出した裁判員たちも世間から叩《たた》かれることになりますが、その覚悟はできていますか？」

裁判員たちは意味ありげな沈黙に包まれた。

悠太の立てた「計画」については、裁判官たちには言っていない。法を根拠に止められるかもしれないし、そうでなくても迷惑がかかるかもしれないからだ。

「ねえ」

やがて、何も気にしていないように、六号がリモコンを取った。

「スタジオのほう、どうなってるんだろ。テレビつけてみていい？」

部屋の隅のテレビのスイッチを入れる。

ちょうど、ストロベリー・マーキュリーの〝ＹＡＹＯＩ〟が終わり、ＣＳＢ法廷８の八人がアリーナへ出てくるところだった。サンタクロースの帽子と、十二月だというのに腹部と太ももの露出した赤い衣装。全員、肌は雪のように白い。傍聴席のＣＳＢファンたちがその刺激的な恰好《かっこう》に興奮して騒いでいる。

やがて八人が整列し、照明が落ち着いた。

画面は、八人を一人一人映し出し、最終的に川辺真帆のアップになった。

『新曲を発表させていただく前に、みなさんに謝らなければならないことがあります』

川辺真帆の声は、真剣だった。重い話が始まるように感じさせた。

傍聴席が静まり返り、川辺の話に耳を傾け始める。

ちらつく雪が静寂を彩った。

――いよいよだ。

『他局になりますが、私たちＣＳＢ法廷８は、先月、ＪＢＳレコード新人賞をいただきました。ところが、その夜、羽目を外しすぎまして』

『ごめんなさい』

画面が引く。川辺の隣の反省した顔は、緑川唯だった。

そして彼女は顔を上げると、手に持っていたものを画面に見せた。

『はしゃぎすぎて私が踏みつけてしまって、こんなことになってしまったのです』

JBSレコード新人賞トロフィー。その金属部分の支柱が、ぐにゃりと曲がっていた。

あのドライブデートの日、川辺真帆は伊達りりこと緑川唯の喧嘩《けんか》に巻き込まれてトロフィーがどうにかなってしまったと言いかけたのだ。ひょっとして変形してしまったのではないかと悠太は推測し、「新生！ソーマ帝国」の収録日に楽屋に行った時に聞き出していた。悠太の推測通りで、見たいと無理に言い張って、今日、持ってきてもらっていたのだ。

『関係者の方々、そして応援してくれたファンのみなさまにはとても悪いことをしたと思っています。この場を借りまして、心よりお詫《わ》びを申し上げたいと思います』

深々と頭を下げる八人……のはずだったが、一人だけ、直立不動のままだった。

『ねえ、おかしくない？』

向かって左の端、頭も下げずに突っ立っているのは、おバカキャラの伊達りりこである。他の七人がサンタクロースの帽子をかぶっているのに、一人だけいつも通り、仙台名物七夕飾りを模した髪飾りをつけ、まったく空気を読んでいない。

『だってさあ、私たちがもらったそのトロフィー、二年前にストロマさんももらったやつでしょぉ？』

そう。このトロフィーはJBSレコード大賞の三十年間の歴史の中で一度も、デザインや素材が変わっていないのだ。

『ってことは、今度の事件の凶器に使われたトロフィーと同じものだよね』

すると、隣で頭を下げていた渡辺小雪がひょこっと姿勢を正した。

『たしかに』

傍聴席が不思議な感覚に包まれているのが、画面を通じて伝わってきた。被告人も、クロコダイル弁護人も、蜂室検察官も、一体何が起こっているのかという顔だ。

そして、テレビのこちらで、三人の裁判官もじっと彼女たちの動向に注目している。今のところ、悠太が書いた計画通り進んでいた。川辺真帆が説得してくれたに違いない。だがいつ邪魔が入るとも限らない。都合の悪いことが起こるとすぐにＣＭに移行するのはこの番組の得意技だからだ。

もう少し。がんばれ、ＣＳＢ法廷８……。

千人の傍聴人と、三人の裁判官、六人の裁判員、そして何千万人かの日本人が見守る中、渡辺小雪は、決定的なセリフを吐いた。

『ゆいゆいが踏みつけただけで曲がっちゃうトロフィー。これで人を思いっきり殴ったら、少しは変形しちゃうはずだよね』

傍聴席からさざ波のようにざわめきが湧き上がってきた。誰もが、第二回公判で検察側から証拠として提出された「凶器」のトロフィーを思い描いたに違いない。あのトロフィーは、まったく曲がっていなかったはずだ。

『本当に、被告人はトロフィーでヤヨイさんを殴ったのかな』

「一体こりゃ、どういうことだ？」

木塚裁判官が悠太たちのほうを振り返る。悠太たち裁判員は何も言わず、じっと画面を見たままだ。

『私もそう思って』

と、次に顔を上げたのは、文芸キャラの永沢萌香だった。

『新作を書いてアップしました』

掲げた右手には、新型のスマートフォンが握られていた。

『朝まで無料公開設定にしてあります。私からのクリスマスプレゼントです』

永沢萌香の書く小説は二百万ダウンロードを超えるほどの人気だ。傍聴席のCSBファンたちがさっそく携帯端末を取り出してダウンロードを始めている。

画面のこちら側の第一評議室では、六号がスマートフォンを取り出してダウンロードを始めた。

「あっ、これはすごい」

ざっと読んだだけで、六号にはその内容がわかったらしい。

それはまさに、裁判員たちが二週間前にこの東京地裁第一評議室で明らかにした事件の概要だったからだ。

――『マヨネーズ殺人事件の真相』と題された、原稿用紙にして十五、六枚ほどのその作品は、とある人気バンド「マヨネーズ」のパーカッション担当、タバスコが自宅マンションで後頭部を殴打された上に絞殺死体で見つかり、そのマンションに出入りのあったビネガーという男に疑いが向けられるという、明らかに「ストロベリー・マーキュリー殺人事件」をモデルにした事件を扱っており、大胆にも事件の真犯人であるケチャップとソイソースの二人組が真相を語るという体裁が取られていた。

事件当夜、二人はタバスコと現場マンションで酒を飲んでいた。タバスコはクーラーが嫌いなため、ベランダに通じる窓を開け放ったままである。そのうち二人は、ケチャップが持参した「長めのオシャレストール」を試着してみないかとタバスコに持ちかける。酔っていい気分になっていたタバスコは立ち上がり、窓際の姿見の前に立つ。タバスコがストールを首に巻いたとたん、脇で見ていたソイソースが全身でタックルし、タバスコを窓の外のベランダへ突き飛ばした。そして、タバスコに抵抗する隙を与えず、すぐさまオシャレストールの両端をベランダの格子の中にくぐらせ、二人はそれぞれ片方ずつの端をしっかりと握り、同時に格子の向こうへ飛び降りる。首にストールが巻かれたままのタバスコの体は勢いよく引きずられて格子に後ろ向きに引っかかり、この時、後頭部にベランダの角柱状の格子によって五センチ間隔の傷がついたのだ。二階の高さから飛び降りた二人分の体重によって首を圧迫され、タバスコはそのまま絶命。二人は再び部屋に戻ってタバスコの体を室内に引きずり戻し、格子についた血痕《けっこん》を丹念に拭《ふ》き取り、窓を閉める。そして、ベランダの格子に目をつけられないように初めから窓が閉まっていたように見せかけるため、クーラーをつけたまま現場をあとにした。ちなみに、一連の様子が記録されないように、昼間のうちに監視カメラにペンキを投げつけて使い物にならないようにしていたのも自分たちである、とケチャップは締めくくった。

後頭部の傷がトロフィーではなくベランダの格子によるものであるというのは、先日悠太がこの第一評議室で思いついて、第三回公判の現場が再現されたセットを再生して話し、一号を納得させた仮説だ。

それにしてもすごい。悠太は永沢萌香の筆力に感心してしまう。

三人の名前については悠太も考慮したため、深夜三時までかかったテキストには「Y」「D」「W」とイニシャルを使って書いたのだが、永沢は「タバスコ」「ケチャップ」「ソイソース」というなじみの深い調味料の名前を使って表現している。しかも、真犯人である二人が「マヨネーズ」のメンバーであるとは書かれていないのはストロベリー・マーキュリーのファンに反感を買わないようにとの配慮だろう。これはいずれ警察が調べればわかることだ。また、凶器がロングマフラーではなく「長めのオシャレストール」などという不思議なファッションアイテムで表現されているところに、スポンサーのナカミードスポーツに角が立たないようにとの配慮も見えた。

朝、川辺真帆にテキストを送ってから本番までわずか九時間しかなかった。しかもその間には打ち合わせやリハーサルがあったし、新譜の初お披露目という緊張状態にもあったはずなのに、わずかな合間を縫って、悠太の拙《つたな》いテキストを、永沢萌香は自分の表現に変えて一つの作品に仕上げ、万人の目の届く電子書籍サイトにアップまでしてしまった。彼女が自分で考えてこの作品を書き上げたと主張して、疑う者は誰一人いないだろう。たった一度エアホッケーで対戦しただけでしゃべったことのない相手だが、悠太はひそかに永沢萌香に敬服した。

「誰か、先日ここで話したことを外に漏らした人はいますか？」

梁川裁判長が厳しさをたたえた目で六人を眺めまわす。

「ご冗談を、裁判長」

二号が笑いながら返す。

「私たちは一般市民の中から無作為に選ばれた裁判員ですよ？　誰があのお嬢さん方に話を通すことができるのですか？」

大学の研究員である彼の言葉には説得力がある。説得力とはこの場合すなわち、嘘の力のことである。

「しかしあれは、みなさんが知恵を出し合ってやっと出した結論ですし」

「裁判長、忘れちゃったの？」

今度は六号だった。

「もえちゃんも裁判員出身だよ。市民感覚、市民感覚」

市民感覚。法律に青春のすべてをつぎ込んできた裁判官たちは、この言葉に弱い。梁川裁判長は疑わしげに悠太の顔を見ていたが、「そうですか」とだけつぶやいて引き下がった。小篠裁判官も木塚裁判官も何も言わない。

意外なことに、画面はCMに移行せず、かといってCSB法廷8の新譜を発表する雰囲気にもならず、ただただ携帯端末を食い入るように見つめる傍聴席の面々と、突然の出来事に対応しきれずきょろきょろしているクロコダイルと蜂室検察官を映し出しているだけだった。

　とその時、悠太の目がある人物を捉《とら》え、「あっ」と思わず声を出してしまった。

　三号がそれに目ざとく反応し「あっ」と同じく声を出す。

「今の、五号さんの元カノっすよね？」

　残りの面々も、携帯端末の永沢萌香の小説から目を上げた。悠太は慌てて目をそらしたが、顔が赤くなっていることを自覚していた。

　たしかに今、傍聴席の最前列に、先ほど騒いだストロベリー・マーキュリーファンの補充として席を勝ち取ったのであろう紘奈の顔があったのだ。一体この高倍率のサイケデリックコートの傍聴席のチケットを、どんな技を使って……と、考えるだけ愚問だった。60型ワイドテレビ、食器洗い機、高級フレンチペアチケット。彼女は驚くべきくじ運の持ち主なのだ。

　だが、わからないのはその理由だ。彼女はなぜ、この公判を見に来たのか？

「あれ？　五号さん、彼女と別れたんですか？」

　小篠裁判官が尋ねた。同時に、三号が「やってしまった」と自らの出っ張った額を叩《たた》く。

「いや、まあ……」

とにかく、せっかく作戦がうまく進行している中で、川辺真帆と親密な関係になりつつあることを露見させることだけは避けたい。言葉を見つけられないでいると、助け舟が出されるかのように突然ドアが乱暴に開かれた。

「すみません、みなさん！」

ＡＤ栗原だった。息を荒らげながら、インカムマイクを首から落としそうになっている。

「判決、出ましたでしょうか？」

「え、ええ、出ましたが……」

「先に判決、いってもらっていいですか？」

「ええっ？」

番組終了予定時間まであと四十分もある。

「さっきのＣＳＢの発言と、もえちゃんの小説が物議を醸して、法務省のお偉いさんがえらい剣幕で、いまこっちへ向かっているようです。で、マネージャーさんはタレントを守るんだって言って、八人を控え室に連れ戻して籠城《ろうじょう》しちゃって、もう曲の発表どころじゃなくなっちゃって」

栗原の息は焦りと疲労できれぎれになっていた。画面の中では、柴木アナウンサーが泣きそうな顔でＦＡＸ紹介でつないでいる。もうそろそろ限界のようだ。悠太の予想もしなかった展開になってしまった。

「ってことなんですみません、放送プログラムに穴あけるわけにはいかないんで、先に判決、お願いします」

「やれやれ、予定変更ですか」

梁川裁判長が腰を上げる。

「誰だよ、この国の司法を生放送にしやがったのは」

木塚裁判官も毒づきながら立ち上がる。

「いよいよですね」

小篠裁判官、そして六人も腰を上げた。

「おねがいします！」

とAD栗原が先に立って第一評議室を出て走り始めた。あとを追う九人。

「やあやあやあ、みんな、わっはは。すごいよ」

廊下を小走りで法廷スタジオへ向かう途中で、どこからか中林プロデューサーと松尾ディレクターのコンビがやってきて、並走しながら話しかけてきた。煙草のヤニ臭さと口臭の混じった、なんとも嫌な臭いをまき散らしながら。

「もえちゃんのおかげで視聴率どんどん上がってるって」

「T―1や格闘技なんか見てる場合じゃないって、みんな他チャンネルからさくらテレビに替えてきていますよ。早く判決やれって声がもうガンガンで、ひゃっひゃーっ」

松尾ディレクターはスマートフォンをいじりながらネット上の生の声をチェックして

いる。

「もうこうなったら、好きにやっちゃって。わはは。法務省に怒られようが最高裁に怒られようが、もういいよ」

「うるさいんだよ！」

突然立ち止まり、振り返りざまに大声を出したのは、梁川裁判長だった。悠太たちも、二人の裁判官も驚いて足を止めた。

「あんたたちのために裁判やってんじゃないんだ」

怒気がこもった声だったが、すぐにいつもの顔に戻った。

「誰の、ためなんですか？」

裁判長自ら自問するようだった。

誰の、ため？

「裁判長、いいですから行きましょう」

小篠裁判官に促され、梁川裁判長は再び走り出す。全員で追う。

きょとんとする中林プロデューサーと松尾ディレクターの二人は、すぐに遠くなっていった。

# 19　判決と覚悟

　先ほど騒いで強制退廷させられたストロベリー・マーキュリーファンの空席に新たに通されていた傍聴人たち。その中に、やっぱり紘奈はいた。あとから来たのに最前列だ。本当に、くじ運がいい。

　顔をしかめて彼女のほうを見ると、完全に目が合った。

　あの不味《まず》い焼きそばの夜以来だった。

　どうして？　昨日の夜、「もう、私たち、無理かもね」のメールを打ってから決心したのだろうか。あてつけとして、やってきたのだろうか。

「九人さん、入りましたー！」

　AD栗原が叫ぶ。

「それでは本番参りまーす！　五秒前、四、三……」

　悠太はその数秒の間に法廷スタジオ内のすべてのカメラの位置と、どれが自分たちを狙っているかをチェックし、紘奈への疑問を意識の奥へと仕舞い込んで顔と気持ちを作った。

「いよいよ、判決です！」

汗ですっかり鼻の赤い塗料が剝《は》げ落ちた柴木アナウンサーが、涸《か》れそうな声を張り上げた。

弁護側机では、スーツ姿の野添被告人が二人の刑務官に挟まれ、疲れ切ったような、うつろな表情を見せている。

傍聴席は静まり返っている。作り物の雪は降るのをやめており、クリスマスイルミネーションだけが場違いにも、にぎやかに点滅を繰り返していた。

「それでは、被告人、前へ」

梁川裁判長がマイクに向かって言うと、被告人は刑務官に立たされ、証言台へと歩んできた。

いよいよだ。

「判決」

画面は四分割。野添被告人、クロコダイル弁護人、蜂室検察官、そして、梁川裁判長。

「われわれ裁判官・裁判員一同は、本法廷での検察側から提出された証拠を吟味の結果、被告人が被害者を殺害したという確証に至りませんでした。よって被告人を」

蜂室検察官の顔が見る見るうちに変わっていくのが、画面を通じてわかった。

「無罪とします」

ざわめく傍聴席。意外だ、予想外だ、という声ももちろんある。しかしそれよりも、曲がってしまったトロフィーを目のあたりにした上で永沢萌香がネット上にアップした文章を読んで心変わりをした傍聴人が圧倒的に多いらしく、目立った反論の声は出なかった。

「待ってください！」

ぴょこん、ぴょこんと、あの男が検察側机から出てきて抗議の声を上げた。

「おかしいではないですか！　被告人が被害者を殺害したという点では、私と弁護人は争っていない！　というのも第四回公判の時に、被告人自らが罪を告白したからです！　どうして無実ということになるのですか？」

「被告人が何者かの圧力を受け、自白を強いられた可能性が否定できないからです」

「どういうことですか！あなた方もひょっとして、あのナントカという裁ドルの書いたバカバカしい文章を読んで影響されたわけではないですよね？　判決に、外部の、ドシロウトの意見が混じった可能性がある！　こんな裁判は、無効だ！」

びぃん、びぃん、しゃん、しゃん、と鈴付きのクリスマス仕様ハニービーホイップがいつになくうるさく振り回される。しかしそれを消し去るように、「黙れ、蜂室！」「もえちゃんの小説を侮辱するな！」というCSBファンたちの怒号が響いた。

「静粛に」

梁川裁判長はあくまで落ち着いて場を鎮めると、息を荒らげている蜂室検察官に向かい、

「蜂室検察官、私は、この裁判が無効になってもいいと思っています」

と言い放った。

「なんですって？」

「証拠調べに不備があったとして、我々ではない裁判官・裁判員でやり直しても結構です。しかしその前に当法廷は、事件の厳密な再捜査を要求します」

蜂室検察官は何も言い返さなかった。

「事件現場のベランダの格子に被害者の血痕《けっこん》が微量でも残されていないか。凶器とされるトロフィーは一体どの程度の衝撃を加えれば変形するのか。被害者の関係者で事件当夜の行動に怪しいところのある者は他にいなかったのか。監視カメラにペンキを投げつけた犯人は誰なのか……」

「裁判長！」

手を挙げたのはクロコダイルだ。望外の形勢逆転に、一気に元気を取り戻している。

「その場合、検察も送検されてきた被疑者をもう一度取り調べなければなりません。もちろん、被疑者の人権を最大限に尊重する形でね」

たたみかけるように蜂室に詰め寄る。傷害致死を主張したことなどなかったかのように、自分が勝者であり、しかも正義の味方であることを視聴者に印象付けようとしているようだ。見ていてあまり気分のいいものではないが、さすがに抜け目がないと言わざるを得ないだろう。テレビに出演する弁護士はここまで厚顔でなければできないはずだ。

対照的に、ハニービーホイップを取り落とし、がっくりとクリスマスの人工雪が敷き詰められた床に崩れ落ちる蜂室検察官。「ありえない、ありえない……」とつぶやく彼の背中に、誰もが敗北の二文字を重ねた、その瞬間だった。

「違うんです」

証言台で、か細い声がした。

「蜂室さんは何も嘘《うそ》など言っていない。私がやったんです、裁判長」

すっかり生気の失せたやせ細った顔を梁川裁判長のほうへ向け、目を真っ赤にした野添被告人が訴えた。

「私が、ヤヨイを殺したんです。あいつが、生意気だったから。……どうか裁判長、私なんかのために、再捜査だ、新たなる裁判だなんて言わないでください」

「しかしですね、そもそもあなた一人で体格の違うヤヨイさんを絞め殺すことができたなど……」

「私は社会に戻されても、どうせ役になんか立てないんです！」

涙をぼろぼろとこぼしながら、その痩《や》せた男は声を振り絞った。

「子どものころから冴《さ》えなかった私は、兄貴に迷惑ばっかりかけて。どんな仕事に就いてもお荷物扱いされて。もう、社会に迷惑をかけながら生きていくのがうんざりなんです。私なんか、何の役にも立たないんだ」

――遠藤さんはどうしているだろうか。

野添被告人の胸を締め付けるような訴えを聞きながら、悠太は頭の隅にそう思った。私なんか、何の役にも立たない……。こう思っている人間は、世の中にいっぱいいることを知っている。自分が何の役に立てるのかわからず焦ったり悩んだりしている人間は、たくさんいる。悠太のごく近いところにも一人。

悠太は、傍聴席最前列に座る恋人の姿を見た。

「私が悪者なんです。ご迷惑おかけしました。どうか、デイジーさんとワッフルさんを応援してあげてください。ネクストパープルのアーティストたちを応援してあげてください。私なんかのために……再捜査なんか、しないでください。私なんか、生きていても何の意味もないんだ……」

〝ボワピニョーン〟

間抜けな音が、聖夜の東京地裁、第一法廷スタジオに鳴り響いた。

絶対に使うことがないと思っていたボタン。

あの、赤いボタンに、悠太の右手が載っていた。

「五号さん」

梁川裁判長が、静かに発言を促す。悠太は目の前にマイクを手繰り寄せた。法廷中のカメラが自分に向けられているのを感じた。そして、傍聴席の視線も、もちろん、紘奈を含めて。

「被告人さん」

真っ赤な目で悠太を見つめる野添被告人。もう、悠太の頭から緊張の二文字は消えていた。「ストロベリー・マーキュリー殺人事件」裁判、裁判員五号。国民の中から無作為に選ばれてきた、法律も何も知らないドシロウトだ。だが、ドシロウトだからこそ司法の場で言えることが、確実にある。

「僕は普通の会社員をやっています。裁判員になるまで、憲法や法律になんかまったく興味もなかったし、知識もありませんでした。だから、知り合いにいろいろ教えてもらったのです。法律はやっぱり、難しい言葉を並べた条文ばかりで、しかもそれが、人間を責め立て追い詰めるような書き方をしているようなイメージがどんどん膨れ上がって、僕はそれが嫌だった。裁判員なんて面倒な仕事、早く終わってくれないかと思いました。……だけど、そんな条文ばかりじゃなかったんです」

悠太は一度言葉を切り、小篠裁判官のほうを向き、そして、

「日本国憲法、第九十七条」

とだけ言った。

彼女はあの深い目で悠太を見ると、一瞬で意図を読み取ってくれた。

「この憲法が日本国民に保障する基本的人権は、」

マイクに向かって暗唱しはじめる小篠裁判官。

「人類の多年にわたる自由獲得の努力の成果であって、これらの権利は、過去幾多の試練に堪え、現在及び将来の国民に対し、侵すことのできない永久の権利として信託され

たものである」

　感謝の念を込めて小篠裁判官に頭を下げると、悠太は再び野添被告人の顔を見つめた。

「はるか昔に学校で教えてもらった歴史をほとんど忘れてしまった僕には、詳しいことはわかりません。だけどこの条文からは感じ取ることができます。人間が本当に自分の幸せのために生きていい世界を目指した人たちの心意気が。それを未来に受け継いで行ってほしいという願いが。そして、日本人全員がこれを受け止めなければならないという覚悟が」

　被告人も、傍聴席も黙って悠太の話を聞いている。

「そういう願いと覚悟が憲法の中にしっかりと明記されているこの国では、『自分なんて何の役にも立たない』なんて言っていい人間なんか、いないんです。『自分なんて生きていないほうがいい』なんて言っていい人間なんか、一人もいちゃいけないんです。どうしようもなく惨めな気持ちになって、不安や悩みに押しつぶされそうになっても、もう一度自分を信じて明日《あした》を生きていけるように、未来永劫《えいごう》、日本国民の一人一人が元気を取り戻して新しい世界を切り拓《ひら》いていけるように、そのためにこの第九十七条は定められているんだと僕は思うんです」

　自分は、誰のためにこんなことを言っているのだろう。

　被告人のため？　傍聴席の、就職活動に自信をなくした恋人のため？　どこかでこの放送を見ているであろう遠藤さんのため？　この条文を教えてくれた小篠裁判官のため？　今日で裁判官をやめる木塚裁判官のため？　法教育を積極的にしてきた川辺真帆のため？　それとも……突然日常を壊されて特異な役目に翻弄《ほんろう》された、自分たち、裁判員のため？

答えが出るわけはなかった。とにかく、誰かに伝えたかった。

証言台の被告人の両目から、再び涙が零《こぼ》れ落ちた。

「……私みたいな、ちっぽけな人間に……そんな」

「ちっぽけは、お互いさまです」

悠太はそう言って、笑ってのけた。

「僕たち裁判員も、みんなただの一般市民です。だけど、憲法や法律って本来、僕たちのためにあるものじゃないですか。にもかかわらず、あれをしちゃいけない、これをしちゃいけないって、押し付けがましい条文が多すぎるんですよ、この国の法には。やっぱり一つぐらいは、読んだだけで元気になれるような、そんな条文があったっていいと思いませんか。……これが、法律なんか何も知らないまま刑事裁判に巻き込まれた僕の、最終的な『市民感覚』ということになりそうです」

まるで自分の口から出たものではないような言葉だった。法律なんてできれば一生関わりあいたくないという意見は今も一緒だし、テレビで放映される裁判に熱狂する気にはさらさらなれない。だが、法律は決して法曹関係者や法律マニアたちのためだけのものではなく、一般市民のものであるべきだという思いに嘘はなかった。

「僕も、覚悟しようと思います。被告人も、傍聴席のみなさんも、視聴者のみなさんも、どうぞ覚悟をお忘れなく。そして希望を持って明日を迎えられますように。メリークリスマス」

ドシロウトが何を言っているのかと、視聴者からはまた反感を買うかもしれない。その反感は、初公判の失態に対するものよりもはるかに大きなものかもしれない。訳知り顔の法学者や法曹関係者から頭ごなしにけなされるかもしれない。だが、もともと自分みたいなドシロウトをこの場へ引っ張り出してきたのはそういった知識人たちなのだ。ドシロウトに正面切って意見させるのが、この制度の目的だったのだ。たとえ受け入れられずとも、自分にはこれだけのことを言う権利はある。きっとこの権利も、日本国憲法のどこかに、しかつめらしい言葉で書かれているはずだ。

その時、悠太の左隣から小さな拍手が聞こえた。

四号だった。サンタクロースの帽子からほつれた縮れた髪の毛。弱々しく、地味な顔。しかしその表情には一点の曇りもなく、あくまで悠太を支持するという、同じく一般市民の気持ちが見て取れた。

やがて右隣の六号も手を叩《たた》きはじめる。三号、二号、一号、裁判官たち、そして傍聴席やスタッフにまで波及していき……最終的にクリスマスイルミネーションに彩られた東京地裁第一法廷スタジオは拍手の渦になった。

そうだ、紘奈は？

傍聴席最前列に座っていた彼女のほうへ視線をやると、彼女も拍手をしながら、満面の笑みを浮かべてうなずいていた。「裁判員五号、万歳」。ふざけてそう言っているようだった。

……やめてくれよな。

悠太は口元を緩め、顔を火照らせながら俯《うつむ》く。頭のてっぺんから肩にかけて、ナカミードスポーツのスノボウェアを着せられた初公判の時のように熱い。

自分は決して、人に注目されるような存在じゃない。ただの、一般市民なのだ。法廷スタジオ中のカメラが、悠太に向けられていた。今あのスノボウェアを着ていたら、ナカミードスポーツの広報は喜んでくれていただろうかと、テレビ的なことを考えてしまって、余計恥ずかしくなった。

# 20　メリークリスマス、一般市民

マイタケの天ぷらは相当の量、余っていた。二号は用意していたタッパーに取り分けて全員に配っている。

「お早めにお召し上がりください」

と、目の前に置かれたタッパーを腕を組んだまま睨《にら》み付け、考え事をしているのは木塚裁判官だ。脱がれた法服はくしゃくしゃに丸められて膝《ひざ》の上に置かれている。

二号以外の全員は、いつもの席に腰かけ、不安が少しだけ混じった心地よい疲労感の中に漂っていた。

――何はともあれ、裁判は終わった。

先ほど梁川裁判長が「お疲れ様でした」と言ったのを最後に、裁判員としての任務は解かれたことになる。裁判官たちにはまだ手続きその他の仕事が残っているが、六人は正真正銘、普通の一般市民に戻ったというわけだ。

「それじゃあ、元気でね」

とカバンを肩にかけて、名残惜しさをまったく感じさせず、真っ先に立ち上がったのは、六号だった。

「まだ外には人がたくさんいるかもしれませんから、もう少し待ったほうがいいのでは？」

「稲山先生のところのパーティーに呼ばれてるんだから、あんまり遅くなったら失礼でしょ」

「私もです。主人と子供がフライドチキンを買って待ってくれているそうで」

扉へ歩み寄るその後ろに、四号も続いた。

「みんな私の舞台、見に来てね。いつになるかわからないけど」

ない。


「おめえ、それ被《かぶ》って外に出んのかよ」

一号が三号に尋ねる。三号は先ほどまでスタジオで被っていたサンタクロースの帽子を頭に載せているのだった。冬でも半袖《はんそで》のアロハシャツの彼には、まったく似合っていない。

「記念にもらったんすよ。一号さんももらってくればよかったのに。一番似合うっす」

「よせやい。下町の職人が、クリスマスだなんて浮かれていられれっかよ」

「われわれもそろそろ、行きますか」

二号に促され、一号と三号も席を立つ。悠太は島田プロダクションの大隅との約束があるので、もうしばらく待っていなければならないのだった。彼らとも、ここでお別れだ。

「それじゃあ、みなさん、お世話になりました」

「五号、頑張れよ」

悠太は笑顔を作り、右手を挙げて応《こた》える。

こうして一号、二号、三号も、市井の人へと戻っていった。

「みんな、いなくなっちゃいましたね……」

三人の裁判官に言うとでもなくつぶやく。すると、木塚裁判官が丸めた法服を机の上に投げ出した。

　悠太はやっと思い出した。この人にとっては、裁判官として最後の仕事だったのだ。それを、こんな不本意な形で締めくくってしまった。ひょっとしたら梁川裁判長の言うとおり、この裁判は無効になるかもしれないのだ。

「五号」

　言葉を続けられずに黙っていると、木塚裁判官のほうから話しかけてきた。

「な、なんですか？」

「俺は、この国の司法はぶっ壊れちまったと、本気で思っていた」

　小篠裁判官も梁川裁判長も木塚裁判官の顔を見る。

「だけど違うな。司法制度は、未熟なんだ」

「未熟？」

「ああ。時代が変われば、それを動かす人間も変わって制度も変わる。だから、いつまでたっても制度ってやつは、未熟のままなんだな。子どもなんだよ」

「でも、子どもは成長する」

　梁川裁判長が口を挟んだ。

「私たちは時代に合った司法制度を求めて、悩み続けなければならない。成長させていかなければならない。そうでしょう？」

　小篠裁判官もスマートな口調で続けた。ため息をついて首を振る木塚裁判官。

「二人とも、先に言うんじゃねえよ。これだから裁判官は頭でっかちだって言われるんだ」

そして木塚裁判官は一度脱いだ法服を乱暴に摑《つか》み取り、頭から被り、袖《そで》を通し始めた。

「……木塚裁判官？」

「クリスマスだ正月だって言ってる場合か。この国の司法制度は発展途上で、絶えず動いている。そして俺はこの先もずっと、この制度とともに生きていくんだ。良心に従い独立してその職権を行い、憲法及び法律にのみ拘束されてな」

悠太にだってその意味はわかった。日本国憲法にこう明記されている職業は、一つしかないからだ。

「どうだ、うらやましいだろ？」

悠太に向かって両手を広げ、身にまとった法服を見せびらかすしぐさをする。悠太は満面の笑みをたたえて、首を振った。

「全然。僕はもう、うんざりですよ」

とはいえ、この三人の裁判官が、これからもいろいろなタイプの一般人とともに司法を作っていってくれることを考えたら、少しだけ未来が待ち遠しくなった。

＊

「えっ!?」

大隅は東京地裁全体に響くのではないかと思われる叫び声を出した。

第一評議室から廊下を少し行ったところにある、ラウンジだ。

彼にしてみれば当然だ。契約書類をすべて用意しており、社長と会って話す日取りも決め、準備を万全に整えていたのだ。ところが、百パーセント契約をしてくれると思っていた悠太が、それを拒否した。

「一体、なぜです？」

「やっぱり、僕には向かないかと……」

「いやいやいや、あのベテランの相馬も言ってたじゃないですか。それに、今夜の放送の、最後の訴え。カメラ映りは抜群だし、声も通っていたし、何よりアドリブが利いてました。チーフディレクターの松尾さんも、絶対売れるタレントになるって言ってましたよ。やっていきましょうよ。裁判員出身のタレントとして」

「わかってください」

悠太はソファーから立ち上がった。

「司法に市民感覚を反映させるため、裁判員は一般市民じゃなきゃいけない。裁判が終わったら、普通の生活に戻らなければならないんです」

大隅は啞然《あぜん》とした。

「そんな……もう、社長に言っちゃいましたよ」

「本当に、申し訳ありません」

大隅に深く頭を下げる。そして背を向けると、通用口のほうへと歩き出した。

明日《あした》から、再び冴《さ》えない人材派遣会社の社員に戻る。ある時はクライアントに頭を下げ、ある時は登録者をなだめすかし、同僚とバカな話をし、口の悪い部下に辟易《へきえき》し、不景気に嘆いてストレスを溜《た》め込む日常に戻る。そして、その日常にはもう一つくらい問題があってもいい。たとえば、慣れない就職活動の想像していた以上の厳しさに押しつぶされそうになる大学三年生の恋人の、尽きるともない悩みを一晩中聞くとか。

「生野さん」

廊下を曲がった時、背後から声をかけられた。

振り向かなくても、誰だかわかっていた。

「行っちゃうんですか」

振り返ると、そこにいた川辺真帆は水色のセーターと白いスカートという普段着に戻っていた。メイクも落としている。そして手には、リボンのついた小さな袋を持っていた。

彼女は、今日のために、悠太にクッキーを焼いてきてくれたのだ。

「ごめんなさい、川辺さん」

声がつまりそうになる。

「僕はやっぱり、あなたの気持ちに応えることはできません」

　川辺真帆は表情を変えず、悠太のほうへ静かに歩み寄ってくる。

「あなた方を違法に利用したことや、大事なＣＳＢ国民審査の直前に新譜の発表を邪魔してしまったこと、本当に申し訳なく思っています。だけど、僕にはどうしても一般市民として支えてあげなきゃいけない相手がいるんです。そして、僕にも彼女が必要なんです」

「彼女いないって、嘘ついていたんですね」

「……すみません」

　最低だなと自分でも思う。

　すると川辺は悠太のすぐ前で立ち止まり、くすっと笑った。ドライブデートで見せてくれた笑顔ではなく、テレビを通じてよく見る、芸能人の笑顔だった。

「私、悪意でした」

「え？」

「法律の用語で、『知っていました』ってことですよ。私、来年発売のゲーム『トキメキ★法科大学院《ロースクール》』の中で、振られなきゃいけないから。振られる気分を味わっておかなきゃと思ったんです」

　本心なのかどうか、わからなかった。

「最後のお願いです」

「…………？」

「もう少し、私に顔を近づけてください」

「こうですか？」

言われるがまま腰をかがめ、川辺真帆の顔に自分の顔を近づける。何百万人のファンを虜《とりこ》にする魅力的な笑顔が数センチ内の距離にあって、あの心地よい香りがした。そんな彼女の目は、少し赤くなっているようにも見えた。

と、次の瞬間、

「メリークリスマス！」

頬に走る電気ショックのような衝撃。遅れて、何とも言えない痛みの波がやってきた。トップ裁ドル川辺真帆が、悠太の頬を平手で思いっきり叩《たた》いたのだ。折れそうなほど細い腕から放たれたとは思えない、ダンスで鍛えた腰の入った、痛烈なビンタだった。

「大好きだったよ、ばか」

声は、震えていた。

「尽くしたかったよ、ばか」

と膝《ひざ》に手をつき、下を向く。

「だけど、民法第一条第二項『信義誠実の原則』に反していたので、この想いは無効になってしまいます。さようなら」

顔を上げることもなく身を翻すと、彼女は長い廊下を走っていく。通用口とは逆方向、この東京地方裁判所の正面玄関のほうだった。

緊張続きの悠太をリラックスさせてくれた優しさ。フォローしてくれた強さ。悠太のキスを求めた唇。グラビアから飛び出してきた小さな顔と大きな目、細い体と大きな胸。そして、悠太にぶつけられた涙の想い。ＣＳＢ法廷８の川辺真帆が、難解な法解釈の渦巻く東京地裁の暗い廊下に消え去っていく。生涯もう二度と、あんなに強くて魅力的な女性には出会えないだろう。なぜなら自分は、どこにでもいる一般市民なのだから。

一般市民のくせに裁ドルの唇を奪い、利用するだけ利用して振ってしまった。……最低だな、俺。頬をさすりながら、もう一度思った。

通用口を出ると、十二月末の寒風が襲ってきた。川辺真帆に叩かれた痛みも、厳しい寒さに負けて薄れていく。

本番が終わってもう一時間半以上も経つというのに、いまだ興奮冷めやらぬ群衆たちが正面玄関の前でうろうろしており、警備の人間たちが拡声器片手に解散させようと躍起になっていた。

その群衆から少し離れた位置、葉もすっかり落ちた木立にもたれている白いコート姿の紘奈の姿があった。

彼女は悠太の顔を認めると、笑いながらゆっくりと近づいてきた。

「裁判員の、えっとー、五号さんですよね？」

白い息とともに投げかけられた、わざとらしい質問。悠太は首をかしげる。

「今日で、その役目は終わりました。ただの、一般市民です」

ずっとこの寒空の下で待っていたのだろう、彼女の頬は赤くなっていた。

「おかえり」

いつも通りのおっとりした口調で言うと、彼女は悠太に抱き着いてきた。その体を受け止めた瞬間、どっと疲れが出た。

たった今、川辺真帆を振ってきたなんて言ったら紘奈は何と言うだろう。

紘奈は悠太の腕に自分の腕を絡めてきた。連れ立って駅に向かって歩き始める。……今から、どこか入れるレストランはあるだろうか？　クリスマスイブだから無理だろう。紘奈の部屋でたくわんを食べたい。

その時、うおぉぉぉっと、正面玄関前に陣取っていたCSBファンたちの間から、龍《りゅう》の声のようなざわめきが聞こえた。見ると、階段を数段上った正面玄関の扉が開き、一人の女性が立っていた。

川辺真帆だった。

「今日はみんな、寒い中、来てくれてありがとーう！」

どこから持ってきたのか、マイクを使ってファンたちを煽《あお》っている。

「私、クッキー焼いたの！　私とじゃんけんして、最後まで勝ち残った人に、クリスマスプレゼント！」

うおぉぉぉっ！　再びファンたちが色めき立つ。えさを投げられた池の鯉たちのように、正面玄関前は大騒ぎになった。日本中の裁判ファンが夢中になる、裁判員出身アイドル、川辺真帆。司法制度に積極的に関わろうとする強靭《きょうじん》な勇気を持ちあわせて一般市民から芸能人へと昇華した彼女は、やっぱり自分とはつりあいっこない。だが確実に彼女のことをこれからも応援するだろう。ファンとして、そして、ともに裁判を作った者として。

「じゃーんけん……」

「ねえ、ところでさっき、ニュース速報入ったんだけどさ」

感慨を打ち消すように、現実の恋人がすぐそばでつぶやいた。

「今年の夏、島根県の海岸に停泊中の海上保安庁の船を爆破して沈没させた中国人留学生、いるでしょ？」

クリスマスイブに、またこの法学女子大生は過激な刑事事件の話題を引っ張り出してきた。

「あの留学生、一月に起訴されるんだって。それで次回のサイケデリックコート、この裁判を扱うらしいよ。島国根性丸出しの日本国民が、八百万《やおよろず》の神の集う出雲《いずも》大社のおひざもとで、ちゃんと外国人の人権を保障した裁判ができるのかどうかって、世界各国も注目してるんだって。もー、楽しみーっ。弁護、誰がやるんだろーっ」

「…………」

「私シューカツ頑張るからさ、もし最終公判までに内定もらえてたら、連れてってくれる、松江地裁？」

ため息をついて空を見上げる。雲で覆われていて、雪でもちらつきそうだった。

誰もが刑事裁判に夢中な国、日本。テレビを通じて視聴者も証拠や証言を目の当たりにし、判決と法のあり方について意見する。

——それではみなさん、本番参りまーす！

なぜか、ＡＤ栗原の声が曇天の中に聞こえた気がした。

——五秒前！

本番までの秒読みが始まれば、もう無関心ではいられない。どのカメラがどの角度から自分を狙っているのか、チェックしておかなければ。

——四、三、……

今年はもうすぐ終わる。

新たなる年の刑事裁判に関わることになる一般市民への裁判員候補者名簿記載通知書は、もうとっくに、届けられているはずだった。

了

# 解説『解説は本編の前に』

東川篤哉

それは執筆に行き詰まった私が、マンションの自室で頭を抱えていたときのこと。

突然、呼び鈴が鳴ったかと思うと、玄関先には誰かしら人の気配。恐る恐る扉を開けてみると、そこにはシックなグレーのワンピースを身に纏《まと》った細身の女性の姿があった。首には高そうなシルバーのネックレス、手にはブランド物のバッグを持っている。見知らぬ女性だが、よく知っている女性のような気がするのは何故だろうか。首を傾げる私の前で、彼女は丁寧にお辞儀をして自ら名乗った。

「ご無沙汰《ぶさた》しております、先生、宝生《ほうしょう》です」

「宝生⁉　というと君はひょっとして、あの私の代表作『謎解きはディナーのあとで』の中で大活躍した宝生麗子《れいこ》さん⁉　やあ、こりゃどうも初めまして。東川《ひがしがわ》です」

しかし彼女が『ご無沙汰』なのに、私が『初めまして』とは、なんだか矛盾した関係だが……まあ、いいか。ともかく私は麗子嬢の来訪を歓迎した。リビングに通して珈琲《コーヒー》を振舞うと、彼女は時候の挨拶《あいさつ》もそこそこにバッグから白っぽい書物を取り出す。そしていきなり本題を切り出した。「ところで先生、ご存じですか。このような本が書店に並んでいることを」

　麗子嬢がテーブルの上に置いたのは一冊の単行本だ。若い男女のイラストが描かれたポップでお洒落《しやれ》な表紙。私はそのタイトルと著者名を眺めながら、漠然と頷《うなず》いた。

「これは青柳碧人《あおやぎあいと》氏の書いた『判決はCMのあとで』だね。青柳碧人氏といえば、デビュー作『浜村渚の計算ノート』シリーズが文庫化されて大人気だが、それ以外にも様々なシリーズ作品を持つ注目作家だ。最近では『国語、数学、理科、誘拐』なんていう作品も話題になっていたみたいだね――で、この作品がどうかしたのかい、麗子さん？」

「どうかしたのかい、なんて呑気《のんき》なことといってる場合じゃありません、先生！」彼女は憤然とした表情を浮かべながら唇を尖《とが》らせた。「便乗商品ですよ――便・乗・商・品！」

「はあ⁉　便乗商品って、何の⁉」

「『ディナー』ですよ。この『判決はCMのあとで』という作品はタイトルからも判るとおり、『謎解きはディナーのあとで』のヒットに便乗して書かれた小説です。これはもう断固訴えるべき。先生が訴えないなら、宝生財閥がカネとコネにモノをいわせてでも……」

　いきなり汚い手段をチラつかせる麗子嬢。そんな彼女を私は慌てて押し留めながら、

「まあまあ、そう熱くならないで。ところで、そういう君はこの作品を読んだの？」

「え、私が⁉」彼女は自らの顔を指差したかと思うと、「この本を⁉」といって、その

指をテーブルの上に向け、そしてアッサリ首を横に振った。「いいえ、読んでません」

「…………」そんなことだろうと思った。実際、麗子嬢は本など全然読まないタイプの女性である。まあ、私がそういうふうにキャラ設定したのだから仕方がないのだが。私は「やれやれ」と首を振りながら、本を読まない麗子嬢の誤解を解くべく説明を開始した。《誤解を解くための説明》、これすなわち解説というわけだ。

「あのね、君はタイトルだけ見て『判決はCMのあとで』を『謎解きはディナーのあとで』の亜流か何かだと思い込んでいるようだけど、この作品は『ディナー』とはまったく別の種類の作品だ。なにしろ、パラレルワールドの日本を舞台にした架空法廷コメディミステリとでも呼ぶべき独創的作品だからね。実際、似ているのはタイトルだけといってもいいくらいなんだよ」

「え!?　そうなんですか」麗子嬢は意外そうな顔。「いや、仮にそうだとしてもです！　これだけタイトルが似ているんだから、向こうには充分に便乗する意図が……」

「ところが、このタイトルが実に秀逸でね。実際、ひとたび作品を読めば、この小説のタイトルはこれ以外にはちょっと思い浮かばないといっていいくらいなんだよ」

「というと？」

「実は、この作品で描かれているのは、極端なまでに商業主義に毒され、エンターテインメント化された法廷なんだよ。テレビ中継と過剰な演出によって、裁判そのものが高視聴率番組となった世の中だ。そんなテレビ向けの裁判においては、最大の見せ場である判決シーンはＣＭの後におこなわれる。クイズ番組の正解発表がＣＭを跨《また》ぐのと同じ感覚だ」

「ふーん、それで、『判決はＣＭのあとで』ってことなんですね」・

「そう。まさにこの特殊な作品世界を端的に言い表した印象的なフレーズだ。そんな異常な世の中で、主人公の青年生野《いくの》悠太《ゆうた》は心ならずも裁判員に選出され、とある刑事裁判にかかわることとなる。人気女装バンド『ストロベリー・マーキュリー』のドラムが殺害された事件だ。当然、この裁判は世間の大きな注目を浴びることになるんだが……」

「そりゃそうでしょうね。だって女装バンドなんだから」

「いや、べつに女装だからってわけじゃないんだけどね」麗子嬢のズレた反応に戸惑いながらも、私は解説を続けた。「とにかく、注目の裁判の中、悠太は嫌々ながら裁判員としての義務を果たそうとする。そんな悠太の心理的な葛藤や、暮らしの移り変わりなどを描きながら、その一方で異常な裁判の経過が、奇矯な登場人物たちのシュールでコミカルな言動とともに、風刺とユーモアを交えて描かれていくという趣向だ」

「ふーん、だから架空法廷コメディミステリってことなんですね」

「そう。だが喜劇的な架空の裁判とはいえ、そこはあくまでも法廷モノ。悠太をはじめとする六人の裁判員は、結構真剣に事件に立ち向かうんだよ。裁判員たちが議論を重ねながら、徐々に真相に迫っていくスリリングな展開は、きっと読者を惹《ひ》きつけるはずだ。そして、明白だと思われた事件が次第に様相を変えていき、やがて意外な真相にたどり着くことになるわけだが、まあ、そこはネタバレになるから伏せておくとして——麗子さん、君は『十二人の怒れる男』を観たことがあるかい？」

「そうですねえ。刑事という職業柄、怒りまくる男性を見る機会は多いほうですが、それでも一ダースの男性がいっせいに怒る場面は、いままで一度も見たことがありませんけど」

それが何か？　と真顔で聞き返す麗子嬢を前に、私は思わず頭を抱えた。

「………」宝生麗子って、ここまで頓珍漢《とんちんかん》な女だったっけか⁉　私はもう少しで自分自身が《怒れる男》になりそうなところを、ぐっと堪《こら》えながら作り笑顔を浮かべた。

「ま、まあ、君は若いから観ていないのも無理はない。『十二人の怒れる男』というのは往年の名作映画なんだよ。監督はシドニー・ルメットだ。君もぜひ観てみるがいい。裁判モノとしてもミステリとしても、そして限られた空間を舞台にした密室劇としても、ひとつの典型的なスタイルを確立させた古典的傑作だ。そして『判決はＣＭのあとで』は、この名作映画のスタイルを意図的に踏襲したと思われる節がある。例えば裁判員の数が六人というのは、十二人のちょうど半分だし、その六人がお互いを番号で呼び合う点などは、まさしく映画と同じ趣向だ。裁判員の中でもっとも地味な人物が、実は意外な推理力の持ち主で、事件の矛盾点を鋭く指摘していくという展開なども、この映画を意識したものに違いない。その意味では、この青柳作品は冗談っぽい外観とは裏腹に、その実、意外とオーソドックスな裁判劇としての定石を踏んだ作品ともいえる。もっとも、本家である『十二人の怒れる男』には、間違っても法廷アイドルなんてものは出てこないわけだが……」

「ん!?なんですか、その法廷アイドルって!?」

「出てくるんだよ、この作品に、そういうアイドルグループが。裁判員経験者の中から選び抜かれた美少女軍団。その名も『ＡＫＢ48』ならぬ『ＣＳＢ法廷8《シーエスビーほうていエイト》』というんだがね」

「なるほどー、『48』じゃなくて『法廷8』ですか。なかなかの駄洒落《だじゃれ》ですねー」

「あ、馬鹿にしてるね、君」私は思わずニヤリとした。「まあ、確かに駄洒落には違いない。だがこの駄洒落は案外、この作品の肝なんじゃないかと、そう私は睨《にら》んでいるんだがね」

「作品の肝!?　どういうことですか」

「ここからは作家である私の勝手な想像なんだが……」そう前置きして、私は慎重に口を開いた。「法廷モノのパロディとも呼ぶべき、この裁判劇の中に登場し、重要な役回りを演じる法廷アイドル、その名もＣＳＢ法廷8。これってなんだか出来すぎだとは思わないか」

「出来すぎ、というと？」

「つまり、単なる駄洒落にしては上手すぎるんだよ。考えてもごらん。作者がこのような架空の裁判劇を描こうと考え、その中に法廷アイドルという現実にはあり得ないグループを登場させるべく構想を練ったとする。そうした上で青柳氏が腕組みしながら、『うーん、法廷アイドルなんだから、それっぽいグループ名を考えなくっちゃなあ。AKB48みたいな感じの――そうだ、48をもじって法廷8だ！』なんていうふうに、このグループ名を思いついたのだとしたら、それはもう神がかった駄洒落の天才といわなくちゃならないだろ」

「ピッタリ嵌《はま》りすぎているってことですね。では、実際はどうだったんでしょうか」

「正確なところは判らない。青柳氏が天才的な駄洒落センスの持ち主である、という可能性だってゼロではないのだからね。だが私の経験と推理によれば……」

そういって私は指を一本立てると、おもむろに独自の解釈を口にした。

「おそらく青柳氏は、このCSB法廷8というグループ名から、この作品全体を構築していったのではないだろうか。つまり架空の法廷劇というアイデアが最初にあり、法廷アイドルというキャラクターが必要となり、そこに相応《ふさわ》しい名前を嵌《は》めこんだんじゃない。真実は逆だ。まず法廷8という駄洒落が青柳氏の頭に浮かび、そこから法廷アイドルというキャラクターが生まれ、そのキャラを活《い》かすために架空の法廷劇が描かれた。つまり何よりもまず法廷8が先にありき、なのではなかろうか。どうも私には、そう思えて仕方がないんだ……」

「そ、そんな馬鹿な！」麗子嬢は啞然《あぜん》とした表情だ。「では先生はこの作品が、たったひとつの駄洒落から着想を得た物語だと、そういうのですか。法廷劇としてのディテールや登場人物の性格付けなどよりも、まず作者は法廷8の駄洒落をいいたかったのだ、と?」

「そうだ。間違いない！　作者は駄洒落をいいたかったのだ！」

「もし間違っていたら、きっと怒られますよ、青柳氏に。『そんなんじゃねー』って」

「そ、そんときは謝るしかないな……」

私は無理やり開き直って続けた。「それに、いつか誰かがいっていた、『読者には誤読する権利がある』とね。少なくとも私は、この作品を読んで、そのような印象を受けたってことさ。まあ、それだけ秀逸なグループ名だということだね。それに作者の発想の原点がどこにあるかはともかくとして、この作品の陰の主役がCSB法廷8であることは、万人の見解の一致するところだろう。それが証拠に、グループのリーダー川辺《かわべ》真帆《まほ》は、数多い登場人物の中でも、飛び抜けて魅力的でキュートな人物に描かれているからね。彼女と悠太との恋愛模様も、この物語の中では重要な読みどころとなっている。悠太は彼女との恋愛と裁判を通して、法律に対する考えを深め、人間としての成長を遂げていくんだ」

「へえ、人間としての成長ですか。なかなか深い物語なんですね」

「そう、この点は重要だ。いわゆる本格ミステリの特徴として、『主人公（探偵役）は成長しない』ということが漠然とあるような気がするんだ。例えば、麗子さんや執事影《かげ》山《やま》は何度事件に遭遇し危機を乗り越えたとしても、人間としては成長しないだろ」

「ええ、確かに一ミリも成長してないみたい——って何いわせるんですか、先生！」

麗子嬢はいきなり気色ばんだ表情になりテーブルをバシンと叩《たた》いた。

「あたしだって、事件のたびに少なからず成長してますよ！　いや、仮に成長していなかったとしても、それはあたしのせいじゃなくて、成長したように書いてくれない先生が悪いんでしょーが！」

「ま、まあ、確かに君のいうとおりだけどね」私はのけぞるようにして彼女の口撃をかわした。「ともかく本格ミステリの主人公は、往々にして成長しないものだ。それでも物語としてちゃんと成立するのが本格ミステリの類稀《まれ》な特徴だと、私はそう感じているんだけどね。だが青柳氏がこの作品で描く主人公はそうではない。法律に興味がなく裁判とも距離を置きたいと願うごく普通の青年が、裁判を通じて次第に変化していく姿を、作者は詳細に描き出している。法廷場面そのものが非現実的であるのとは対照的に、悠太の心理の揺れ動きや成長する様は実にリアルだ。法廷アイドル川辺真帆は、そんな彼の中に起こる化学変化を促す一種の触媒みたいな存在といっていいだろう。つまり作者は、けっして法廷8の駄洒落をいいたいがために法廷アイドルを登場させたわけではない。登場人物のひとりひとりは、作者の周到な計算により役割を与えられ、配置されているってわけだ」

「あれ!?　なんか、さっきいっていたことと矛盾していませんか、先生!?」

「矛盾!?　そうかな!?」私はとぼけるように首を傾《かし》げると、一方的に先を続けた。「しかも法廷アイドルたちの存在する意義はそれだけじゃない。この奇天烈《きてれつ》な裁判劇のクライマックスにおいて、彼女たちは――」

「ちょ、ちょっと待ってください、先生！」突然、私の言葉を遮る麗子嬢。

私はそんな彼女を訝《いぶか》しげに見やりながら、「おや、どうかしたのかい、麗子さん？」

「それ以上はいわないでくれますか。私、まだこの作品を読んでいないんですから」

「おや、これから読むのかい？　でも、これって『便・乗・商・品！』なんだろ？」

皮肉な笑みを浮かべる私の前で、麗子嬢はキッパリと首を左右に振った。

「いいえ、先生のお話を伺う限りでは、どうやらこの作品、そういうものじゃなさそうですから――ていうか、東川作品より、なんだかこっちのほうが面白そう！」

「……はあ⁉」思わぬ裏切りの言葉に、唖然として言葉を失う私。「…………」

一方の麗子嬢はテーブルの上に置かれた単行本に手を伸ばすと、それを再びブランド物のバッグの中に仕舞い込む。そして用件は済んだとばかりに、すっくと立ち上がった。

「それじゃあ、先生、またいつかお会いしましょうね――」

いきなり別れの言葉を告げた麗子嬢は、軽く手を振って玄関を出ていった。

呆気《あっけ》に取られる私は、部屋の中でひとり佇《たたず》むばかり。すると、そのとき突然鳴り響く電話のベル。慌てて受話器を取ると、聞こえてきたのは聞き覚えのない男性の声だ。

「あの、角川書店の柏井《かしわい》というものですが、今度、東川さんに文庫の解説をお願いしたいと思いまして。実は青柳碧人さんの『判決はＣＭのあとで』という作品なんですが」

「え!?　ああ、そうですか……ええ、もちろん、喜んでお引き受けしますけど……」
受話器を耳に当てながら、私はなんだか複雑な表情で頷《うなず》くのだった――。

（終）

※これは架空の広告です。
こないだのドライブの、別れぎわ
頬に触れた唇、
〝不確定の意思〟なの
このドキドキの発生を
あなたが意図していたとしても——
ミュジコン
初登場1位!
ミリオンばく走中!!
21世紀に響き渡る、
隠れた恋のスタンダード!
CSBニューシングル、
絶賛発売中!
未《み》必《ひつ》の恋《こい》
～振られちゃってもかまわない
CSB法廷8

本書は、二〇一二年二月に小社より刊行した
単行本を修正のうえ、文庫化したものです。

# 判《はん》決《けつ》はCMのあとで

## ストロベリー・マーキュリー殺《さつ》人《じん》事《じ》件《けん》

**青《あお》柳《やぎ》碧《あい》人《と》**


平成26年 9月25日　初版発行
令和7年 6月20日　6版発行

発行者●山下直久

発行●株式会社KADOKAWA
〒102-8177　東京都千代田区富士見2-13-3
電話　0570-002-301（ナビダイヤル）

角川文庫 18757

印刷所●株式会社KADOKAWA
製本所●株式会社KADOKAWA

表紙画●和田三造





●お問い合わせ
https://www.kadokawa.co.jp/（「お問い合わせ」へお進みください）
※内容によっては、お答えできない場合があります。
※サポートは日本国内のみとさせていただきます。
※Japanese text only





ISBN978-4-04-101415-8　C0193


◆◇◇

# 角川文庫発刊に際して

角川源義

第二次世界大戦の敗北は、軍事力の敗北であった以上に、私たちの若い文化力の敗退であった。私たちの文化が戦争に対して如何に無力であり、単なるあだ花に過ぎなかったかを、私たちは身を以て体験し痛感した。西洋近代文化の摂取にとって、明治以後八十年の歳月は決して短かすぎたとは言えない。にもかかわらず、近代文化の伝統を確立し、自由な批判と柔軟な良識に富む文化層として自らを形成することに私たちは失敗して来た。そしてこれは、各層への文化の普及滲透を任務とする出版人の責任でもあった。

一九四五年以来、私たちは再び振出しに戻り、第一歩から踏み出すことを余儀なくされた。これは大きな不幸ではあるが、反面、これまでの混沌・未熟・歪曲の中にあった我が国の文化に秩序と確たる基礎を齎らすためには絶好の機会でもある。角川書店は、このような祖国の文化的危機にあたり、微力をも顧みず再建の礎石たるべき抱負と決意とをもって出発したが、ここに創立以来の念願を果すべく角川文庫を発刊する。これまで刊行されたあらゆる全集叢書文庫類の長所と短所とを検討し、古今東西の不朽の典籍を、良心的編集のもとに、廉価に、そして書架にふさわしい美本として、多くのひとびとに提供しようとする。しかし私たちは徒らに百科全書的な知識のジレッタントを作ることを目的とせず、あくまで祖国の文化に秩序と再建への道を示し、この文庫を角川書店の栄ある事業として、今後永久に継続発展せしめ、学芸と教養との殿堂として大成せんことを期したい。多くの読書子の愛情ある忠言と支持とによって、この希望と抱負とを完遂せしめられんことを願う。

一九四九年五月三日